Harry Crews, né en 1935, a été élevé à la dure et s'est engagé à dix-sept ans dans les Marines. Il fera de la prison, sera tabassé par un Indien unijambiste et croisera des destins hors du commun. Totalement atypique, souvent féroce avec les gens normaux et tendre avec les monstres, il s'est imposé comme l'un des plus grands écrivains américains de romans noirs.

Prix du Meilleur Polar des lecteurs de POINTS

Ce roman fait partie de la sélection 2014 du
Prix du Meilleur Polar
des lecteurs de POINTS !

De janvier à octobre 2014, un jury composé de 40 lecteurs et de 20 professionnels recevra à domicile 9 romans policiers, thrillers et romans noirs récemment publiés par les éditions Points et votera pour élire le meilleur d'entre eux.

***Au lieu-dit Noir-Étang*, du romancier américain Thomas H. Cook, a remporté le prix en 2013.**

Pour tout savoir sur les livres sélectionnés, donner votre avis sur ce livre et partager vos coups de cœur avec d'autres passionnés, rendez-vous sur :

www.prixdumeilleurpolar.com

SÉLECTION 2014
PRIX
DU MEILLEUR
POLAR
des lecteurs de
POINTS

Harry Crews

NU DANS LE JARDIN D'ÉDEN

ROMAN

Traduit de l'anglais (États-Unis) par Patrick Raynal

Sonatine Éditions

TEXTE INTÉGRAL

TITRE ORIGINAL
Naked in Garden Hills
ÉDITEUR ORIGINAL
William Morrow & Cie

ISBN 978-2-7578-4166-2
(ISBN 978-2-35584-205-4, 1re publication)

1

Dans un bungalow perché sur le versant dénudé de la Montagne de Phosphate, Jester s'était endormi sur sa selle. Entre les jambes de sa mulâtre, il rêvait du derby du Kentucky. C'était la course pour les Roses et l'odeur du fric imprégnait l'air. Ses narines palpitaient et ses petites mains d'acier à la paume jaune serraient les rênes bien huilées. Sa casaque vert et jaune flottait sur un étalon dont la crinière et la queue étaient d'un noir de feu. Le cheval était énorme, il avait adopté un petit galop oblique en approchant de la ligne de départ, piaffait, reniflait et haletait comme un soufflet. Jester le montait haut et léger, comme une feuille chevauche le vent. Il n'avait pas peur.

La foule était là, répandue tout autour, son visage blanc tourné vers lui comme un seul homme, implorant la victoire de l'étalon noir. Hommes et femmes, derrière les barrières et dans les stands, agitaient follement les bras, les doigts serrés sur leurs tickets, le suppliant de les sauver, de faire de sa course leur course. Mais Jester n'avait aucune envie de les regarder. Pourquoi les regarder ? Lui et son cheval ne faisaient qu'un. Un sang noir courait dans les muscles formidables de son cheval. Il tenait entre ses jambes le pouvoir de vaincre, de les vaincre tous. Il était invincible.

Ils étaient au départ. Le starter leur jeta un coup d'œil et posa son pouce sur le bouton qui ferait jaillir les portes d'acier et lancerait la course.

Soudain, le cheval se cabra, et Lucy le fit rouler sur le côté pour aller aux toilettes. Jester la regarda traverser la pièce en trottinant et ferma les yeux, histoire d'essayer de rattraper son rêve. Mais il s'était enfui. À contrecœur, il ouvrit les yeux sur un hippopotame enragé en train de charger. Il surgissait d'une affiche collée sur le mur au pied du lit. Ses petites oreilles étaient raides, et son énorme bouche rouge bâillait sur des dents rondes et blanches comme des piquets plantés dans ses gencives. La poussière tourbillonnait. La terre tremblait. Jester regarda à côté de l'hippo. Un jaguar était accroupi, prêt à bondir. Ses yeux luisaient dans une jungle épaisse comme la nuit. Il avait les crocs rouges et les babines retroussées par une faim féroce. Un homme à deux têtes le lorgnait depuis l'autre coin et, juste au-dessus de lui, un fœtus humain flottait sens dessus dessous dans un bocal scellé. Le regard de Jester fit péniblement le tour de la pièce. Il n'avait jamais pu s'habituer à se réveiller entouré d'animaux, d'une grande roue et de monstres de foire.

Il sortit du lit, s'approcha de la fenêtre et remonta le store jusqu'en haut. La lumière envahit la pièce et, instantanément, les affiches perdirent tout leur relief, glacées, rien d'autre que du papier et des couleurs. Il ouvrit la fenêtre. Un nuage jaune traînait juste au-dessus de la terre. Une odeur de tissu brûlé émanait des mares verdâtres d'eau stagnante. Jester inspira profondément et se mit à tousser.

Sur tous les versants de la Montagne de Phosphate, presque à perte de vue, s'élevaient des monticules de terre couleur potasse partiellement recouverts de franges irrégulières d'herbes folles et de machines rouillées. En bas, dans la vallée, des lambeaux de fil de fer barbelé pendaient entre des poteaux pourris et tordus. Des tapis roulants métalliques, corrodés et laissés à l'abandon, gisaient, brisés et gondolés, dans les mauvaises herbes. De la fenêtre, Jester pouvait plonger le regard droit dans le trou profond de Garden Hills. Au point le plus bas de l'excavation, il y avait six rangées de six maisons. Une unique rue, large et non pavée, desservait le trou d'un bout à l'autre en passant entre les deux rangées centrales.

Plus loin sur la droite, ses cheminées dressées dans la brume jaunâtre comme les flèches d'une cathédrale, une usine de phosphate s'élevait, abandonnée, construite en briques qui viraient au noir avec l'âge. Et, un demi mile plus loin, de l'autre côté de l'excavation de Garden Hills, perchée sur un haut plateau de terre, se trouvait la maison de Fat Man. Elle était construite avec les mêmes briques, dotées de la même teinte et, de loin, elle ressemblait à une réplique de l'usine de phosphate. La route qui traversait Garden Hills s'arrêtait, d'un côté, à l'usine et, de l'autre, chez Fat Man.

Au-dessus et au-delà de la maison de Fat Man passait l'autoroute à quatre voies reliant Orlando et Tampa. Le nuage jaune qui planait perpétuellement sur Garden Hills n'atteignait pas l'autoroute qui, étincelant dans le soleil du matin, s'élevait pour finir par disparaître à l'horizon. Les automobiles, basses, brillantes et puissantes, y traçaient des éclairs de lumière.

Mais elles ne faisaient pas toutes que passer. Même de loin, Jester pouvait voir que quelques touristes s'étaient arrêtés sur le bord de la route.

À Reclamation Park[1], des autos rutilantes étaient garées au milieu des fourrés. Une poignée de gamins courait en hurlant sur le sentier au milieu de parents en lunettes de soleil et casquette de base-ball, l'Instamatic Kodak accroché autour du cou. Une petite foule s'agitait autour du Télescope-à-un-quarter monté sur pivot qui surplombait Garden Hills. Ils s'y mettaient de plus en plus tôt chaque jour. Jester n'en avait encore jamais vu autant de si bonne heure. Fat Man devait être maintenant réveillé. Jester avait intérêt à se grouiller s'il voulait avoir le temps de dire un mot au cheval.

La mulâtre était revenue de la salle de bains. Assise nue au bord du lit, elle le regardait s'habiller. En enfilant son costume de soie verte, impeccablement coupé, de la taille d'un costume d'enfant pour Halloween, sans même la regarder, il savait qu'elle souriait. Tout le monde lui souriait. Depuis toujours. Il était mignon.

« Tu es mignon », dit-elle.

Il continua à s'habiller en faisant semblant de ne pas avoir entendu.

« Tu es bon, aussi. Bien meilleur que tous les autres. »

Il sourit. Son sourire arborant un éclat de diamant et un cœur en or, incrustés dans l'émail de ses deux dents de devant.

« Tu n'as pas besoin de partir si tôt, dit-elle.

– Il le faut. Vraiment.

– C'est tôt. Tu n'as pas pris ton p'tit déj.

– J'mangerai à la grande maison. »

Sans l'aide d'un miroir, il noua une cravate en soie verte sur sa chemise jaune.

« Bon sang ! tu sais porter la toilette », dit-elle. Elle se leva, comme pour le toucher. Il s'éloigna légèrement

1. Littéralement : le « parc de la Réhabilitation ».

tout en ajustant bien serré sa cravate. Elle se rassit. Mais elle ne souriait plus. Il n'avait pas ôté ses chaussettes pendant la nuit, et, sans quitter Lucy des yeux, il s'assit sur une chaise à haut dossier et enfila ses bottes de jockey, talons de bois et œillets d'acier qui lui serraient les chevilles dans ses étriers de course.

« Fat Man, il est même pas encore levé, dit-elle.

– Debout, en train d'attendre.

– T'as peur de Fat Man ? Peur de le faire poireauter ?

– Aucun risque. Faut que j'voie Miss Dolly.

– J'm'en fiche. Tout ce que je veux, c'est te nourrir. Faut que tu te nourrisses.

– J'y vais, maintenant », fit-il en se levant.

Dans ses bottes à talons, il faisait presque un mètre vingt-deux.

Lucy le regardait se diriger vers la commode et y prendre sa montre et sa pince à billets. Il représentait ce qu'elle avait vu de plus parfait au monde. Il avait les pommettes hautes, son visage noir, presque bleu, était doux et sans âge. Ses cheveux, denses, étaient coupés court et lui faisaient comme une casquette. Et le jaune de sa chemise se reflétait dans le diamant serti dans son sourire.

« Ah, t'es quelqu'un, t'es vraiment le vrai de vrai ! dit-elle. Amène-toi par ici, jockey. »

Il la regarda de là où il se tenait, à côté de la commode, triturant nerveusement la bague en forme de selle qu'il portait au majeur de la main gauche.

« Pas le temps de faire des galipettes », dit-il. Mais il s'approcha quand même. Elle posa les mains sur ses épaules, et il redressa ses jambes courtes et arquées. Elle savait qu'il n'aimait pas qu'elle le caresse, mais elle n'avait jamais pu se retenir. C'était comme toucher quelque chose de parfaitement tourné, ramassé dans les bois – comme une pierre polie, un morceau de bois très doux ou un œuf d'oiseau. Il supporta patiemment sa caresse en regardant, par-dessus son épaule, un point du mur entre l'hippopotame et le jaguar. Elle lui passa la main dans le dos, sur les muscles bien ronds de ses fesses dures comme le roc.

« Tu rentres tôt ce soir ? demanda-t-elle.

– Faut que je regarde la course de Belmont à la télé. Peux pas.

– J'voudrais bien regarder Belmont à la télé, moi aussi.

– Allume la RCA Victor, dit-il en désignant le poste de télévision. Il a coûté quatre cents bons dollars à Fat Man. Allume-le.

– J'veux la regarder avec toi, dit-elle d'un ton maussade.

– Fat Man ne veut rien voir comme toi sous son toit.

– Demande-lui, tu m'entends ?

– J'y ai demandé plein de fois. Y dit que non. Y dit qu'il veut rien voir comme toi sous son toit. » Il recula d'un demi-pas et la regarda. « Esse que ça vaut pas mieux qu'une foutue tente de cirque ? » Il fit un geste des deux mains. « Regarde ce que j'ai fait. » Le bungalow avait été recouvert de panneaux d'acajou préfabriqués. Il y avait un tapis en velours acrylique sur le sol et des draps de soie dans le lit. « J'ai tout récupéré là-haut, sur la Montagne de Phosphate. »

Elle se frotta contre lui.

« Pas tout.

– J'ai fait du mieux que j'ai pu, dit-il. Laisse-moi y aller maintenant. Ne me froisse pas. »

Depuis le lit, elle l'attira entre ses jambes et l'embrassa.

« Tu reviens quand ?

– Peux pas dire. P'têt demain. Compte ça pendant que j'suis pas là. »

Il sortit sa pince à billets en forme de fer à cheval et en tira plusieurs billets.

Elle posa l'argent sur le lit sans même le regarder.

« Demande-lui encore », dit-elle.

Il s'arrêta sur le seuil.

« Fat Man dit : personne comme toi sous son toit. »

La voiture était garée en face du bungalow, le nez dans la descente. C'était une vieille Buick Sedan avec d'énormes ailes arrondies, des phares chromés et des rideaux sur les vitres arrière. Debout sur le marchepied, il laissa glisser son regard sur Garden Hills. De la cheminée des douze maisons encore occupées – six de chaque côté de la route – montait la fine fumée d'un feu de bois. Un cheval et un chariot étaient garés en face de l'une d'elles. Ils appartenaient au glacier. Jester claqua la porte et démarra la voiture. Il était si petit que le siège et les pédales avaient dû être aménagés pour qu'il puisse conduire. Il entendit la mulâtre lui dire au revoir et il savait qu'elle lui faisait signe de la main, mais son attention était maintenant fixée sur le cheval et il ne se retourna pas. Trois cents mètres environ le séparaient du bas de la Montagne de Phosphate – qui n'était pas vraiment une montagne, mais plutôt la plus grande colline de terre laissée par la mine abandonnée. Jester dirigea la grosse voiture vers Garden Hills, conduisant lentement, tenant fermement les rênes de l'auto, parce qu'il savait que les gens n'aimaient pas le voir conduire sans Fat Man à côté de lui. Il était assez tôt, et personne n'était encore posté sous les porches de guingois ou sur les quelques mètres de terre blanche et nue au-delà des porches. Un chien affamé et amputé d'une oreille ne se donna même pas la peine d'aboyer depuis son fossé. Un poulet solitaire au long cou ébouriffé traversa la route juste devant la voiture.

Il n'y avait personne près du cheval. Il se tenait à côté du fossé, là où ses rênes avaient été lâchées. Une large toile sombre encore humide de la glace de la veille était pliée sur le dessus du chariot. L'air était plus chaud ici, au fond du trou, que sur les flancs de la Montagne de Phosphate, et la toile commençait à fumer. Jester roulait de plus en plus lentement pour finalement s'arrêter à côté du cheval. Il laissa la voiture tourner au ralenti au milieu de la route sans se soucier des autres vehicules, vu que celle de Fat Man était la seule de Garden Hills. Il sortit et resta sur la route. Le cheval n'avait pas bougé. Il avait les yeux fermés. Son long cou osseux s'affaissait ; ses naseaux touchaient presque terre. Jester était assez près pour sentir le musc humide du harnais et de la peau.

« Ahhhhh ! cheval », fit Jester en plantant ses bottes de jockey à hauts talons dans la terre couleur de cendre.

Il sentait à nouveau la chaleur de son rêve entre les jambes. À moitié accroupi, figé dans la poussière, il attendait de ressentir la poussée du cheval de course. La foule rugissait. La victoire serait facile. Tout ce qu'il avait à faire, c'était d'aller jusqu'au bout. Il se dressait sur les étriers, prêt à jouer de la cravache, quand le glacier sortit de sa cabane en se curant les dents avec un brin de paille de son balai.

Jester entendit la porte claquer et se redressa. Ses muscles raidis se relâchèrent. Il se remit sur ses talons et laissa aller le cheval. Mais le glacier ne le regardait même pas. Immobile, il regardait fixement la Buick Sedan. De sa langue, il fit glisser plusieurs fois la paille entre ses lèvres et, sans quitter la voiture des yeux, il descendit les marches et traversa la cour pour rejoindre le fossé. C'était un type grand et mince, au visage étroit, aux lèvres fines et serrées. Il avait la peau du visage, le cou et le dos des mains rougis à vif par le vent. Westrim, autrefois surnommé Wes, mais désormais plus connu, y compris par sa femme, sous le surnom d'Iceman, avait un jour possédé une Buick Sedan. Elle était maintenant garée derrière sa maison, à moitié cachée par les mauvaises herbes, posée sur des parpaings, les pneus crevés et bouffés par la pourriture sèche, et la banquette avant avait été ôtée pour servir de canapé dans la pièce principale de sa baraque.

Mais elle avait été neuve, un jour. Iceman s'en souvenait comme si c'était aujourd'hui : le vrombissement puissant du moteur, le moelleux luxueux des sièges, la bonne odeur de caoutchouc des tapis de sol et de l'essence, et finalement, *finalement*, il se souvint de comment elle l'arrachait de Garden Hills, par la super autoroute à quatre voies, jusqu'à la ville de Beverly. Il était sur le point de faire le même chemin aujourd'hui, sur son chariot, pour aller chercher la glace, et il ne reviendrait pas avec son chargement avant midi ou même une heure de l'après-midi.

« Comment va Fat Man ce matin ?

– Bien », dit Jester.

Tendu, concentré, ses yeux se détournèrent lentement du cheval au moment où ceux d'Iceman se détachaient brièvement de la voiture et leurs regards se croisèrent juste un instant, avant de se séparer, celui de Jester revenant au cheval toujours assoupi dans son harnais tandis que celui d'Iceman retournait vers la Buick qui continuait de ronronner sur la route.

Mais l'espace d'une seconde, les deux hommes s'étaient retrouvés dans le même mirage, le même rêve impossible. Et ce rêve – qui convoquait l'histoire et aussi, finalement, la vérité – se poursuivait, bien qu'aucun des deux n'eût pu le dire, parce qu'aucun des deux n'en savait assez sur lui.

Il fut un temps où Garden Hills n'avait pas de colline. C'étaient dix miles carrés de sol aride au milieu de la péninsule de Floride qui suffisaient à peine à nourrir quelques familles sans boulot ni espoir. Une ou deux cultivaient de petits carrés de choux. L'une fabriquait illégalement du whisky. L'une d'entre elles au moins priait.

Puis vint le boom des prix du terrain. Les gens voyaient le paradis dans une seule poignée de terre de Floride. Ils se réveillaient au milieu de la nuit en marmonnant son nom. Les prix s'envolèrent comme des fusées. C'est comme ça qu'un homme les acheta, ces dix miles carrés d'hectares, sans même les voir parce que, après tout, c'était en Floride et que c'était sec. Qu'y avait-il d'autre à savoir ? Et le nouveau propriétaire, un spéculateur, appela l'endroit Garden Hills et dépêcha un homme pour planter un panneau, même s'il n'y avait jamais eu une colline digne de ce nom au sud de Jacksonville. Mais à peine le panneau avait-il été planté que le marché s'effondra, que le boom se cassa la gueule et que des tas de types se mirent à sauter par les fenêtres dans tout le pays. Et le spéculateur fut justement l'un de ceux qui sautèrent. Il se balança du cinquième étage sur une voiture garée devant l'hôtel Giaconda à New York. Il se tua et démolit la bagnole.

Et même si ces dix miles carrés dans la péninsule de Floride n'avaient toujours pas la moindre colline, un panneau affirmait le contraire : « GARDEN HILLS ». Le panneau, de la taille d'un homme et peint en lettres noires sur fond blanc, était planté au milieu du gisement… comme une prophétie.

C'est finalement un autre homme qui, après que le marché se fut guéri de lui-même, accomplit cette prophétie, même si personne à Garden Hills ne l'avait jamais vu. Il s'appelait Jack O'Boylan, il jeta un coup d'œil et vit que c'était bon.

« C'est vraiment bon, s'écria-t-il en plantant le doigt dans le rapport du géologue. Je vais entreprendre. »

Et il le fit. Sans avoir jamais mis les pieds à Garden Hills, entièrement sur la foi de ses hommes, ceux qui avaient découvert le site et l'avaient examiné, testé, analysé, tapé et transmis leur rapport, entièrement sur la foi de ses hommes, donc, Jack O'Boylan bâtit la plus grande mine et usine de phosphate du monde.

Mais il fallait d'abord qu'il prît possession de la terre.

« Où ? » L'un de ses jeunes collaborateurs, tapi, toujours sur la brèche, bondit et arracha la carte du mur. « Ici, s'écria-t-il. Ce pénis (car c'était un brillant jeune homme) accroché au ventre du continent : LA FLORIDE !

– Achetez et construisez », dit Jack O'Boylan.

Du coup, ses hommes retournèrent à Garden Hills, toujours aussi plat et écrasé sous le soleil de Floride. Ils débarquèrent au volant de voitures noires frappées du sceau de la société et vêtus de chemises et de vestes à monogramme. Ils se tenaient dans les bancs de sable et se protégeaient avec les boîtes de mouchoirs de la société. Derrière eux venaient des camions à plateaux chargés de bulldozers, de tracteurs et de trieuses. Les géologues se livrèrent à d'autres tests, inspectèrent d'autres sols, analysèrent les strates et les substrats, forèrent, broyèrent et firent sauter. Le bruit fit sortir de leurs cabanes des hommes de tous les environs, à travers les choux palmistes nains et les chênes nains.

Ils s'approchèrent d'abord timidement, puis, comme personne ne leur prêtait la moindre attention, plus hardiment, plus près, debout dans leurs salopettes élimées, silencieux, attentifs.

« Qu'est-ce qui se passe ? » demanda finalement l'un d'eux. Personne ne savait. Mais ils continuèrent à regarder et finirent par se faire une idée.

« C'est une usine, dit un homme qui portait des chaussures. Y vont creuser.

– Va y avoir du boulot pour tout le monde, dit un autre. Y vont creuser. »

L'idée ne les effleura pas de demander pourquoi ils allaient creuser. C'était à côté de la plaque. C'était de l'espoir, quel qu'il puisse être.

Mais le père de Fat Man avait presque tout fichu par terre. Il ne possédait pas le moindre lopin des dix miles carrés qu'on appelait Garden Hills, mais il était propriétaire des deux acres qui le bordait. Et après avoir foré, broyé et fait sauter, les hommes de Jack O'Boylan désignèrent les deux acres et dirent : « C'est là qu'est la clé. » Pour une raison connue des seuls géologues, les dix miles carrés n'avaient aucune valeur sans ces deux acres. Ils firent alors l'erreur de se montrer trop stressés. Ils ne dirent pas qu'ils *désiraient* acheter le terrain ; ils affirmèrent qu'ils *devaient* le faire. Combien en voulait-il ? Et le père de Fat Man, qui n'était pas encore son père ni même marié avec sa mère, s'assit dans son rocking-chair dans l'unique pièce de sa cahute plantée sur ses deux acres, se balança en crachant à travers une faille du plancher et dit que les deux acres n'étaient pas à vendre.

Ils l'étaient, bien sûr. Le père de Fat Man avait été élevé sur le sable, au milieu des choux palmistes nains. Il savait aussi bien que n'importe qui ce qu'était le vol, même s'il n'avait jamais eu l'occasion de voler personne. Et puisqu'il n'avait aucune idée de la somme qu'il pourrait en tirer, il décréta que le terrain n'était pas à vendre.

« Pas à vendre ! » tonna Jack O'Boylan quand on le lui rapporta. Sachant parfaitement que tout était à vendre, il dit à son secrétaire qui le dit à sa secrétaire d'appeler ses hommes pour faire une offre qui ne pourrait être refusée.

Et c'est ainsi que, assis dans son rocking-chair et crachant dans une fente du plancher, le père de Fat Man fut arraché à l'ordinaire condition des hommes. Les agents de Jack O'Boylan lui bâtirent la maison la plus grande qu'il ait jamais vue. Il la refusa, se contentant de se balancer et de cracher. Puis Jack O'Boylan lui-même signa un document lui accordant un dixième de 1% de tous les profits dès que la mine serait mise en route. Mais, ignorant tout du phosphate et des pourcentages, il se balançait en crachant et refusait toute discussion. Finalement, Jack O'Boylan déposa cinquante mille dollars sur un compte à son nom et lui promit cinquante mille autres dollars tous les ans, aussi longtemps que la mine resterait ouverte.

Jack O'Boylan pourrait-il juste mettre ça par écrit ?

Il le pouvait et il le fit, allant même jusqu'à faire certifier le document auprès d'un notaire de Beverly, devant témoins. Fat Man père mit le papier dans une boîte vide de tabac Prince Albert et glissa la boîte dans sa poche. N'emportant que les frusques qu'il avait sur le dos, il sortit de sa cahute pour aller vivre dans la maison en briques qu'on avait bâtie pour lui.

Il fallut six mois pour que les géologues découvrent leur erreur – ils n'avaient en fait aucun besoin de ces deux acres – et encore trois mois avant qu'ils n'aient les nerfs d'annoncer à Jack O'Boylan qu'il avait dépensé tout cet argent en vain, mais, pour l'instant, la joie régnait dans les chambres du motel qu'ils occupaient à Beverly. Jack O'Boylan leur octroya à chacun un juteux bonus (il le leur repiquerait neuf mois plus tard). Et il se passa dix-neuf années pleines avant qu'il ne prît sa revanche sur le père de Fat Man pour avoir le culot d'être encore vivant en possédant deux acres de terre sans aucune valeur sur lesquels ses géologues avaient commis une boulette d'un quart de million de dollars.

Mais, pour le moment, c'était le bonheur. Et pendant la semaine qui suivit, la nuit ne tomba pas sur Garden Hills. Le chantier bourdonnait vingt-quatre heures sur vingt-quatre. Des lignes électriques furent tirées, et, dès que le soleil se couchait, d'étincelantes lampes à arc étaient allumées et les équipes de Jack O'Boylan continuaient à travailler.

Garden Hills obtint ses collines. Le panneau donnant son nom au site fut abattu et enterré. Les bulldozers raclaient et poussaient, les camions chargeaient. Dix miles carrés de terre furent passés au crible dans l'usine, séparés du phosphate, et déversés ensuite en tas et collines qui finirent même en montagnes. Un nuage jaune s'élevait depuis la mine en activité et flottait dans l'air lumineux au-dessus de Garden Hills. L'eau souterraine suintait dans les vallées écorchées pour finir en mares stagnantes.

Les hommes, attirés par l'usine de phosphate de Jack O'Boylan, accouraient depuis des centaines de miles à la ronde. Ils arrivaient à pied, en chariot, en auto-stop ou par tout autre moyen. Ils affluaient vers Garden Hills comme des fourmis vers un tas de sucre. Deux bureaux d'embauche furent installés pour réguler le trafic, sélectionner les hommes et leur attribuer un poste. Wes Westrim avait débarqué à Orlando, Floride, dans un wagon de marchandises et avait fait les cinquante miles restants à pied. Il n'avait ni chaussures, ni argent, ni le moindre espoir, ne faisant que suivre une rumeur qui affirmait qu'il y avait du boulot pour tout le monde.

« Y aura du travail pour tout le monde, disait la rumeur. Y vont creuser. »

Il puait comme un bouc. Après qu'il eut rempli deux jeux de documents et qu'on eut relevé ses empreintes, le contremaître lui demanda de se déshabiller. Il prit une douche dehors, dans un baquet en zinc, à l'eau froide et avec un méchant morceau de savon noir. Quand il eut fini, le contremaître lui donna des tickets pour retirer des chaussures au magasin de la compagnie.Ensuite, il lui attribua un trou où se tenir.

« Reste dans ce trou, lui dit le contremaître. Et chaque fois que le foret est recouvert, dégage-le. Un autre type viendra te remplacer à 18 heures. »

Et un type vint effectivement prendre sa place à 18 heures. Quand il sortit du trou, un autre type lui dit de marcher deux cents mètres, tout droit, et de prendre place dans la première queue qu'il verrait. C'est ce qu'il fit et on le nourrit. C'était la cuisine de campagne de Jack O'Boylan, et Wes Westrim n'avait encore jamais vu ces fourneaux en plein air où fumaient d'énormes marmites pleines de nourriture.

Mais en fait, Wes n'avait jamais vu quoi que ce soit qui ressemblât à ce qui se passait à Garden Hills. D'un seul coup, sa vie en fut entièrement changée. Il était nourri, habillé, payé. On lui disait où dormir et où creuser. On lui coupait les cheveux, on surveillait ses dents et on lui demandait de prendre du poids.

« Mange, mange ! lui intimait le contremaître en le suivant dans la queue de la cuisine de campagne. Un terrassier doit être costaud. MANGE ! »

Et pendant que Wes Westrim se bourrait de nourriture, on anticipait le moindre de ses souhaits et désirs.

« Tu as une famille ? demanda le contremaître, le crayon pointé sur un formulaire. Tu aimerais bien la faire venir, hein ? »

À nouveau, Wes ne put qu'approuver de la tête.

« Bon, dit le contremaître. Les hommes avec famille ont droit à une maison. Les célibataires restent dans les baraquements. » Il attrapa Wes à la nuque et désigna le formulaire. « Là-bas, dès que nous aurons prospecté cet endroit. C'est là que seront les maisons. »

C'est ce qui arriva. Jack O'Boylan les fit installer dans des baraques temporaires jusqu'à ce qu'il ait transformé dix hectares en un trou de vingt-cinq acres. Ensuite, il bâtit la ville de Garden Hills au fond du trou. Les maisons étaient préfabriquées et furent amenées une par une en camion avant d'être montées. Et même si, de toute façon, les gens ne faisaient aucune objection, leurs objections étaient réfutées… de toute façon.

« Ça tombe sous le sens, disait le directeur. Nous installons des drains pour éviter qu'elles se remplissent d'eau. Nous sommes venus ici pour trouver du phosphate et le premier endroit où nous avons extrait tout le phosphate est logiquement l'endroit où construire les maisons où vivre pendant que nous extrayons le reste du phosphate. Ça tombe sous le sens. »

Les hommes regardèrent autour d'eux et constatèrent que Garden Hills tombait plus sous le sens que tout ce dont ils avaient pu rêver jusqu'alors. Ils avaient tous du boulot, un endroit pour dormir et de la nourriture. Tout poussait : les enfants, les biens et les monticules de terre. Surtout les monticules de terre. Chaque jour, il semblait que Garden Hills disparaissait à vue d'œil. L'horizon diminuait de plus en plus. Finalement, il fallut regarder directement au-dessus de soi pour voir le ciel.

Et puis, un matin, au lever du soleil, un silence affreux s'installa. Les habitants de Garden Hills sortirent sur leur porche et levèrent les yeux, hors de l'excavation, vers les énormes flèches des cheminées où le soleil du matin étincelait. À l'intérieur de l'usine, les hommes qui se tenaient sous les plafonds voûtés regardaient avec désespoir les tapis roulants inertes et les broyeurs figés. Le courant était coupé. Plus un moteur ne tournait, plus une ampoule ne brûlait.

Wes Westrim venait d'acheter sa nouvelle Buick. Ce jour-là, il avait aussi eu une crevaison. Ensuite, rien n'avait plus été comme avant.

Il s'avança et toucha la voiture de Fat Man. Jester se pencha et effleura le flanc du cheval. Le cheval frémit et secoua son harnais. Soudain, une cloche sonna dans l'air calme du matin. Jester et Iceman pivotèrent ensemble en l'entendant. Ils voyaient la femme qui avait sonné la cloche, même si de loin elle n'avait pas l'air plus grosse qu'une poupée. Elle portait une robe blanche et un chapeau blanc à large bord, et brandissait la cloche d'argent dans la main droite, au-dessus de la tête. La cloche résonna à nouveau, et six jeunes femmes, petites comme des poupées, vêtues d'un maillot de bain une pièce, se dirigèrent vers elle. Au loin, sur la crête qui surplombait Garden Hills, leurs silhouettes se dessinaient contre la face sombre de l'usine de phosphate.

« La voilà, dit Jester. Elle se lève juste avec le soleil.

– Cinglée de garce ! fit Iceman, avant de se retourner vivement vers Jester. Va pas répéter à Fat Man que j'ai dit ça. C'est p'têt pas une cinglée de garce. P'têt même qu'elle a du bon sens. Va savoir avec les gens.

– J'dirai rien du tout à Fat Man. J'vais en voiture lui acheter son Metrecal[1] et je ferai tout ce qu'il me dira de faire. »

La cloche d'argent sonnait maintenant sans discontinuer, et Iceman regardait les filles parader deux par deux dans un sens puis dans l'autre, sur la plate-forme de chargement en bois devant l'usine de phosphate. Jester en profita pour caresser encore un coup le cheval.

« Elle a pris ma fille là-haut, dit Iceman. Elle est partie en maillot de bain sans prendre son petit dèj. Si c'est pas une cinglée de garce, c'est tout comme.

– On a vidé le télescope, hier au coucher du soleil, dit Jester d'un air narquois. Il y avait une quinzaine de dollars. »

Iceman se tourna et regarda par-dessus le toit de la Buick, au-delà de la maison de Fat Man, vers Reclamation Park. Des gens faisaient déjà la queue au Télescope-à-un-quarter. Les exclamations des enfants arrivaient jusqu'à eux.

« On peut être une cinglée de garce et faire du fric. Mais répète pas à Fat Man que j'ai dit qu'c'était une cinglée de garce, parce que j'l'ai pas dit. »

Jester caressa le cheval une dernière fois. « Faut que j'y aille. » Il ouvrit la porte de la voiture et grimpa dedans. Wes Westrim le suivit.

« Tu crois que Fat Man va laisser cette cin… va la laisser faire ?

1. Substitut de nourriture à la mode dans les années 1960.

– J'cause pas à la place de M. Fat Man. J'conduis sa voiture, j'achète son Metrecal et je fais ce qu'il me dit. »

Il démarra en laissant Iceman debout au bord du fossé. Et là, doucement, la poussière de minerai tourbillonnant des deux côtés de la voiture, Jester prit la direction de la maison de Fat Man au sommet de la colline.

2

La pièce où était couché Fat Man était plongée dans l'obscurité. Il était adossé à quarante-cinq degrés contre des oreillers parce que c'était la seule position qui lui permettait de respirer. À plat sur le dos, ses poumons ne pourraient pas fonctionner. Ça devait être en rapport avec le fait qu'il mesurait un mètre soixante-cinq et qu'il pesait deux cent soixante-dix-neuf kilos. Le médecin le lui avait déjà expliqué une fois.

Ses paupières étaient collées, mais il n'avait pas dormi. Il avait les yeux fermés depuis 3 heures du matin, pour faire semblant. Il faisait semblant d'être endormi, semblant de ne pas être resté éveillé toute la nuit dans une stupeur alcoolique. Mais même les yeux fermés, il avait entendu la Buick démarrer sur la Montagne de Phosphate en face du bungalow de la pute. Il l'avait entendue descendre à Garden Hills et il l'entendait maintenant grimper vers la maison.

Il se força à ouvrir les yeux. Il y avait des cannettes d'aluminium partout : six ou huit sur la commode, plusieurs dans le lit et plus qu'il n'en pouvait compter répandues sur le plancher. Il se dit qu'il avait dû vider les deux cartons. Ce qui devait faire quarante-huit cannettes. Il regarda fixement le plafond et se mit à faire le calcul dans sa tête, d'autant plus facilement qu'il en avait une longue habitude. Quarante-huit cannettes… vingt-cinq centilitres par cannette… mille deux cents centilitres. Calories ? Combien de calories ça pouvait bien faire ? Son corps tout entier en tremblait. Mais il fit quand même automatiquement le calcul : deux cent vingt-cinq calories par quarante-huit. Sûrement pas autant ! Et pourtant, les cannettes étaient bien répandues partout, certaines aplaties comme des galettes. On aurait dit qu'elles avaient été broyées avec une force fantastique, et c'était bien ça : la force de ses poings.

En soufflant violemment, il parvint à se redresser sur le bord du lit. Dix mille huit cents calories dans une seule nuit. L'air était lourd de l'odeur crémeuse du Metrecal. De son estomac lui parvenaient des bruits d'océan : des clapotis, des gargouillis de vagues. Avec précaution, comme une montagne qui se déplace, il se mit sur ses pieds et se tint debout en équilibre sur ses énormes jambes écartées. Il se frotta les yeux et la figure de ses poings fermés. Il brossa vaguement le devant de son pyjama constellé de traînées de Metrecal séché. Ses yeux commençaient à s'accoutumer à la faible lumière de la pièce. Une paire de jumelles noires était posée sur une chaise à côté de la fenêtre. Il alla à la fenêtre, ramassa les jumelles et écarta les lourdes tentures. La lumière l'aveugla. Il loucha et se protégea les yeux de la main jusqu'à ce qu'il puisse voir. Il porta son regard vers la grand-route, vers Reclamation Park. Tout était bien là. Le soleil se reflétait sur les voitures alignées. Il leva les jumelles sur Reclamation Park. Les gamins grouillaient dans les haies et autour des arbres. Il déplaça les jumelles de façon à cadrer le télescope et fut stupéfait de s'apercevoir que le télescope le regardait. À une distance de cinq cents yards, il se trouvait, orbite contre orbite, face à un homme qui portait une casquette de base-ball bleue des New York Yankees, avec des cigares dans sa poche de chemise et une bague étincelante sur la main qu'il utilisait pour ajuster le télescope. La main cessa de mettre au point et fit de grands gestes. Immédiatement, d'autres gens se collèrent autour du télescope. Fat Man jura à voix basse.

Il avait été pris dans l'objectif d'un touriste. Dolly avait insisté pour acheter le télescope le plus puissant qu'on pouvait trouver. Il avait coûté quatre cent cinquante-trois dollars et dix-sept cents à Fat Man, et on l'avait fait venir de Chicago, Illinois. Tout ça pour être humilié dans son pyjama. Mais il resta obstinément sur ses positions, retournant à l'autre regard pour regard à travers ses jumelles. Mais alors l'homme à la casquette de base-ball empoigna un petit enfant – un garçon roux avec une tête toute ronde – et le hissa jusqu'au télescope. Fat Man se retira de la fenêtre vers l'obscurité de la chambre, aplatissant au passage une cannette qui manqua de peu lui faire perdre l'équilibre. Les enfants étaient au-delà du supportable. Les adultes regardaient du coin de l'œil. Ils parlaient à voix basse. Mais les enfants montraient du doigt. Ils criaient.

Derrière lui, la porte s'ouvrit. Il entendit les talons de bois des bottes du jockey jouer des claquettes sur le plancher. Un son aigu, fin. Léger. Jester était en train de ramasser les cannettes et de les fourrer dans un sac en papier.

« Jesta, fit Fat Man. Je n'ai pas pu m'en empêcher. »

Jester tenait le sac en papier brun au creux de son bras. Fat Man était si gros que, lorsque Jester se tenait près de lui, il se sentait comme envahi. Jester n'aimait pas cette impression. Il recula.

« J'ai tout bu, Jesta, dit Fat Man.

– Deux cartons entiers ? »

Fat Man ne répondit pas et Jester, qui était aussi bon que lui en calcul, regarda ses doigts, remua silencieusement les lèvres et jeta :

« Ça fait dix mille. Ça fait même plus de dix mille.

– J'ai pas pu m'en empêcher, Jesta. J'ai tenu bon jusqu'aux infos de onze heures.

– Les infos ?

– Ils ont parlé du barbecue annuel du gouverneur. Cinq cents invités. Des cochons de lait entiers à la broche, le jus qui coulait. Des pièces de bœuf. J'ai pensé que je pourrais m'en tirer avec un seul Metrecal. »

Jester hocha la tête.

« Deux cartons ? dit-il. C'est un record.

– Il n'y avait personne pour m'arrêter, dit Fat Man. Tu étais au lit dans cette baraque avec…

– Vous feriez mieux de vous peser.

– Tu crois que ça va faire une différence ? demanda anxieusement Fat Man.

– Ça fait dix mille. Ça fait *plus* de dix mille.

– Qu'est-ce que t'en penses ?

– J'sais pas.

– Plus de deux cent soixante-dix-neuf ?

– Peut-être d'une livre.

– J'ai pas pu m'en empêcher, dit Fat Man. Et tu n'étais pas là pour m'aider.

– Un homme ne peut quand même pas rester ici debout tout seul la nuit entière.

– Je reste bien là, moi, dit Fat Man.

– Vous n'avez pas ce que j'ai.

– Tu finiras en enfer, dans les bras de cette pute. »

Jester posa le sac de cannettes vides et regarda Fat Man en souriant. « Maintenant, vous feriez mieux d'aller aux toilettes et de vous peser avant qu'on se mette en retard pour Miss Dolly. »

Fat Man tangua autour du lit et finit par se laisser tomber sur le bord.

« Tu l'as vue, n'est-ce pas ?

– Oui. Tout Garden Hills l'a vue.

– Mon Dieu ! gémit Fat Man. Dieu du ciel ! Elle a sonné la cloche ?

– Et même commencé l'exercice. Sur la plate-forme de chargement. À la mine.

– Je ne sais pas ce qu'on va faire, dit Fat Man.

– Vous peser, dit Jester. Vous peser et monter là-haut avant d'être en retard. »

Fat Man tendit un bras devant lui. Jester s'approcha du lit et saisit l'index d'une main et l'auriculaire de l'autre. C'est à peine si ses mains parvenaient à faire le tour des doigts. Il se cala sur ses pieds et tira. Son visage noir s'assombrit un peu plus. Incroyablement, cela suffit à redresser Fat Man sur ses pieds.

La salle de bains donnait directement sur la chambre. Elle était, comme Jester aimait dire, assez vaste pour loger un équipage de chevaux. Le sol était en marbre de Géorgie. Les murs tout en miroirs. Le plafond couvert d'une copie carrelée de *La Création* de Michel-Ange. Adam était allongé mollement, ses énormes muscles détendus, entre deux lampes fluorescentes. Et Dieu, la barbe claquant au vent, s'étirait pour l'atteindre. À un bout de la pièce, des marches descendaient jusqu'à une baignoire encastrée dans laquelle le père de Fat Man avait essayé, sans succès, d'élever des truites et où Fat Man se prélassait parfois des heures pour se rafraîchir pendant la saison chaude.

Jester aida Fat Man à sortir de son pyjama de soie. Cela prit un bon moment, avec force halètements et grognements de la part de Fat Man, mais il finit par se retrouver nu. Son corps dégoulinait en d'énormes bouées de graisse de plus en plus épaisses. Il était tout pâle. Tandis que Jester tirait la balance spécialement graduée de sous le lavabo, Fat Man s'examinait sous toutes les coutures dans les miroirs. Il essayait d'estimer les dégâts qu'il s'était lui-même infligés pendant cette folle nuit de beuverie. Est-ce qu'il avait pris une livre… plusieurs, peut-être ? Et cette petite colline de chair, là… était-elle plus grosse qu'hier ? Est-ce que l'une de ses bouées de graisse avait enflé ?

« Grimpez », dit Jester.

Fat Man grimpa, et Jester fit le tour de son ventre pour lire la balance. Fat Man le surveillait dans la glace.

« Alors ? demanda Fat Man.

– Alors, dit Jester en lui rendant son regard dans le miroir. Ça y est. Vous y êtes arrivé. On en est à deux cent quatre-vingts. »

Il souriait légèrement, juste assez pour que l'on puisse voir le diamant briller.

Fat Man descendit de la balance et se regarda à nouveau dans le mur en miroir. Oui, son tour de taille semblait avoir augmenté. Il se sentit soudain plus lourd. Plus lourd qu'il ne s'était jamais senti dans toute une vie à se sentir lourd. Son regard s'assombrit. Ses traits se renfrognèrent comme un poing fermé. Il ouvrit la bouche. Sa langue, aussi blanche que le reste de son corps, pendit un instant alors qu'il haletait.

« Monte sur la balance, Jesta », dit-il. Il avait le souffle court, rapide, épuisé, comme un chihuahua surchauffé.

Jester était encore en train de ramper sous le ventre de Fat Man après avoir lu le cadran de la balance. Il s'accroupit sur ses bottes de jockey, puis se redressa et s'étira ensuite jusqu'à atteindre un mètre dix.

« J'veux pas monter sur aucune balance, dit-il.

– Jesta, grimpe sur cette bon Dieu de balance.

– J'sais ce que je pèse, fit Jester. Vous savez ce que je pèse.

– Ah, ça va comme ça, Jesta !

– M'avez juré d'ssus. Z'avez dit bon Dieu…

– Je suis désolé, Jester. J'ai pris un kilo. Je ne suis plus moi-même.

– J'sais ce que je pèse. J'ai toujours pesé la même chose. Habillé pour la monte, ça fait quarante-cinq kilos. »

Tout en parlant, Jester était monté sur la balance. Sans la regarder.

Mais Fat Man le fit. Et il vit l'aiguille frétiller puis s'arrêter comme par magie. Quarante-cinq kilos. Fat Man fut envahi par la même sidérante incrédulité qui le saisissait chaque fois que Jester grimpait sur la balance. Il n'arrivait pas à se souvenir d'avoir pesé un jour quarante-cinq kilos. Il se dit que ça devait être quand il avait trois ans. Peut-être même à sa naissance. Il regarda Jester et lui posa la main sur l'épaule. Jester se tenait absolument immobile, le regard planté droit dans son reflet sur le mur. Fat Man avait maintenant les deux mains posées sur les épaules de Jester. Il se tenait derrière lui, sa respiration était plus aisée, son visage détendu. Sa langue blanche avait réintégré sa place. Il sentait les os de Jester. Fins, fragiles et saillants. C'était un miracle qu'il tenait dans ses mains. Il aspira dans ses poumons l'impossible éventualité de peser quarante-cinq kilos, la huma, la fit rouler sous sa langue. Lui et Jester ne faisaient qu'un. Il se baladait en bottes de jockey à talons de bois et ses genoux étaient des ressorts d'acier.

« C'est bon, dit Jester, ignorant toujours l'aiguille bloquée sur quarante-cinq. Jamais plus, jamais moins. Habillé pour la monte, ça fait quarante-cinq kilos. »

Il s'échappa de la balance et des mains de Fat Man.

Peut-être Jester pesait-il aussi quarante-cinq kilos à trois ans. Peut-être dès sa naissance. Fat Man soupira. En dépit de leurs débuts, deux cent trente-cinq kilos les séparaient maintenant. La graisse était un fait incontournable. Il fallait qu'il fasse avec. Toujours. Ce n'etait pas quelque chose qu'un homme pouvait ignorer. Et même si vous essayiez, le monde ne vous laisserait pas faire. Non qu'il n'eût jamais essayé. Bien au contraire. Il avait insisté pour que chaque relevé détaillé soit conservé. D'ailleurs, Jester s'apprêtait à consigner le dernier. Il ouvrit la porte en acajou sculpté d'un placard à côté de la baignoire. L'intérieur de la porte était entièrement recouvert de feuilles de papier agrafées sur le bois. C'étaient les relevés du poids de Fat Man, jour après jour depuis des années. La porte était entièrement recouverte de pattes de mouche écrites à l'encre verte. Il y avait deux colonnes : une pour les gains et l'autre pour les pertes. Il n'y avait aucune entrée dans la colonne des pertes. C'était le récit d'une perpétuelle progression vers le haut, un ballonnement, une enflure au-delà de la raison, de toute raison. Mais c'était également une biographie. Il suffisait que Fat Man jette un coup d'œil à la date en face d'un poids pour que des visages apparaissent, des endroits sortent de terre, des vents soufflent, des gens sourient et meurent.

« On s'habille, fit Jester, debout contre la porte, complètement dissimulé si ce n'était sa tête qui émergeait de derrière une énorme paire de caleçons en soie qu'il tenait devant lui.

– Je veux un bain, dit Fat Man. J'ai mal à la tête, j'ai la gueule de bois.

– On a dit 9 heures à Miss Dolly. On est en retard. »

Fat Man retourna dans la chambre et se laissa tomber dans un fauteuil capitonné de cuir équipé d'un moteur électrique qui lui permettait de s'incliner. Jester lui lava la figure. Le rasa. Lui poudra les rides. Lui graissa les jointures. Le pulvérisa. L'oignit. Le peigna. Ensuite, il pressa sur le bouton qui remettait le siège droit.

« Debout », dit Jester.

Fat Man se leva et fut habillé sans qu'il ait à lever les pieds. Il n'avait pas besoin d'enfiler quoi que ce soit, ni ses caleçons ni son pantalon. Tout était tenu par des zips. Un peu comme monter une tente de cirque. On assemble tout et on zippe les coutures. Fait sur mesure, taille super large commandée à New York. Ce qu'il y avait de mieux et de plus simple. Jester recula et, sans chaussettes, Fat Man passa ses pantoufles faites sur mesure elles aussi, en peau de veau mort-né. Elles étaient suprêmement peu pratiques, duraient à peine un mois et coûtaient horriblement cher. Mais c'étaient les seules chaussures qu'il pouvait porter, vu que ses petits orteils roses étaient aussi tendres que les tétons d'une vierge.

« Tu as mangé ? demanda Fat Man.

– Non, dit Jester.

– Moi non plus et je meurs de faim.

– Pas le temps, dit Jester. Plus tard.

– Tu ne voudrais pas prendre un petit quelque chose avant d'y aller ? Peut-être quelques œufs ?

– Pas faim », dit Jester en pivotant sur les talons et en sortant (il avait toujours l'air de marcher au pas) de la chambre.

L'estomac de Fat Man gargouillait à cause des mille deux cents centilitres de Metrecal et grondait de faim en même temps. Sa bouche avait très envie d'un morceau substantiel : une miche de pain, une côte de bœuf. Mais il n'en tangua pas moins (il avait toujours l'air de tanguer : un pas court, mesuré et chancelant) derrière Jester.

Depuis la véranda, ils virent Iceman, au loin, se diriger vers la grand-route. Il les salua. Fat Man lui rendit son salut. Les grincements des roues non graissées du chariot se répercutaient dans Garden Hills. Dolly avait cessé de sonner la cloche, mais, depuis l'autre côté de l'excavation, ils pouvaient la voir, vêtue de blanc et menue comme une poupée, faire défiler ses filles de gauche à droite, sur la plate-forme de chargement de l'usine abandonnée. Plusieurs personnes grimpaient de Garden Hills, les uns se dirigeant vers le magasin de Fat Man, les autres vers la mine.

« Ça va marcher au poil, dit Fat Man. Tout va gazer. »

Quand ils sortirent pour prendre la Buick, Jester ouvrit la porte à l'intention de Fat Man et attendit patiemment qu'il manœuvre pour basculer sur le siège arrière. C'était la seule méthode. Fat Man ne pouvait pas monter dans quoi que ce soit. Alors il s'arrangeait pour tomber dans le siège arrière et à force de gigoter, de pousser et de grogner, il se débrouillait pour se redresser. Installé sur le siège avant surélevé, ses petits pieds arc-boutés sur l'embrayage et l'accélérateur, Jester surveillait Fat Man dans le rétroviseur. Quand la voiture cessait de tanguer et rouler sous les efforts de Fat Man, il appuyait sur le démarreur, et la Buick rugissante se mettait en mouvement.

Dolly tenait un mégaphone d'une main et la cloche d'argent dans l'autre. Elle était debout sur une caisse en bois à l'arrière de la plate-forme de chargement.

Elle leva vers ses lèvres le mégaphone, fait d'un morceau de carton roulé en forme d'entonnoir, et cria : « Et on TOURNE, et un et deux et trois et quatre et cinq et six et sept et huit, et on TOURNE, et… » Et en face d'elle, tout au bord de la plate-forme, six jeunes filles défilaient au pas. Elles étaient tétanisées, hypnotisées par le volume de la voix de Dolly et par leur propre rêve de devenir la Reine du Phosphate de Garden Hills.

Jester arrêta la voiture, et Fat Man ouvrit les rideaux qu'il avait tirés pendant le trajet. Dolly baissa le mégaphone et s'écria : « Salut, chéri. » Les filles s'immobilisèrent, les pieds joints et en position pour se remettre à parader. « C'est tout, les filles. C'est tout pour le moment, je sonnerai la cloche pour reprendre l'exercice. » Elle descendit de la plate-forme vers la voiture et les filles la suivirent au pas, en file indienne. « Dites bonjour à Mayhugh, les filles. »

Elles souriaient d'un air timide, mais se taisaient. Elles étaient toutes grandes et minces. Elles avaient les jambes couvertes jusqu'aux genoux de poussière blanche et poudreuse. Elles étaient trempées et elles crevaient de chaud. Fat Man, qui d'habitude se régalait de leur maigreur, ne parvenait pas à se détacher du fait qu'il était parti sans avaler son petit déjeuner.

« Mon Dieu ! vous devez avoir bien dormi, Mayhugh », dit Dolly. Elle fit valser sa robe blanche autour de ses cuisses, et Fat Man, malgré sa faim, perçut son odeur. « Je vous attendais plus tôt. Je croyais que vous seriez là à temps pour voir les filles s'entraîner. Vous savez à quel point elles apprécient que vous soyez là pour l'entraînement.

– Dolly, tu devrais cesser de mettre d'étranges idées dans la tête de ces gosses, dit Fat Man.

– Pas « étranges », chéri. Sortez et je vais vous montrer.

– Je n'ai pas pris de petit déjeuner. Je suis malade. Il fait chaud. Dis-lui, Jesta.

– Chaud, malade et affamé, dit Jester, assis, raide, regardant droit devant lui.

– Oh, descendez donc ! Ça prendra pas plus d'une minute, il faut que je vous montre.

– Ça ne marchera pas. »

Le sourire rouge de Dolly se fit encore plus rouge, encore plus large. « On a gagné quinze dollars avec le télescope hier. On va en gagner une trentaine aujourd'hui et soixante demain. À la fin de la semaine, on aura assez pour un autre télescope. Mais nous n'aurons pas besoin d'un autre télescope. Les touristes viendront ici, en bas, là même. » Elle ouvrit la porte. « Ça ne vous prendra qu'une seconde. »

La sueur lui dégoulinant tout le long du cou, Fat Man se désincarcéra de la voiture. Les filles élancées s'approchèrent de lui presque comme si elles s'apprêtaient à lui poser les mains dessus. Dolly en écarta doucement une, prit Fat Man par le coude et le conduisit jusqu'à l'avant de la voiture.

« C'était merveilleux, dit-elle. Ils nous ont regardées toute la matinée. » Elle désigna du doigt Reclamation Park, derrière la maison de Fat Man. « Ce télescope sera bourré ce soir.

– Tu peux pas être certaine que c'était toi qu'ils regardaient, dit Fat Man. C'est bien trop loin.

– Je pouvais *sentir* le télescope pendant qu'on s'entraînait », dit Dolly. Elle le conduisit vers le côté du bâtiment où ils pouvaient s'abriter du soleil. « Là, fit-elle en pointant l'angle de l'énorme bâtiment. Rouge, d'accord ? Vous voyez le tableau, Mayhugh ? Tout le bon Dieu de truc rouge sang. Ça leur fera péter les yeux hors de la tête, non ? Combien de peinture vous croyez qu'il faut pour une construction de cette taille ?

– J'en ai pas la moindre idée. Ça ne marchera pas, de toute façon. C'est de la folie.

– Jester, combien de peinture tu crois qu'il faut ? » demanda Dolly.

Jester ne prit pas la peine de la regarder, ni elle ni le bâtiment. Une Benson & Hedges dans la bouche, il prononça :

« Beaucoup.

– Alors c'est bon, fit Dolly. Beaucoup. Je vais prendre beaucoup de peinture rouge. On utilisera de la peinture bon marché et on ne peindra que les trois côtés visibles de la route, plus une quinzaine de ventilateurs et un panneau sur la façade. Venez par ici. » Elle le prit par le bras et l'entraîna hors de l'ombre. « Là, en haut, au-dessus de la plate-forme, on mettra une enseigne. Il faut qu'elle soit lisible à l'œil nu depuis la route. Et un panneau d'affichage. Il nous faudra un panneau d'affichage quand on aura démonté le télescope.

– Qu'est-ce qu'on va faire de ce télescope ? On peut quand même pas s'asseoir sur un télescope de quatre cent cinquante-trois dollars et dix-sept cents ?

– Eh bien, on l'installera ici, dit Dolly en désignant ses pieds. Ici même.

– Et pour quoi faire, au nom du ciel ?

– Pour qu'ils puissent voir d'où ils viennent, bien sûr. Ils pourront regarder vers la grand-route. »

Du coup, Jester lui-même se mit à la regarder. Une cigarette fermement plantée entre sa dent en or et celle en diamant, il jeta un coup d'œil à Dolly avant de se tourner vers Reclamation Park et la super autoroute à quatre voies.

Sur Fat Man, la sueur virait à l'inondation. Elle lui dégoulinait du cou, tout le long du corps. Chaque fois qu'il portait son poids d'un pied à l'autre, tout son être émettait un bruit mouillé, spongieux venant de ses fesses, de ventouse de ses aisselles. Il se sentait aussi obscène qu'un graffiti sur un mur de chiottes. Les six jeunes filles ne le lâchaient plus des yeux. Il trouvait cela insupportable, et rien ne lui aurait fait plus plaisir que d'entraîner Dolly à l'ombre dans l'usine de phosphate et de l'étrangler jusqu'à ce que mort s'ensuive. Mais il se contenta de soupirer en s'affaissant.

« Très bien, Dolly, je vais te poser la question, dit-il. Pourquoi voudraient-ils regarder dans un télescope la route qu'ils viennent juste de quitter ? »

Elle sourit. « Mayhugh, il est clair que vous n'avez jamais mis les pieds à New York. Ils le feront parce qu'il est là. C'est toujours la même vielle histoire. Vous prétendiez aussi qu'ils ne regarderaient jamais dans celui de Reclamation Park, mais hier, on s'est fait quinze dollars à un quarter le jeton. »

C'était vrai, il l'avait affirmé. Et ils avaient gagné quinze dollars dans la seule journée d'hier. Il ne faisait pas le poids contre elle et il le savait. C'était un prodige. Elle était au-delà de toute explication, de toute compréhension. Il avait l'impression de peser une tonne. Et que peut faire quelqu'un qui pèse une tonne face à une fille rapide, jolie, et sans la moindre goutte de sueur ? De plus, elle avait été à New York. Il savait exactement quand sur son diagramme de poids. Le jour de son départ, il pesait cent quatre-vingt-dix-neuf kilos et demi – luttant férocement contre les deux cents. Il en faisait deux cent cinquante le jour de son retour.

« Monsieur Mayhugh. » Les doigts de l'enfant caressèrent son bras tel un papillon. Elle était blonde comme les blés, avec une bouche bleu pâle. Ses pommettes se dessinaient sous sa peau laiteuse. Elle le toucha à nouveau et, cette fois, ses doigts restèrent sur son bras. « Monsieur Mayhugh, elle peut le faire. Miss Dolly peut le faire. »

Elle portait le maillot une pièce que Dolly lui avait acheté avec l'argent de Fat Man. Elle se rapprocha de lui. Ses yeux brûlants étaient rivés aux siens. Elle ne devait pas peser beaucoup plus que cinq cents calories. Cinq cents calories par jour suffiraient probablement à la faire grossir. Comparée à lui, elle était transparente. On pouvait voir l'articulation de ses os, là où son cœur palpitait. La caresse de sa main lui bloquait les mâchoires. Il était incapable de parler. Il cessa de s'éponger et laissa sa sueur couler.

« Une de ces cages qui pendent du plafond fera la difference quand la Reine du Phosphate de Garden Hills sera dedans », dit-elle. Son haleine puait doucement la nourriture à moitié digérée.

« Des cages ? dit Fat Man.

– À go-go girls. Elle en a vu à New York, dit la fille.

– Nous pensons installer une cage pour la reine. La cage de la reine, dit Dolly. Ça fera bien sur le panneau. »

Jester jeta sa cigarette et se mit à siffler doucement le coup de bugle du départ.

« Ce n'est qu'une idée, dit Dolly. J'en ai d'autres. Et nous en aurons encore davantage en avançant. Je vais nous remettre en scène.

– Nous remettre en scène. Elle en est capable », dit une des filles.

Fat Man regarda les six filles qui l'entouraient. Elles étaient totalement sous le charme de Dolly. Elles étaient dépassées et médusées. Sans doute l'étaient-elles toutes. Sans doute allaient-elles faire tout ce que Dolly leur demanderait, qu'elles le veuillent ou non.

« OK, dit Fat Man. Je vois. J'ai compris ce que tu veux et ce que tu es en train de faire avec l'argent. » Tout en parlant, il s'était tourné et tanguait vers la Buick. Il penchait.

« Attendez un peu, dit Dolly. Vous n'avez vu que le squelette. Rien que le squelette. Il faut encore y ajouter la chair.

– Je comprends. Je sais », dit Fat Man dont le pantalon beige était blanc de poussière de phosphate.

Il en avait dans la bouche et les cheveux. Ses pieds fragiles lui faisaient souffrir le martyre. L'air était plein d'épaisses tranches de jambon frit et de tartines de pain beurré. Il fallait qu'il s'éloigne d'elle au plus vite, sinon, s'il ne mangeait pas illico, il risquait de vendre Garden Hills, la maison et son âme pour un sandwich au beurre de cacahuète.

Il s'affala dans le siège arrière de la Buick. Ça tangua, roula puis se stabilisa. Les jeunes filles le regardaient. Leurs yeux ratissaient son dos pendant qu'il se débattait dans un océan de chair et de sueur. Quand il fut finalement en place, Dolly monta à ses côtés et le moteur rugit. Les filles firent demi-tour et descendirent vers Garden Hills en file indienne. La vue de Fat Man était brouillée par l'effort et la transpiration, mais il lui sembla qu'elles marchaient toujours au pas quand elles disparurent au-delà des bords de l'excavation.

« À la maison, murmura Fat Man contre la nuque de Jester.

– À Reclamation Park », dit Dolly.

Le temps de monter jusqu'à la super autoroute, Fat Man respirait mieux. Ils s'engagèrent sous les grands arbres verdoyants et se garèrent à l'ombre. Devant eux s'étendaient des haies taillées en formes géométriques. Au centre du parc, une fontaine d'eau cristalline jaillissait d'un lion en marbre, entre deux palmiers malaisiens dorés. Les oiseaux chantaient. À l'extrémité du parc, juste en face de l'endroit où la Buick était garée, se dressait un buste en bronze de Jack O'Boylan avec, en dessous, une inscription gravée dans le métal, illisible à cette distance. Mais Fat Man la connaissait par cœur ; il n'avait pas besoin de la lire.

Parc d'assainissement Jack-O'Boylan

Le jardin où vous vous tenez actuellement s'étendra un jour à toutes les collines. Jack O'Boylan défriche son territoire. À mesure que les opérations minières se poursuivront, le programme d'embellissement continuera. La population le mérite.

C'était un panneau standard de Jack O'Boylan. Il les faisait faire en série à Elmira, New York. Le panneau était dressé en même temps et avec la même méthode que le parc : instantanément. Après avoir creusé un trou de dix hectares et y avoir installé Garden Hills au fond, ils avaient fait venir le parc sur une caravane de cinquante camions et l'avaient étalé comme de la moquette. C'était un parc Jack-O'Boylan standard. Il les faisait fabriquer en série à Peoria, Illinois. C'était comme de la magie : l'herbe poussait, les fleurs s'épanouissaient, les arbres frémissaient et l'odeur du printemps se répandait sur Garden Hills. Un puits était creusé et un jet d'eau installé. Au milieu de la nuit – toutes les nuits –, il pleuvait. Ensuite, tout au long des journées étouffantes, sous un soleil à vous coller des cloques, quand l'air se remplissait de cendres et le nuage au-dessus de Garden Hills virait au jaune, les gens pouvaient lever les yeux vers Reclamation Park, humide et incroyablement frais à l'horizon. Et ça s'étendrait un jour sur toutes les collines. Ça les protégerait et les soutiendrait. C'était marqué sur le panneau. Pour eux, c'était un acte de foi.

Et maintenant, ça appartenait à Fat Man. L'État se chargeait de l'entretien et de la tonte, et – avec l'accord de Fat Man – permettait aux visiteurs d'utiliser le parc comme une aire de repos en bord de route. Mais Fat Man en était le propriétaire, comme il possédait aussi l'usine de trois étages et les dix miles carrés de sol minier contenant trois cent quinze lacs sans poissons et deux cent treize collines de terre, l'une d'entre elles était si haute qu'on l'appelait la « Montagne de Phosphate. »

« Regardez-moi la queue pour le télescope, dit Dolly. C'est pas magnifique ? » Elle jeta un coup d'œil à sa montre. « Nous sommes lundi matin, 11 heures et quart, et visez-moi ça. »

Treize personnes se tenaient les unes derrière les autres, un quarter à la main. Les voitures continuaient d'arriver. Les familles étalaient leurs pique-niques sur les tables en ciment installées sous les arbres. À l'arrière de la Buick, les rideaux étaient tirés et Dolly lorgnait à travers la fente de l'un d'eux.

« Ouvrez donc le rideau, mon cœur, et jetez un bon coup d'œil.

– Je peux voir par le pare-brise, dit Fat Man.

– Ça vous embête si je vais faire un tour vers le télescope ? demanda-t-elle. Ça pourrait nous aider, d'entendre ce qu'ils disent. Nous aider pour la promotion. »

Sans attendre de réponse, elle sortit.

Sitôt qu'elle fut partie, Jester, sans tourner la tête, prononça :

« Iceman a dit que c'est une cinglée de garce.

– Quand ça ?

– Ce matin. Pendant que je regardais le cheval.

– Ça ne m'étonne pas.

– M'a demandé de pas vous le répéter.

– O.K. » Fat Man inspira profondément. « T'es avec moi, Jesta ? T'es toujours avec moi ? »

Jester continuait à regarder droit devant lui.

« Sûr.

– À l'usine, j'ai dit : à la maison. Et tu m'as emmené ici.

– Miss Dolly a dit Reclamation Park.

– Mais j'ai dit à la maison. C'est moi qui paye tout dans le coin. J'ai installé ta pute dans un bungalow et j'ai mis l'électricité. Je paie. Dolly ne peut rien faire pour toi. Elle ne peut *rien* faire sans que je le lui dise.

– Pour sûr, dit Jester.

– Je veux juste que tu sois prudent. Ne te vends pas à bas prix.

– Pour sûr », dit Jester.

Dolly parlait avec les gens qui faisaient la queue. Elle souriait. Ils lui rendaient son sourire. Même à cette distance, il pouvait voir leur bouche et il sentit un frisson lui parcourir la nuque, un tremblement involontaire. L'un d'entre eux poussa soudain un braiment de rire et toute la queue en fut secouée. Celui qui brayait désignait une inscription sous le télescope : « INSTRUCTIONS ». Puis il pointa du doigt le plus grand lac de Garden Hills. Il y avait assez d'écume à la surface pour que l'on puisse marcher dessus. Comme de la glace verte. C'était là que la mère de Fat Man était enterrée. C'était le paragraphe 14 des INSTRUCTIONS. À cette distance, à travers le télescope, le lac ressemblait à une émeraude. Et c'était comme ça que Dolly l'avait baptisé sur les INSTRUCTIONS : L'Émeraude.

« T'as de la monnaie, mon pote ? » C'était un petit homme pourvu d'un halo de cheveux très roux autour d'un crâne brillant. Il avait posé les coudes sur la portière et penchait la tête de côté, en dévisageant Jester.

« De la monnaie ? dit Jester.

– Pour le télescope, mon pote. Des quarters. T'en as ? » Il jeta un coup d'œil sur les extensions du frein et de l'accélérateur qui se dressaient à la rencontre des jambes courtes de Jester. « Eh ben ! » fit-il. C'est alors qu'il aperçut Fat Man assis à l'arrière. Avec les rideaux tirés, il était en partie dans l'ombre. Le type se pencha un peu plus à l'intérieur de la voiture. Ses yeux s'écarquillèrent. Sa mâchoire s'affaissa. Puis il recouvra ses esprits et se remit à respirer. « Avez-vous… monnaie… des quarters, un téléscope ?

– Non, répondit Fat Man.

– Bon », fit l'homme. Il avait l'air de chercher désespérément quelque chose à dire. « Je suis… Je suis désolé… *vraiment* désolé. »

Et il s'éloigna.

« Wes avait raison, tu sais, dit Fat Man. C'est une cinglée de garce.

– Pas normale, dit Jester.

– Va pas dire à Wes que j'ai dit ça.

– O.K. », dit Jester.

La tête d'un gamin apparut à la fenêtre du côté de Jester. Une tête toute ronde avec des cheveux roux. Un type le hissait à la hauteur de la fenêtre. Fat Man voyait ses mains sous les bras du gosse. Le môme regarda Jester, puis regarda Fat Man.

« BONDIEUD'BONSOIR ! hurla-t-il.

– Appuie sur le klaxon, Jester », lança Fat Man.

Jester appuya sur le klaxon et le gosse continua à brailler de toute la puissance de ses poumons : « BON-DIEUD'BONSOIR ! »

La queue du téléscope se retourna. Dolly agitait les bras en désignant Garden Hills, mais la queue continuait de regarder fixement la Buick et le gamin rouquin en pleine crise. Les gens se levaient de leurs tables de pique-nique. « Grouillez-vous, vite, cria quelqu'un. C'est vraiment quelque chose ! » « AcciDent, acci-Dent ! » gueulait une autre voix. Et soudain, la voiture se mit à se balancer sur ses suspensions comme si, un par un, dans un effort désespéré pour y voir un peu mieux, tous s'y accrochaient. Le parebrise n'était plus qu'un seul visage. Des buissons de têtes se collaient aux deux fenêtres. Ceux qui ne pouvaient pas voir demandaient des détails. Ceux qui voyaient hurlaient en réponse que c'était absolument impossible à décrire. Finalement, la porte s'ouvrit et Dolly sauta à côté de Fat Man. Elle avait perdu son chapeau. La couture de sa robe blanche était déchirée à l'épaule. Jester fit démarrer la voiture, mais il y allait doucement de peur d'écrabouiller un touriste.

« Pourquoi t'es pas venue ? gémit Fat Man. Pourquoi t'es pas venue quand Jester a appuyé sur le putain de klaxon, nom de Dieu !

– J'arrivais pas à traverser la foule », répondit-elle. Elle souriait. Elle pressa sa poitrine contre lui et lui serra le bras. « Tout va bien, Mayhugh, on va manger. On va *vraiment* manger, maintenant. »

3

Le coup de bugle du starter de l'hippodrome de Belmont résonna dans la maison silencieuse. La longue note perçante retentit dans la pièce, rebondissant contre les murs et le plafond. C'était le son que Jester préférait au monde. C'était la bataille. C'était la victoire. C'était cette masse indistincte de visages pâles le suppliant de laisser l'étalon gagner, de le mener à la victoire. Tout ça tournoyait en rond dans sa tête jusqu'à ce que le monde entier ne soit plus qu'un cheval dont il était le jockey. Son sang en noircissait sous l'effort.

C'était pour ça qu'il avait mis la télé à fond. Et parce que le son était poussé au maximum, Fat Man l'entendait à travers le mur de la salle de bains où il flottait dans la baignoire, à demi immergé, comme un spécimen rare d'hippo blanc, et Wes Westrim l'entendit tout au fond de Garden Hills où il venait juste de revenir de Beverly avec son chargement de glace, pour trouver sa fille dans le salon en face du divan (un divan fait avec le siège avant de sa vieille Buick), dans son maillot de bain noir, tenant un livre de Killer Joe Piro[1] devant elle en se catapultant par-dessus les meubles, et

1. Célèbre professeur de danse de New York, incarné par John Travolta dans *Saturday Night Fever*.

Lucy crut l'entendre dans sa baraque sur la Montagne de Phosphate parce qu'elle savait que c'était l'heure des courses de Belmont et parce qu'elle aimait Jester plus que sa propre vie.

Jester avait attaché deux chaises ensemble et avait déployé une couverture sur le dessus. Il enfourcha la couverture, les bottes solidement crochées dans la partie inférieure de chaque chaise. Les chevaux défilaient jusqu'au poteau. Sa monture se gonflait sous lui. Ses minuscules mains d'acier étaient verrouillées. La piste ovale dessinait comme un iris dans l'œil brillant de l'écran de télévision. Et, le matin, juste avant le lever du soleil, ce genre de piste était aussi calme que l'intérieur d'un cercueil enterré. Une brume grise enveloppait la piste intérieure. Et puis, dans le matin frais et humide, se déployait une procession silencieuse d'hommes et d'animaux : des pur-sang recouverts de leurs plaids, des palefreniers, des entraîneurs, des lads et même – de temps en temps – un jockey célèbre. Des hommes se tenaient accoudés à la barrière, un chronomètre à la main. Et puis on enlevait les couvertures des grands chevaux et on les emmenait sur les pistes, oreilles droites, naseaux frémissants. Et les lads en sweat-shirt, casquette à visière, aussi petits que des singes, se juchaient sur les étriers d'acier. Jester avait quatorze ans et il était fait pour ça. Il était petit, rude, doué et bien entraîné. Il avait fréquenté les chevaux toute sa vie, depuis sa naissance à Ocala, Floride, et avait été remarqué par une agence de jockeys à l'âge de dix ans alors qu'il gagnait sa vie sur l'immense haras de Ponce de Leon. Il lavait les chevaux, les nourrissait, les soignait, les bouchonnait, les promenait et dormait dans la même stalle qu'eux. Il avait plongé les bras jusqu'aux coudes dans un pot d'argile, ouvrant et refermant les mains pendant cinq ou dix minutes jusqu'à ce que les muscles de ses avant-bras et de ses poignets deviennent saillants et noueux. Il parlait aux lads, aux entraîneurs, aux jockeys et, enfin, aux chevaux. Il passait devant la stalle obscure d'un pur-sang de deux cent mille dollars en plein milieu de la nuit pour chuchoter, supplier et communier avec l'instrument de son salut.

« Ah, cheval noir ! susurrait-il. Cheval, cheval. »

Le cheval l'avait sorti d'Ocala, de la pauvreté et d'être deux fois moins grand et deux fois plus noir que quiconque de sa connaissance. Il n'y avait aucun doute et il n'y en avait jamais eu. Tout le monde le savait. Il avait l'assurance d'un propriétaire, le savoir d'un entraîneur et la constitution d'un jockey. Confiant, il avait fait poser par son dentiste un diamant et un cœur en or dans sa bouche. Une prédiction.

Jester savait qu'il était parfait. Il le savait ce matin-là alors qu'il avait quatorze ans et qu'il prenait place dans la procession solennelle vers le champ de courses pour effectuer sa toute première monte sur un pur-sang en tant que lad. Il le savait en regardant les hommes s'installer à la barrière, le chronomètre prêt. Il le savait en voyant la couverture que l'on ôtait du dos de Roman Lover.

Le propriétaire lui-même avait aidé Jester à monter en selle. M. Grigg n'était pas là pour regarder Roman Lover, qui lui avait déjà rapporté près d'un quart de million de dollars l'année passée, mais pour voir Jester qui gagnait vingt dollars la semaine, pension comprise. M. Grigg avait déjà Jester sous contrat. Il avait été établi par l'agence de jockeys, et c'était le meilleur contrat que M. Grigg avait jamais accordé à un cavalier.

« T'es un cavalier-né, gamin, avait dit M. Grigg en tapotant la jambe de Jester. Tu vas devenir un grand. »

Mais Jester n'écoutait pas. Il sentait le cheval. Ça lui montait par le mors, le long des rênes, dans les mains, les bras et le cœur. C'était comme il savait que ça serait. Il n'y avait absolument rien de comparable avec le fait d'être né et élevé pour la chose que vous avez vous-même choisie : faire courir le cheval, tenir les rênes. Les heures d'entraînement dans le pot de glaise avaient payé. De solides cordes de muscles tressautaient sur ses avant-bras et des tendons durs comme des fils d'acier se dessinaient sur le dos de ses mains. Le cheval était à lui et il le menait comme s'il en était le propriétaire.

On avait conduit Roman Lover dans le starting-gate mobile. Il s'agissait de parcourir deux kilomètres en un peu plus de deux minutes.

« Donne pas tout, avait dit l'entraîneur. Garde la poignée des gaz en main et laisse-le courir gentiment. »

Le souffle de Roman Lover sortait en rafales, courtes, saccadées. Il tremblait.

La porte d'acier s'était ouverte et ils s'étaient élancés. Cela avait été un jaillissement puissant, aérien, une expérience que Jester n'avait encore jamais connue jusqu'alors – et en même temps rigoureusement semblable à ce qu'il attendait. Roman Lover courait sans œillères comme il le faisait toujours en course car il n'était pas le genre de cheval à se faire peur ou à faire des embardées. Il avait trouvé sa trajectoire tout de suite et ne l'avait plus quittée. Et c'est une des raisons pour lesquelles Jester n'avait pu prévoir ce qui lui était arrivé dans la dernière ligne droite.

Sans même casser son allure ou dresser les oreilles comme il aurait dû le faire si quelque chose l'avait effrayé, Roman Lover avait dévié de sa trajectoire et percuté la barrière qui l'avait expédié en plein ciel à un angle de quarante-cinq degrés pour atterrir sur le côté dans quatre rangées de fil de fer barbelé tendu autour d'un entrepôt en ciment, et finalement, après avoir partiellement recouvré son équilibre, contre le bâtiment lui-même, tout droit et à fond la caisse. Roman Lover avait été tué sur le coup, ainsi que les espoirs de Jester de jamais devenir un jockey.

Roman Lover fut le dernier cheval que Jester ait jamais monté : il s'était cassé une jambe, fracturé une clavicule et souffrait d'une commotion cérébrale. Pendant deux mois, il ne put dormir plus de deux heures sans s'éveiller en hurlant à la vue du mur de ciment qui fonçait vers lui à près de 50 kilomètres à l'heure. Peu à peu, ces rêves finirent par guérir. Sa jambe et sa clavicule guérirent. Tout guérit sauf sa peur. Et la peur était une chose vivante qui croissait en lui jour et nuit. Elle le tenait comme il avait tenu son cheval. Et chaque fois qu'il se rassurait, la peur resserrait son étreinte.

« Je te garde comme jockey, avait dit M. Grigg. Ce n'était pas de ta faute.

– Il n'y avait aucune raison pour que Roman Lover fasse une chose pareille, renchérissait l'entraîneur. Toi ou n'importe qui d'autre n'aurait rien pu y faire. »

Les chevaux ne se suicident pas, mais c'était pourtant ce qu'avait fait Roman Lover. Aucun chien n'avait fait irruption devant lui. Aucune couvée de cailles ne s'était envolée sur la piste intérieure. Rien n'avait effrayé Roman Lover. Il l'avait juste fait : se suicider en manquant de tuer Jester par la même occasion.

Et c'est bien parce qu'il n'existait ni motif ni moyen d'expliquer un tel comportement que Jester ne pouvait plus regarder un pur-sang sans imaginer un mur de ciment et l'instant de l'impact à près de 50 kilomètres à l'heure. Si un cheval l'avait fait, pourquoi un autre ne le ferait-il pas ? Pourquoi pas tous les chevaux ? Que pouvait faire un homme devant l'absence de cause ? Comment se défendre ?

Et c'est ainsi que Jester avait quitté le haras de Ponce de Leon la veille du jour où il devait monter à nouveau. Et c'est comme ça que, harnaché sur ses deux chaises à haut dossier, il avait poussé le son de la télé si fort afin d'entendre le signal du starter auquel il ne répondrait jamais plus.

Le son était assez fort pour faire frémir l'eau où Fat Man gisait, submergé et à moitié inconscient à la suite du repas que Dolly lui avait fait ingurgiter avant de prendre la Buick et de filer à Beverly pour s'enquérir de la peinture rouge et des ventilateurs de plafond. Un bain froid après un bon repas représentait un des plus grands bonheurs de Fat Man. Être immergé le rendait plus léger et lui donnait une sorte de liberté qu'il n'aurait pu trouver nulle part ailleurs. Et bien qu'il n'aimât point être dérangé par le signal du starter de Belmont, il ne pouvait pas y changer grand-chose.

Jester était un luxe extravagant et incroyablement onéreux, mais aucun miracle n'est bon marché. Et celui-ci était doublement cher parce qu'il devait l'habiller en costumes de soie coupés sur mesure et bottes de jockey spéciales cousues main. Il leva les yeux sur le cabinet ouvert où figurait son relevé de poids, sa biographie. Cent trente-deux kilos et quatre-vingt-dix grammes. C'était ce qu'il pesait, le jour où il vit Jester pour la première fois. C'était un jour sombre et sulfureux. Il venait à peine de rentrer de l'université Florida Nothern où il s'en était tiré de justesse. Sa voiture, le siège arrière, le siège avant, le plancher, le coffre, même la galerie – sa voiture tout entière était chargée de livres. S'il risquait de ne plus jamais retourner à l'université, il pouvait ramener chez lui l'université tout entière. Il s'était arrêté devant la maison et avait trouvé son père accroupi au pied d'un buisson de roses dans le jardin. Le buisson ne produisait jamais de roses à cause du nuage jaune suspendu en permanence au-dessus de la maison et de la poussière couleur de cendre qui jaillissait de la mine, mais, malgré ça, il parvenait à survivre. Fat Man était sorti de la voiture et était entré dans le jardin. À cette époque, il était encore relativement léger. Presque délicat. Son père avait levé le regard sur lui.

« Elle est morte. Elle n'a pas pu le supporter et elle est morte.

– Oui, papa, elle est morte. Elle n'a pas pu le supporter et elle est morte. »

Ils parlaient de sa mère. Elle était morte depuis dix-neuf ans, depuis le soir où Fat Man était venu au monde avec un poids plutôt normal de quatre kilos. Sa mort avait rendu son père doucement cinglé. Très doucement. Il ne criait jamais. Ne courait jamais. Il pouvait conduire jusqu'à la ville, faire ses courses et revenir ; il pouvait faire des œufs brouillés, des toasts et du café pour le petit déjeuner. Mais il était dingue. Il descendait parfois à poil à Garden Hills. Environ une fois par mois, il tentait de se jeter dans les moulins à phosphate afin de se transformer lui-même en phosphate. Finalement il y réussit. On ne le retrouva jamais. Personne n'en pipait mot, mais on était sûr qu'il avait été vendu dans un sac. Et si c'était vrai, ce n'était que justice. Son rêve le plus profond s'était réalisé. C'était son châtiment.

Sa femme lui avait tout appris en matière de châtiment. Elle sortait d'un nid de religion au plus profond de sa brousse de palmiers-nains. Elle portait des robes noires, ne se séparait jamais d'une bible noire, et le père de Fat Man, dont le nom était Mayhugh, ne l'avait jamais vue nue, ce qui était l'une des grandes déceptions de sa vie. C'était une femme aux hanches larges, aux jambes lourdes et équipée du genre de poitrine qui hantait les rêves des hommes affamés. Il avait rêvé d'elle pendant des années avant que Jack O'Boylan n'arrive à Garden Hills. Ensuite, avec l'argent de Jack O'Boylan, il avait pu l'épouser et l'emmener à Garden Hills. Mais elle n'avait jamais aimé l'endroit. *La Création* de Michel-Ange sur le plafond de la salle de bains la dégoûtait. Elle ne connaissait pas le nom de cette peinture ni son auteur, tout ce qu'elle voyait, c'est qu'Adam était nu. C'était le seul entrejambe qu'elle ait jamais vu de sa vie, et elle n'avait plus jamais levé les yeux vers le plafond.

« C'est l'œuvre du démon », disait-elle.

Mais le père de Fat Man se contentait de lui rire au nez et, couché dans la baignoire, il imaginait sa tête sur les épaules d'Adam, se figurant qu'Adam était sa femme.

« Le corps est l'œuvre du démon », répétait-elle.

Il avait engendré son fils avec sa femme couverte jusqu'au menton dans une pièce sombre, au cœur de la nuit, les mâchoires crispées, les dents grinçantes et la Bible serrée à deux mains contre son sein. Et à mesure que son ventre s'arrondissait, elle devenait de plus en plus persuadée que Garden Hills était l'enfer.

« Sens ça ! hurlait-elle au beau milieu de la nuit. Soufre ! Flammes éternelles et colère de Dieu ! »

À cette époque, les affaires de Jack O'Boylan étaient en plein boom. De la campagne environnante montaient des bruits de guerre. Les tirs de la mine résonnaient comme le canon. L'âcre odeur du fuel, de l'essence et de l'huile planait dans l'air. Des tranchées étaient creusées. Des hommes criaient des ordres et battaient en retraite devant des camions déchaînés et des bulldozers lourds comme des tanks. Des postes de secours étaient installés pour soigner les mains mutilées et les moignons sanglants de jambes et de bras pendant que les hommes risquaient leur vie pour maintenir les cadences établies par Jack O'Boylan.

Le père de Fat Man était pris entre Jack O'Boylan d'un côté et son enflée de bigote de l'autre. Elle était sur son dos jour et nuit. Sa maison ne lui plaisait plus. Il avait cessé d'aimer son compte en banque. L'homme nu sur le plafond de la salle de bains commençait à craindre. Il avait mis des truites dans sa baignoire. Ses yeux rougissaient. Ses mains tremblaient. Et la veille de sa mort, dans un crescendo de prières, ensanglantée sur le lit où elle venait d'accoucher, elle lui avait asséné l'argument final et irréfutable. Se dandinant vers lui, le ventre ballant comme la trompe bouffie et dilatée d'un éléphant, elle avait brandi sa Bible en direction de Garden Hills. « Pas un seul homme dans ce trou ne sait ce qu'il fait ! hurlait-elle. Pas un seul ! » Elle le prit par les épaules et le secoua. « Pas un seul homme ne sait ce qu'il fait dans cet endroit oublié de Dieu. » Elle l'expédia hors de la maison d'une bourrade. « Vas-y. Descends et demande-leur s'ils savent ce qu'ils sont en train de faire. Demande-leur ! »

Et il y était allé. Il avait demandé aux hommes qui creusaient au fond des trous pourquoi ils creusaient ; il avait demandé aux hommes qui empilaient des montagnes de terre au bulldozer pourquoi ils empilaient ; il avait demandé aux hommes qui tendaient des fils pourquoi ils tendaient. Personne n'en savait rien. On avait dit à chacun de le faire, et personne ne savait pourquoi.

« Personne ne sait rien, avait dit son père, accroupi, en soufflant les cendres du buisson de roses.

– Non, personne », avait répondu Fat Man.

Comme la mort de sa mère, c'était un sujet qu'ils abordaient aussi loin que remontait le souvenir de Fat Man. Son père surgissait en trombe de Garden Hills en pleurant : « Personne ne sait ! Personne ne sait ! » Ensuite, il s'arrêtait un instant et regardait vers l'endroit où les machines tournaient et claquaient, et un éclair de lumière illuminait son visage. « Jack O'Boylan le sait, mais il n'est pas là, et il dit rien. » Puis il éclatait d'un rire perçant qui se terminait en pleurs pour tous les creuseurs, les entasseurs et les tendeurs.

Mais Fat Man était conscient que son père était fou et que Garden Hills était un endroit ordinaire dans un monde ordinaire. C'était vrai que, personne ne savait ce qu'il faisait dans cette mine. Mais personne n'a besoin de savoir ce qu'il fabrique sur une chaîne de montage. Chacun se consacre uniquement à la tâche en face de lui – couper un fil, visser une vis, creuser un trou ou en boucher un – et quelqu'un, quelque part, combine tout ça en vue du résultat final, le phosphate. C'était vraiment très simple. Fat Man le comprenait. Il savait même qu'un vieillard, sale et la barbe pleine de poux, qui vivait au-delà des océans, à Florence, en Italie, il y a six cents ans, avait vu en premier Dieu toucher Adam et que cette vision était parvenue par l'intermédiaire de Jack O'Boylan sur le plafond de sa salle de bains. Et que lui, Fat Man, avait hérité de l'ensemble. Mais, bien sûr, il ne pouvait raconter ça à son père, accroupi pour épousseter son buisson de roses.

« Viens, pa, allons manger. »

Il avait pris le vieil homme par le coude et l'avait aidé à se lever.

« Tu veux déjà remanger ? » avait demandé son père.

Ils avaient pris leur dernier repas ensemble, trois mois plus tôt, le matin où Fat Man était parti pour son premier semestre à Florida Northern. Durant cette période, Fat Man avait découvert les livres, avait perdu sa virginité avec le champion de course à pied de fond de l'université et failli être tué. Mais ces trois mois n'avaient représenté qu'un matin dans l'esprit d'un fou, un flash de synapse entre le petit déjeuner et le déjeuner.

« Jester doit avoir tout préparé, avait dit son père. Si c'est l'heure, Jester a tout préparé. »

Fat Man avait mieux à faire que de perturber la tranquillité de son cinglé de père en lui demandant qui était Jester. Il l'avait donc suivi sur les marches en marbre de la véranda recouverte d'ardoise, puis le long du hall lambrissé de bois de cyprès jusqu'à la cuisine. C'est là que se trouvait Jester, en salopette d'enfant et bottes de jockey usées, qui lui lança un regard furieux au-dessus d'un plat de jambon frit.

« Manger, fit Jester. Vous aussi ? » Et sans attendre de réponse, Jester s'était mis à jeter des tranches de jambon dans la poêle à frire qui crépitait de graisse sur le feu.

Et Fat Man avait plus mangé pendant ce repas qu'il n'avait jamais mangé de toute sa vie. Il était resté pétrifié, muet, alors que son père tenait un dialogue avec lui-même, entrecoupé d'interjections de sa femme morte et de sentences révélatrices de Jack O'Boylan. Fat Man n'avait pas saisi le moindre mot et suivait Jester des yeux. Il possédait une grâce, un maintien et une musculature que Fat Man sentait sur sa langue et goûtait sur son palais. Jester était bien plus beau qu'un coureur de fond, mais plus que tout, il était concentré, condensé. Il était une définition du corps au-delà de laquelle plus rien ne pouvait exister.

Le père de Fat Man, qui parlait sans manger, encore plus émacié qu'à l'époque où Jack O'Boylan lui avait donné ses premiers cinquante mille dollars, s'était levé de table, sans cesser de parler, et, nu comme un ver, était descendu dans Garden Hills où il avait disparu à jamais.

Fat Man s'immergea et ne revint à la surface qu'au dernier coup de bugle du starter, qui fit jaillir Wes Westrim sur son porche pour agiter le poing en direction de la maison de Fat Man. Wes détestait ce son. Il n'appartenait pas au Garden Hills qu'il aimait tant. Un tel son n'aurait jamais pu être entendu au bon vieux temps et il le haïssait d'autant plus que, peu après que Jester s'était pointé avec lui, cet affreux silence s'était abattu sur Garden Hills, ce silence qui avait duré jusqu'à aujourd'hui.

Wes ouvrit la porte et faillit être renversé par sa folle de fille volant en rase-mottes. Elle tenait un livre à la main, un sourire de béton sur la figure et une incroyable vibration au niveau du pelvis.

« Quoi ? Quoi ? » s'écria Wes.

Sa fille s'arrêta. Son sourire béat s'effaça de ses lèvres.

« Le livre, dit-elle.

– Quoi ? » fit Wes.

Il voulait parler de la danse, des bonds de sa fille.

« Le livre », répéta sa femme, assise sur le siège avant de la Buick. Elle ressemblait à une petite boule de calicot blanc surmontée d'un visage grumeleux.

« C'est pour comment pour le faire dans la cage, dit sa fille.

– Faire quoi dans la cage ? demanda le père.

– Danser. Tu vois, on pend cette cage au plafond et si je gagne, c'est moi qui grimpe dans la cage. On doit toutes s'entraîner, au cas où on gagnerait.

– Aucune de mes filles n'ira jamais dans une cage », brailla Wes.

La bouche de sa fille retrouva sa fermeté.

« Si je gagne, faudra que j'aille dans la cage qui pend au plafond.

– Quoi faire ? demanda Wes.

– Danser, dit la fille.

– Danser, dit la mère.

– Dans l'usine. Sur la colline, dit la fille.

– Il n'y a pas de cages dans l'usine ! Ni sur la colline !

– Elle va mettre des cages, dit la fille.

– Qui ça ?

– Dolly, dit la fille, déjà prête à se trémousser.

– Où ça ? demanda Wes.

– Dans l'usine. Sur la colline.

– Cinglée de garce ! cria Wes.

– Et… fit sa fille dont le corps vibrait de plus en plus fort à mesure qu'elle parlait. Et la peinture rouge, le télescope de Reclamation Park, une quinzaine de ventilateurs et… » Elle dansait maintenant à plein régime. « Avec un panneau sur la grand-route.

– Elle peut pas, dit-il. Elle le fera pas.

– Elle est allée chercher la peinture, dit la fille. Elle y est allée dans la Buick de Fat Man.

– Il la laissera pas faire, dit Wes.

– Il était à l'entraînement ce matin. Lui et Jester. Elle lui a dit comment retaper l'usine.

– Il ne faut pas plaisanter avec ça. Tout appartient à Jack O'Boylan.

– Ça appartient à Fat Man.

– Qu'est-ce qu'elle en sait ? Qu'est-ce qu'elle en *sait* ?

– Elle a été à New York, voilà ce qu'elle sait.

– Elle en est revenue aussi fauchée qu'elle était partie, dit Wes.

– Elle est revenue avec un plan, dit sa fille.

– Elle pourra jamais continuer. Jack O'Boylan va revenir.

– Il reviendra jamais. *Elle* l'a dit. »

C'était tout. C'était plus qu'assez. Wes ne prit même pas la peine de faire demi-tour. Il repassa la porte en marche arrière, en criant : « On verra, on verra », il tituba dans la cour et traversa le fossé où le cheval dormait devant le chariot à glace. Une mare s'était formée sous le chariot. La glace devait être à moitié fondue. Elle allait fondre en plein milieu du chariot. Bon, qu'elle fonde ! Le monde était en train de fondre. Il regarda autour de lui ! Il se pencha en arrière pour scruter l'horizon au-dessus de Garden Hills. C'était bien ce qu'il avait toujours craint : un jour, tout le sacré truc risquait de disparaître. Jack O'Boylan n'allait certainement pas revenir si Garden Hills n'était plus là. Il se mit à courir, les bras contre la poitrine comme un coureur à l'entraînement. Peut-être que, de toute façon, tout ça n'était qu'un rêve. Cela aussi, il l'avait toujours craint.

Il courait vers le haut de la colline, vers la maison de Fat Man. C'était un rêve. Il avait toujours su que c'était un rêve. Il avait quitté la route en titubant, sans chaussures, les pieds en sang, pour chuter dans un rêve où, toute une année, douze mois de suite, il avait été payé quatre-vingt-dix-sept dollars par semaine pour creuser chaque jour un trou qui était rebouché chaque soir. C'était le même trou creusé au même endroit par Wes Westrim et supervisé par le même superviseur. Il n'en avait parlé à personne et il avait eu un mal fou à éviter l'homme qui rebouchait le trou chaque nuit. Un an de rêve fou, un cycle de douze mois à creuser au même endroit vierge de tout trou. Et maintenant, l'endroit n'avait toujours pas été creusé et sa glace était en train de fondre – tout ça pendant que sa fille sautillait dans la maison en maillot de bain noir sous la direction de quelqu'un nommé Killer Joe Piro. Il pria Dieu que ce soit un rêve et qu'il ne s'en éveille jamais.

Il continua à courir.

Et de l'autre côté de la route, depuis son cabanon sur le versant de la Montagne de Phosphate, Lucy voyait Wes Westrim grimper la pente, courant en direction de la maison de Fat Man. Elle ne pouvait entendre le signal du starter et ne l'avait pas entendu. Mais elle savait parfaitement qu'il avait retenti. Elle était à demi endormie, et Wes continuait à courir, comme s'il était pris sur un tapis roulant, sans avancer, aussi petit qu'un jouet, encadré dans une moitié de la fenêtre, l'autre moitié étant occupée par le ciel jaune. Elle s'étira dans son lit et serra un oreiller contre son sein comme s'il s'agissait d'un enfant – comme s'il s'agissait de Jester. Et Wes continuait de courir, figé dans le paysage, la terre jaune remuant sous ses pieds.

Cela lui rappelait son propre tapis roulant, et elle serra encore plus fort contre elle son oreiller-Jester. C'était lui qui l'avait sortie du tapis roulant. Mais pas tout de suite. Tout de suite, il n'avait rien fait. Le plus remarquable, c'est qu'elle l'ait même vu. Habituellement, elle ne regardait pas les spectateurs. Non qu'elle ne les aimât point, c'est juste qu'elle n'aimait pas les regarder. Son nom de scène était Nestradidi (ce qui voulait dire, comme le précisait l'affiche, « déesse de l'Amour », en swahili), la princesse africaine civilisée. Elle portait une jupe hawaïenne, qui la couvrait depuis les poils pubiens jusqu'aux genoux, et des pastilles brillantes sur les tétons. Elle dansait sur un tapis roulant monté sur une passerelle en bois qui menait à une tente marron où elle ôtait tous ses vêtements et, en fonction de la rigidité de la police locale, fumait une cigarette avec son vagin ou s'étendait sur un matelas où elle se faisait posséder par un amant imaginaire.

Il avait plu ce jour-là. Le temps était encore couvert. Les lumières du cirque étaient allumées. Le tapis roulant était humide et il grinçait à chaque rotation. Par-dessus les grincements du tapis, on entendait la voix lasse de l'aboyeur détaillant les délices cachées qu'elle révélerait à tout un chacun pourvu qu'il possédât les cinquante cents nécessaires pour entrer dans la tente marron. Jester se tenait directement en face du tapis. Il regardait droit devant lui et, pour autant qu'elle pût en juger, il ne leva jamais les yeux sur elle. Il n'acheta pas non plus de billet pour le spectacle à l'intérieur. Cette nuit-là, elle avait eu du mal à dormir. Elle ne pouvait oublier sa silhouette si terriblement menue et parfaite au milieu de la foule et le fait qu'il refusait de regarder vers elle. Le soir suivant, elle l'avait cherché des yeux en face du tapis, mais il n'était pas là. Pas plus que le soir d'après. Le quatrième soir, après le spectacle, elle s'était débarrassée de sa jupe hula et de ses pastilles, avait enfilé un pantalon, un chandail et des lunettes de soleil, et s'était mêlée à la foule, au milieu des pop-corn et de la barbe-à-papa. Elle ne s'attendait pas à le retrouver et ne pensait même plus à lui quand elle l'avait aperçu derrière un paravent au-dessus d'un baquet d'eau. Une lumière crue et brillante tombait directement sur sa tête. Il était mouillé. Sa peau luisait comme du bois sculpté et poli. Ses yeux étaient noirs comme deux trous vides où rien ne bougeait. Il chevauchait un cheval à bascule d'enfant, qui, au moyen d'un levier, était relié à un disque blanc à l'extérieur du paravent. Un grand gars qui chiquait et portait un chapeau blanc jetait des balles de base-ball sur le disque relié au cheval sur lequel Jester était assis au-dessus du baquet. Juste au moment où elle le regardait, une balle blanche s'était écrasée au beau milieu du disque blanc, le cheval à bascule s'était effondré et Jester, sans changer d'expression – sans la *moindre* expression –, était tombé dans le réservoir. Le jeune au chapeau blanc avait acheté quatre balles supplémentaires. Jester était sorti de l'eau, aussi noir et brillant qu'un pingouin. Il avait toujours l'air aussi peu concerné. Pour ce qu'exprimait son visage, il aurait pu être endormi. Le stand appartenait à un certain Happy Harold Touchkiss (ce qui n'était pas son vrai nom, mais un sobriquet qu'il s'était inventé parce qu'il se sentait très intensément proche du show-biz), et Happy Harold Touchkiss, sitôt qu'il avait vu Jester debout devant lui dans ses bottes de jockey éculées et pratiquement sans talons, s'était immédiatement rendu compte de son potentiel comique. Après avoir couiné d'un rire grinçant, il avait embauché Jester sur-le-champ, l'avait juché sur un cheval à bascule, s'attendant à doubler ses gains parce que ça allait être l'attraction la plus drôle au monde.

Ses gains avaient doublé, mais ce n'était pas drôle. Personne ne riait, sauf Happy Harold. Et c'était un rire hystérique. Il avait peur que quelque chose d'effrayant n'arrive. Cela planait dans l'air. Il ramassait la monnaie à pleines mains et se retenait de vomir.

Lucy avait allumé une cigarette et regardé le jeune au chapeau blanc empoigner la première de ses nouvelles balles. Il la soupesait. Il avait l'air de quelqu'un sur le point de balancer une brique dans la fenêtre d'une église. La foule se pressait de plus en plus près. Le jeune type avait laissé fuser la balle. Elle avait loupé le disque et rebondi sur la toile. Happy Harold en pleurait de rire. Jester semblait sur le point de se réveiller. Et tout le monde savait que s'il se réveillait, il se retrouverait tout seul. Lucy avait tout compris, sans pouvoir l'expliquer. Chaque fois que Jester ne répondait pas, la foule était anéantie. Il anéantissait tous les hommes, toutes les femmes, Happy Harold Touchkiss, le cirque et peut-être même la ville tout entière. Leurs maisons elles-mêmes n'étaient pas à l'abri. Ce qu'ils voulaient, c'était voir ses yeux rouler, ses dents étinceler. Il avait des dents étincelantes ; ils le savaient. Et, bon Dieu, ils *voulaient* les voir ! De plus en plus de gens poussaient en avant. Ils s'achetaient de nouvelles balles. Le jeune au chapeau blanc fut écarté, la foule ne l'aimait plus. Il visait mal. Trois personnes s'étaient mises à lancer en même temps. Happy Harold triplait sa recette. Il y avait du fric partout sur le comptoir en bois. DANS LE MILLE ! Le cheval à bascule aux yeux peints et immobiles bascula dans l'eau, suivi par Jester, qui, sans changer de position, plongea dans le baquet avec exactement la même expression que celle qu'il avait quand il se tenait sur le cheval. Mais juste au moment où le cheval s'écroulait, Jester suspendu immobile comme en apesanteur au-dessus de l'eau, Lucy sut qu'il l'avait vue. Il se remit sur pied, à nouveau hors de l'eau, et calmement, sans hâte, redressa le cheval et remonta. La foule était toujours anéantie, mais Lucy ne voulait pas en voir davantage. Elle crut sentir ses yeux posés sur son dos pendant qu'elle s'éloignait.

Le ciel commençait déjà à blanchir à l'est quand les lumières de la grande roue s'étaient éteintes. Le dernier show sur le tapis roulant avait été interrompu par la pluie. Les gens commençaient à s'éloigner. Il n'y avait plus personne devant le stand du Jockey à bascule. Jester était assis sur le cheval exactement dans la position où elle l'avait quitté. Happy Harold Touchkiss se tenait, à moitié dans les vapes, au milieu de son tas de fric, à l'autre bout du comptoir. Le loquet se trouvait à l'intérieur de la cage de Jester. Il l'avait relevé, était sorti et avait descendu l'échelle. Il portait toujours ses bottes. Elles étaient noires et mouillées. Lucy alluma une cigarette et la lui tendit. Il la prit sans la regarder et se mit à la fumer.

« J'ai du café dans ma roulotte.

– Veux pas de café.

– Regarde, avait-elle dit. Regarde-moi. » Il l'avait regardée. « Tu n'as pas vu ce que j'ai fait.

– Je t'ai vue sur l'estrade. Je t'ai vue danser.

– C'est pas ce que je fais. Ça, c'est gratos pour que dalle. Ça coûte cinquante cents pour voir c'que j'fais. »

Il avait commençé à s'éloigner.

« Allez. Viens prendre un café. Ça n'engage à rien. Moi, ça m'engage à rien du tout. »

Il s'était éloigné sans se retourner. Mais le soir suivant, il était planté en face du tapis roulant pour le premier show. Et il avait payé ses cinquante cents pour entrer. Et en dépit du fait qu'elle avait été mise en garde par la police locale, elle avait fumé une cigarette avec son vagin. Les hommes dans la tente lui jetaient des sous. Ils braillaient. Jester était sorti au milieu de la performance. Elle l'avait vu partir. Cette nuit-là, quand il était descendu de son cheval à bascule et sorti de sa cage, elle était là à l'attendre et ils étaient allés dans sa roulotte où ils s'étaient assis devant une petite table en formica. Une petite mare d'eau se formait sous la chaise où il était assis. Elle lui avait servi du café dans un mug de porcelaine épaisse. Il l'avait bu à petites gorgées, la vapeur qui montait le faisait cligner des yeux. Elle lui avait apporté une serviette. Quand il avait posé la tasse, il avait prit la serviette pour se sécher soigneusement. D'abord ses cheveux, ensuite sa figure et son cou tannés, puis ses mains – lentement, soigneusement –, les paumes, les doigts, les ongles. Il se touchait visiblement avec un amour, si grand et si évident qu'il ne pouvait pas ne pas en avoir conscience. Il ressemblait à quelque animal sauvage dans les champs ou les bois en train de se livrer à une activité aussi naturelle qu'indispensable : celle de se laver. En le regardant, Lucy se sentait plus propre. Elle voulait le toucher. Elle voulait lui dire des choses qu'elle ignorait mais ressentait fortement, des choses sur son cheval à bascule, sa cigarette et le cirque.

« Il commence à pleuvoir. »

Ça dégringolait sur le toit métallique de la roulotte. Elle s'était levée pour fermer la fenêtre.

« Je suis un coureur. Un jockey.

– Tu dois être bon. Tu as l'air d'être un bon jockey.

– Étais. J'*étais* un coureur. J'*étais* un bon jockey.

– Ça doit être quelque chose, fit-elle.

– *Devait*. Oui. J'ai monté toutes sortes de chevaux. Des gros, des petits, des rapides et des lents. J'ai gagné. Jamais perdu d'argent.

– C'est parce que t'es un bon, dit-elle. C'est évident. Mon nom, c'est pas Nestradidi. Je m'appelle Lucy.

– Moi, c'est John Henry Williams. Personne ne m'a jamais appelé comme ça, sauf ma maman. On m'appelle Jester. C'est M. Grigg qui m'a donné ce nom. Et c'est ce que je suis, Jester. »

Elle lui avait resservi du café et ils étaient restés assis un moment pendant qu'il lui parlait de tous les chevaux qu'il n'avait jamais montés et de tous les champs de courses qu'il n'avait jamais connus. Et elle faisait semblant de ne pas se rendre compte qu'il mentait. Et, plus tard, il lui avait parlé de l'accident, comment il avait été brisé de l'intérieur, ses blessures et organes déplacés. Et c'était pour ça qu'il montait aujourd'hui un cheval à bascule dans un cirque, et qu'il passait son temps à tomber et à sortir d'un baquet d'eau. Elle avait fait semblant de ne pas voir qu'il était parfait.

« Tu peux pas rentrer chez toi », dit-elle.

Il commençait à faire jour. La pluie tambourinait toujours sur le toit de la caravane.

« Non. Il pleut. Sûr que j'vais me mouiller. »

La chambre de la roulotte était très petite. Elle sentait le tabac parce qu'elle fumait quand elle était seule. Il y avait une petite photo montrant sa mère, son père, ses frères et sœurs plus jeunes, face à leur cabane, au fond d'un champ dans une ferme, tout près de Montgomery, dans la région des terres rouges de l'Alabama. Elle avait retourné la photo et il avait fait semblant de ne pas s'en apercevoir.

Comme il avait fait semblant de ne pas regarder quand elle l'avait déshabillé. Lentement, comme une gosse qui s'amuse à vêtir et dévêtir sa poupée, ce qui est encore plus réel dans la vie parce que c'est irréel. Elle l'avait glissé dans son lit, l'avait couvert et s'était allongée nue à ses côtés. À travers la fenêtre embuée toute proche du lit, elle voyait la grande roue tendue d'ampoules noires. De longues heures s'écouleraient avant que les ampoules se rallument et que la roue se remette à tourner.

4

L'usine au-dessus de Garden Hills allait être peinte. Personne n'y croyait, pas même Fat Man qui avait acheté la peinture, jusqu'à ce que les premières traînées de rouge vif apparaissent. Dolly était revenue de Beverly, la Buick pleine de bidons de peinture, d'essence de térébenthine, de pinceaux, de rouleaux et de planches pour échafaudage fixées sur le toit. Et, le lendemain matin, la voiture était toujours pleine quand les deux types que Dolly avait engagés à Beverly étaient arrivés et avaient commencé à travailler. Ils déchargèrent la voiture, montèrent l'échafaudage et vidèrent le premier pot de peinture avant que le soleil ne soit haut dans le ciel. La session d'entraînement pour la Reine du Phosphate avait été annulée, et Dolly s'était juchée sur la plate-forme de chargement pour surveiller et encourager les peintres.

« Allez-y à fond, les gars, criait-elle en basculant la tête en arrière pour voir les peintres perchés sur leur échafaudage, sur un des côtés du bâtiment. Allez-y ! Étalez-la !

– Qu'est-ce qui la turlupine, à ton avis ? demanda l'un des peintres.

– Je crois qu'elle est juste un peu plus dingue que la moyenne de la population », dit l'autre peintre sans même regarder vers le bas.

Mais Dolly n'était pas folle. Elle était délirante. C'était un rêve, un rêve qui se réalisait. Et il avait mis longtemps à se réaliser. Elle avait gâché des mois, des années de sa vie, à lui courir après. Elle savait depuis longtemps qu'il n'y avait rien qu'elle ne puisse entreprendre, aucune limite qu'elle ne puisse franchir, pour échapper à Garden Hills. Elle avait été élue Reine du Phosphate quand elle n'avait que seize ans, mais ça ne l'avait pas vraiment aidée, vu qu'il n'y avait aucun endroit à Garden Hills où vendre sa couronne. Elle avait raté son coup avec Fat Man, qui à l'époque était Fat Boy, et elle avait pris le bus pour New York, où Dieu sait qu'elle avait échoué aussi. Et c'était seulement par hasard, un coup de hasard pur et simple, qu'elle avait compris que Garden Hills était sa seule issue, que cela même qui l'avait condamnée la sauverait. Mais en espérant se servir de son corps, ignorant qu'elle devait se servir de sa tête, elle avait attendu presque trop longtemps. De petites rides convergeaient au coin de ses yeux. Ses superbes seins bien écartés commençaient à perdre leur orientation et se repliaient imperceptiblement vers l'intérieur. Son hymen était devenu épais à force de patienter. Elle était une beauté fléchissante, encore très belle, mais sur le bord de la pente qui la ferait rapidement glisser vers autre chose.

Ça n'avait pas toujours été ainsi. Il y avait eu d'autres filles élues Reine du Phosphate à seize ans. Mais aucune n'avait jamais ressemblé à Dolly. Sa beauté était au-delà de toute convention. C'était vrai que, sa peau était belle, ses hanches larges et profondes, ses cheveux dorés et ses dents parfaites. Toutefois, la somme des parties était plus que leur addition, mais était également *différente* des parties prises individuellement. Elle le voyait dans les yeux des hommes. Elle le voyait depuis qu'elle était encore qu'une enfant. On ne l'aimait pas, on la violait ; on ne la caressait pas, on la mordait. Elle faisait penser à un lit défait dans une chambre obscure. Elle était la chose qui n'était jamais satisfaite dans l'âme des hommes, la bête dans la jungle de chaque mâle. En conséquence, tous les hommes voulaient la posséder, mais aucun ne voulait la garder. Elle avait vu se troubler le regard des hommes. Elle avait vu leurs narines frémir et leurs lèvres se lézarder. Ils lui faisaient des cadeaux : de la réglisse et des bonbons au citron quand elle était petite, et plus tard, quand elle avait grandi, de l'argent. Ils mettaient un demi-dollar tout chaud dans sa paume moite et, pendant qu'elle se tenait tranquille, ils tripotaient en douce ses recoins les plus secrets. Ce furent les quarters et les demi-dollars qui lui donnèrent l'idée de s'échapper de Garden Hills. Si elle restait là, ce serait toujours des quarters et des demi-dollars. Il fallait qu'elle aille là où le fric abondait. Elle voulait s'ensevelir sous les dollars, s'en servir de vêtements, les avaler. Il n'y avait qu'un endroit pour ça : New York. C'était la seule grande ville dont elle avait entendu parler par les gens de Garden Hills. On racontait que c'était de là que venait Jack O'Boylan.

« C'est de là qu'il vient, disait la Rumeur.

– Et il va revenir, disait une Autre Rumeur.

– Il va revenir à Garden Hills un jour, c'est sûr.

– Rien ne pourra le retenir, disait la Première Rumeur. Tu laisserais en plan pour toujours une usine comme ça ? » La Première Rumeur, comme Toutes les Rumeurs, désignait l'horizon abandonné. « Tu quitterais quelque chose comme ça pour aller rouiller ailleurs si c'était à toi ? »

L'Autre Rumeur se faisait emphatique. « Tout est toujours à lui : l'usine, la terre, Reclamation Park. *Et il n'en a pas encore terminé !* Le panneau dit que le parc va s'étendre sur toutes les collines et il en sera ainsi. Ils vont rebrancher le courant, les moteurs se remettront à tourner et les lumières à brûler. Et Jack O'Boylan viendra en personne cette fois ! »

Ce n'est pas que Dolly ne croyait pas la rumeur. Elle en faisait partie, elle l'avait propagée, elle s'était *décrite* dedans. Elle n'avait donc pas d'autre choix que d'y croire. Elle vivait à Garden Hills, et tous ceux qui étaient restés à Garden Hills quand l'usine avait fermé y croyaient aussi. C'est même pour ça qu'ils étaient restés. Mais Dolly était impatiente. Elle vieillissait. Elle regardait le soleil se lever, se coucher, elle le regardait suivre sa course. Elle pourrait mourir. Jack O'Boylan risquait de la laisser mourir avant de revenir. Et, de temps en temps, il lui venait brièvement à l'esprit que Jack O'Boylan risquait de mourir… ou était déjà mort.

C'est ainsi qu'elle avait décidé de partir pour New York et d'y faire tout ce qu'on exigerait d'elle. Mais elle n'en avait pas vraiment envie. Après tout, elle ne savait pas même à quoi New York ressemblait. Ce qui l'attendait là-bas était peut-être quelque chose de terrifiant. Donc, avant de partir, la veille au soir, en fait, elle avait décidé de s'offrir à Fat Man, pour le laisser jouir du plaisir, intact et préservé, de sa chair, de ses tétons jamais sucés, de sa selle jamais montée. C'était clair que s'il la prenait, elle n'aurait plus besoin d'aller à New York ni de rencontrer l'horrible chose qui l'attendait peut-être. Elle appartiendrait à Fat Man. Il l'attendait là-haut. Il était *à* Garden Hills, mais n'était pas *de* là. C'était une légende : célibataire, riche au-delà de toute expression, seul dans son château avec un nain qui portait de la soie et un sourire en or.

C'est le nain qui lui avait ouvert la porte. Elle n'avait pas la moindre idée de ce qu'elle allait faire. Elle ne connaissait que le mot «*s'échapper*», et savait que la direction était soit la maison de Fat Man, soit New York. Sa valise, bleue, en carton et cuir synthétique, était prête. Et à présent, en cet ultime moment, elle était venue chez Fat Man en espérant que quelque chose allait se passer avec lui, qu'elle allait pouvoir défaire sa valise et ne jamais découvrir ce qui l'attendait à New York.

Elle n'avait jamais vu Jester de si près. Il n'y avait ni ride ni le moindre pli sur son visage et il ne semblait pas respirer. Ses vêtements *étaient* en soie.

«Je m'appelle Dolly Furgeson.

– Il est dans la salle à manger», avait répliqué Jester.

Il s'était retourné et elle l'avait suivi à travers le hall où des cartons de livres étaient entassés les uns sur les autres. Fat Man était à table, un pilon de dinde dans chaque main. Quand elle était entrée, il avait un peu lutté avec sa chaise, mais il ne s'était pas levé. Sans piper mot, Jester les avait laissés se regarder en chiens de faïence. La bouche de Fat Man était pleine et elle attendait qu'il la vide, ce qu'il s'efforçait de faire. Il avait les yeux rouges et striés de veines, les joues écarlates. Elle imaginait qu'il venait de pleurer. *Dieu sait qu'il a des raisons de pleurer*, se dit-elle. Deux mois plus tôt, il avait perdu son père et ça faisait cinq jours que l'usine était définitivement fermée. Personne ne savait quoi faire ni ce qu'ils allaient devenir.

«Vous voulez vous asseoir?»

Il avait fait un signe avec un pilon.

Grimper jusqu'à la maison l'avait crevée. Le dernier acte de fureur de Jack O'Boylan avant de quitter Garden Hills avait été d'envoyer les machines creuser tout autour de la maison de Fat Man, si bien que le terrain plat était maintenant escarpé et coupé de tout. Fat Man n'avait pas eu la moindre chance jusqu'à présent d'y faire tracer une route.

« Ça a dû être dur de grimper jusqu'ici, avait dit Fat Man.

– Aucune importance.

– Je vais faire creuser une route. Je ne vais pas rester ici sans route.

– Tout le monde est inquiet. Je veux dire à propos de… de tout. Ce qui va nous arriver et tout ça.

– Eh bien, j'ai l'intention de garder le magasin Jack O'Boylan ouvert et de faire tout mon possible.

– On dit qu'il va revenir. On dit qu'il ne nous aurait pas amenés ici avec des salaires, des maisons et des gosses si c'était pour nous quitter.

– Il y a une bonne chance pour qu'il revienne, je pense, avait dit Fat Man. Et en attendant, je vais faire le maximum. »

Il avait poussé une assiette de dinde vers elle, ainsi qu'un petit bol de salade de pommes de terre. « Non merci, dit-elle. Je n'ai pas faim. » Elle se sentait rougir, sans savoir pourquoi. Elle se demandait vaguement combien il pesait. Des gens d'en bas disaient qu'il pesait cent quatre-vingts kilos, mais elle n'arrivait pas à le croire. Elle était grande, un mètre soixante-douze, et il était beaucoup plus petit. Un mètre soixante-cinq, à vue de nez. Même en le voyant assis, avec tout ce qui dépassait de sa chaise – croupe, hanches et dos qui lui pendaient de tous les côtés –, elle ne pensait pas qu'il pesait cent quatre-vingts kilos.

« Avez-vous jamais désiré plus que tout ça ? » avait-elle demandé soudain ; la question lui était sortie comme ça, avant même qu'elle ait eu le temps de la former dans sa tête.

Il mâchait et avalait.

« Que quoi ?

– Je sais pas, dit-elle avec franchise. *Tout ça*. Ce que Jack O'Boylan vous a donné... nous a laissé. Garden Hills. Ce bon Dieu de nuage, cette vie au fond d'un trou. Ne regardez-vous jamais vers cette route qui va vers Orlando, et vers Dieu sait où, en souhaitant voyager dessus, en souhaitant être ailleurs ?

– C'est pas si mal. »

Elle avait jeté un coup d'œil autour d'elle, les murs lambrissés, les lumières tamisées, la dinde et le bol de salade.

« Non, dit-elle. Les choses sont différentes pour vous. C'est mieux ici, en haut. » Elle inspira une grosse goulée d'air puis expira. « Et c'est cela dont je suis venue vous parler.

– J'étais en train de me le demander. Il se fait tard. »

Par la fenêtre, elle voyait les phares des voitures filer comme des météores sur l'autoroute.

« C'est juste que je ne sais plus quoi faire.

– Faire ?

– Je suis la Reine du Phosphate et maintenant il n'y a plus de phosphate. Que faire ?

– Vous savez de quoi vous avez besoin ? D'éducation ! »

Fat Man s'était attaqué sauvagement à la carcasse de la dinde.

« D'éducation ? »

Elle réfléchissait à la meilleure méthode pour enlever ses vêtements. Fat Man n'avait pas assisté à l'élection de la Reine du Phosphate. Il n'avait pas vu son corps. Elle avait revêtu sa jupe et son chemisier les plus ajustés, mais, contrairement aux autres hommes, il n'avait pas l'air de remarquer sa poitrine, le galbe vigoureux de ses jambes.

« L'université, avait dit Fat Man. Apprendre dans les livres.

– Non. Je n'aime pas les livres. J'ai déjà eu un livre et je ne l'ai pas aimé. Vous allez retourner à l'école ?

– Je peux pas, pas avec le départ de Jack O'Boylan et tout ce qui s'est passé. Non, je vais rester à Garden Hills et faire ce qu'il faut.

– J'en suis heureuse. Qui en a besoin ? Vous avez de l'argent. Vous êtes rupin, tout le monde le sait. » Elle s'était levée en serrant les dents. Elle n'aurait pas dû mettre un soutien-gorge. Sans ça, elle n'aurait eu qu'à ouvrir son chemisier et ça l'aurait fait. Il n'avait pas l'air de saisir. Il avait le regard fixe, la bouche molle. « Dites-moi. Vous n'avez jamais pensé à vous marier ?

– Marié… Marié ! On est en train de parler de livres, de l'université !

– Oh, vous frappez pas ! Vous frappez pas une seule seconde ! Bon sang, je sais bien que vous allez pas m'épouser ! Je ne m'attendais pas à ça. Mais je ne veux pas non plus rester plantée à Garden Hills. Mais vous n'auriez pas besoin de m'épouser pour ça.

– Vous épouser ! »

Fat Man en avait cessé de manger.

« Écoutez, c'est soit vous, soit New York. Il n'y a pas d'autre issue.

– Issue à quoi ?

– Pour sortir. J'vais pas rester. D'une façon ou d'une autre, je dois me tirer. Vous vivez là tout seul, sans compter ce nain. Vot' maman est partie, vot' papa est parti. J'ai que seize ans, mais je sais comment c'est. Croyez-moi, je le sais. Pas besoin d'être malin, délicat ou à l'aise. Si vous voulez me voir nue, dites-le. Je me dépouillerai tout de suite jusqu'à la peau. Vous n'avez jamais vu mon corps, il n'y a rien comme ça dans tout Garden Hills. Je le sais, on me l'a dit. Mais il y a une chose que vous devez comprendre : je suis vierge. »

Fat Man ne bougeait pas. Il n'osait pas cligner de l'œil. Il retenait son souffle.

« J'en ai pris bien soin. Il n'est ni déchiré, ni crevé, ni percé, ni distendu. Vous pouvez y jeter un coup d'œil. Je n'y vois pas d'inconvénient, du moment que c'est boulot-boulot. »

Fat Man avait repris son souffle.

« Qu'est-ce qui n'a été ni déchiré, ni percé, ni distendu ?

– Mon hymen. Je vous l'ai dit, j'ai été très soigneuse. J'ai jamais sauté de barrière ni fait de bicyclette. Je suis pas la fille d'une nuit ou d'un coup rapide dans les fourrés. Je ne l'ai jamais été, et je ne le serai jamais. Maintenant, comme je vous l'ai dit, je n'espère pas le mariage. Mais nous pouvons passer une sorte de contrat.

– Un contrat ? Quel contrat, bon Dieu ?

– Votre papa n'a pas grimpé au sommet de la colline sans signer un contrat. Jack O'Boylan aurait remis toute votre famille – vous y compris, chair, sang et os – sur ses machines, si votre papa n'avait pas un contrat. Oh, tout le monde est au courant de ce contrat ! On en a parlé pendant un bout de temps en bas de la colline. On sait même que c'est à cause de ce contrat que Jack O'Boylan a piqué une colère et a demandé à ses machines de creuser tout autour de la maison et de vous laisser sans route. Donc, ça sert à rien de prétendre que vous n'avez pas fait de contrat.

– J'ai jamais rien prétendu.

– Eh bien, moi non plus. Et je suis pas en train de le faire. Écoutez, est-ce que vous hésitez parce que vous pensez que ça me gêne que vous pesiez cent quatre-vingts kilos ?

– Je ne pèse pas cent quatre-vingts kilos !

– Bon, disons que vous êtes… lourd. Mais je m'en fiche. On peut s'arranger.

– Je suis au régime. Je mange des gaufrettes Go-Slim et je bois du Metrecal.

– Je ne suis pas venue parler de ça, de toute façon. Ma valise est prête et l'autocar n'attendra pas. »

Elle avait déboutonné sa blouse et sa poitrine marmoréenne avait jailli, parfaitement suspendue, sertie dans un soutien-gorge avec des bonnets gros comme la tête d'un bébé.

« Jesta ! avait hurlé Fat Man. Jesta !

– Pas la peine de brailler après votre nain ! »

Sans même reboutonner son chemisier, elle avait tourné les talons et était sortie de la maison, avait dévalé la colline labourée jusqu'à l'os et était enfin parvenue à la grand-route où elle avait hélé le bus Greyhound.

5

Oui, on allait le peindre, il était en train d'être peint. Les douze familles qui étaient restées à Garden Hills ne parlaient que de ça. Elles surveillaient les deux minuscules ouvriers tout en haut du bâtiment, qui ne se servaient plus de pinceaux parce que Dolly avait décidé qu'ils étaient trop lents, mais de pistolets, accrochés au long cordon ombilical noir qui les reliait à un compresseur. Ils faisaient des progrès fantastiques. Un énorme côté de l'usine était déjà rouge sang et ils attaquaient le deuxième. Quelquefois, le vent s'emparait du spray rouge et l'éparpillait à travers Garden Hills. Les monticules de terre couleur de cendre en étaient tachés. L'herbe virait au rouge. Les enfants, les hommes et les femmes se retrouvaient soudain avec les mains et les bras recouverts d'énormes taches rouges. C'était charrié par le vent et il n'y avait aucun moyen d'y échapper. Et quand il n'y avait pas de vent du tout, tôt le matin ou tard l'après-midi, on pouvait entendre la voix mélodieuse et ténue de Dolly encourageant les peintres à travailler plus vite.

Cela aurait dû suffire à les faire tous partir de Garden Hills, sans une raison aussi étrange qu'inattendue. Wes Westrim avait vendu son cheval et garé son chariot à glace dans le champ à côté de la carrosserie rouillée de sa Buick, derrière sa baraque. Il était retourné au travail, à faire la même chose qu'il faisait avant que Jack O'Boylan ne quittât Garden Hills. Il avait repris son ancien boulot de foreur dans son vieux trou de forage, sauf qu'il n'y avait plus de mèche dans la machine, mais il s'en fichait complètement. Et personne ne semblait s'en soucier ni même l'avoir remarqué. Tout le monde se réjouissait. Il y avait de l'espoir. Les gens y voyaient le signe le plus prometteur qu'ils aient reçu depuis la fermeture de l'usine. Peut-être qu'elle la peignait pour Jack O'Boylan. Les rumeurs commencèrent à circuler. Il allait peut-être revenir pour réclamer ce qui lui appartenait de plein droit ! Il y aurait à nouveau du travail et des biens ! La prospérité serait de retour !

Et pendant que les rumeurs s'envolaient, pendant que les gens lui faisaient signe, lui souriaient et le félicitaient, Wes Westrim allait au boulot, creusant ses douze heures de suite, puis revenait chez lui. Il sifflotait, souriait à tout le monde et essayait de ne pas penser au fait que Dolly le payait ou *pourquoi* elle le payait, ou encore à ce que Fat Man lui avait dit quand il avait grimpé en haut de la colline et avait déboulé chez lui.

Il avait été accueilli à la porte par le bruit d'une course de chevaux. Une ruée du tonnerre, formidable. Et au-dessus du bruit de la galopade, la voix hystérique d'un homme hurlait des choses incompréhensibles, des mots qui se télescopaient avant d'être piétinés par les chevaux. Wes avait frappé du poing et du pied à la porte, mais, une fois que les chevaux eurent cessé de courir et l'homme de hurler, plusieurs minutes s'écoulèrent avant que Jester apparaisse à la porte.

« J'suis en nage », avait dit Jester.

Il avait l'air légèrement absent et il ne semblait pas reconnaître Wes. Mais Wes s'en fichait. Il était venu voir Fat Man. Il l'avait trouvé submergé, à demi conscient en raison des quatre douzaines d'œufs dont Dolly l'avait gavé avant de filer avec la Buick chercher une partie de la peinture. Jester était retourné à la télévision pour voir le vainqueur se faire peser avec sa selle au champ de courses de Belmont.

« Elle va mettre des cages dans le bon Dieu de truc », dit Wes.

Fat Man avait détourné momentanément ses yeux de *La Création*. « Oh, salut, Wes ! Assieds-toi. »

Wes avait regardé autour de lui. Il n'y avait nulle part où s'asseoir.

« J'veux pas m'assir. Je suis venu vous dire c'qu'elle va faire. Elle va tout peindre en rouge et mettre des cages dans le bon Dieu de truc.

– Je sais, avait dit Fat Man. Le Seigneur sait que je le sais. »

Les yeux de Wes s'étaient rétrécis.

« Vous étiez là-haut ce matin ?

– Oui.

– Wydalia a dit que vous y étiez. Elle a dit que Dolly vous a tout raconté. Quinze ventilateurs au plafond et tout le truc peint en rouge. Elle va vraiment faire ça ?

– Oui.

– Et vous allez la laisser faire ? »

Son corps se balançait, ses yeux roulaient. Il était incrédule.

« Wes, je peux rien y faire. Me demande pas. Je peux pas.

– Vous avez déjà fait beaucoup. » La voix de Wes s'était faite soudain plus basse, plus douce. « C'est vous qui tenez tout ça en l'air. Tout le monde apprécie ce que vous faites. On est reconnaissants. Aucun de nous n'en aurait été capable. Vous êtes le seul. Vous avez un contrat et vous tenez tout ça en l'air. C'est pour ça qu'on est quelques-uns à être restés. On savait que vous resteriez aussi. Maintenant, on peut quand même pas laisser tout ça glisser dans le caniveau.

– Il n'y a rien que je puisse faire.

– Ma fille va s'exhiber dans une de ces cages.

– Je sais ce que tu ressens », avait dit Fat Man.

Ébranlé, Wes était redescendu de la colline. Il n'avait pas livré de glace ce jour-là. Elle fondait et dégoulinait en une mare sombre sous le chariot. Personne à Garden Hills n'avait pu prendre une boisson fraîche cet après-midi. Wes n'avait même pas pris la peine de dételer son cheval qui avait dormi dans son harnais cette nuit-là. Il n'avait pas vu non plus Jester descendre de la colline et rester à converser longuement avec le cheval endormi dans la lumière chatoyante de la pleine lune. Wes avait filé au lit de bonne heure, avant que la lampe à kérosène ne soit allumée dans la cabane, si tôt que sa fille était encore en train de sautiller devant la véranda. Chaque fois qu'elle atterrissait, le lit tressautait à vous entrechoquer les os. Il était épuisé après un après-midi à ne rien faire, sinon rester assis sur les marches derrière sa cabane et regarder les mauvaises herbes envahir la carcasse rouillée de sa Buick. Tout était fini maintenant. Il n'y avait rien qu'il puisse faire, parce que Fat Man avait dit qu'il n'y avait rien que *lui* puisse faire.

Il s'était levé tôt le lendemain pour dételer son cheval, en se sentant coupable pour toute la glace fondue, quand il avait entendu quelque chose derrière lui et s'était retourné pour découvrir Dolly, tachée et éclaboussée de peinture rouge, les fringues et les cheveux tout en désordre.

Il s'était retourné vers son cheval.

« Wydalia est à la maison, avait-il dit, sans la regarder.

– Je n'ai pas besoin de Wydalia. C'est à toi que je suis venue parler.

– On n'a rien à se dire.

– Je crois que si. J'ai un boulot pour toi.

– Je ne peins pas des choses qui ne m'appartiennent pas et je ne travaille pas dans une cage.

– Tu travaillais bien comme foreur pour Jack O'Boylan, hein ? »

Ses mains s'étaient bloquées sur le tendon tout en bas de l'encolure du cheval. Il n'arrivait pas à croire ce qu'il venait d'entendre. Mais elle l'avait répété, et il lui avait dit la vérité – c'était bien ce qu'il faisait – et elle lui avait demandé en quoi ça consistait exactement.

« Pas grand-chose, avait-il répondu. On reste dans un trou pendant qu'une foreuse creuse et si le foret s'étouffe, eh bien… on le dégage. C'est tout.

– Tu aimerais le refaire ?

– Peux pas, avait-il fait, figé comme une statue, osant à peine respirer. Plus personne n'a besoin d'un foreur.

– Moi, j'en ai besoin. »

Et c'est comme ça qu'il s'était remis à travailler dans un trou. Il se levait de bonne heure, et sa femme lui préparait un déjeuner de biscuits au babeurre et de porc frit qu'il emportait dans un sachet marron. Il passait la journée entière dans le trou, il sautait dedans à 6 heures du matin au moment où le soleil se lève à peine et il n'en sortait qu'au soleil couchant. Il restait dans son trou même pour déjeuner. Ensuite, le soir, il redescendait la rue en terre de Garden Hills, son sachet graisseux plié sous le bras, et il recevait les saluts et les « comment vas-tu ? » des onze autres familles qui, assises sous leurs vérandas, lui faisaient signe tout le long de son chemin. C'était le bon vieux temps, et tout le monde le regardait avec envie et nostalgie quand il rentrait chez lui couvert des pieds à la tête de terre phosphatée en pâte humide et blanche : sa casquette, ses vêtements, ses mains, son cou et le masque de boue, percé de trous pour les yeux et la bouche, qu'il avait sur le visage. C'était exactement comme ça que, il y a des années, il rentrait chez lui de l'exploitation de Jack O'Boylan.

Mais c'était aussi complètement différent. C'était un foreur sans foret. Et il ne se salissait pas parce qu'il était dans un trou de forage ; il se salissait pendant qu'il était hors du trou. Mais l'humiliation finale, c'était qu'il ne creusait pas le trou ; il se contentait de tourner autour. Dolly lui expliqua tout le premier matin.

« Voici un trou, dit-elle.

– Déjà creusé ?

– Mes deux peintres sont venus hier et ils l'ont creusé. »

Les premiers rayons obliques du soleil affleuraient à l'horizon et les atteignirent alors qu'ils se tenaient sur une petite colline à quelque distance derrière le bâtiment où les peintres venaient juste de commencer à travailler sur le troisième et dernier mur. Elle leva la main pour se protéger les yeux pendant qu'elle regardait dans le trou.

« Il est parfait. Ni trop profond ni pas assez. On va le garder comme ça.

– On ne creuse pas ?

– Non.

– Très bien.

– Voilà ta pelle. »

Il la prit en main. C'était une pelle neuve avec une lame brillante, peinte de couleur cuivre.

« Autre chose. Avant que tu entres dans le trou chaque matin, je veux que tu te couvres de cette boue blanche. » Elle lui jeta un coup d'œil par-dessous sa main en visière. « Vous deviez être sales en creusant vos trous toute la journée, non ?

– C'est sûr.

– Donc, ça n'a aucune importance de le faire avant ou après que tu en sortes. Maintenant, voilà ce que je veux que tu fasses. » Elle descendit au fond du trou – il faisait deux mètres dix de profondeur, environ trois mètres de long et un mètre cinquante de large. « Je veux que tu creuses juste le fond du trou ici, dit-elle en désignant ses pieds, et ensuite que tu mettes la terre de l'autre côté. Tu vois ?

– Je vois. »

Et c'était vrai. Il avait vu, mais il n'avait pas compris. Par bonheur, ses années passées avec Jack O'Boylan l'avaient habitué à accepter les choses sans comprendre. Des choses comme quatre-vingt-dix-sept dollars par semaine, un estomac plein et une Buick. Personne de sa connaissance ne comprenait ce qui se passait à Garden Hills. Ils savaient juste que tout était parfaitement organisé pour le bien de chacun. On leur disait quoi faire et ils étaient payés tous les vendredis.

« Tu seras payé quatre-vingt-dix-sept dollars chaque vendredi aussi longtemps que tu travailleras », lui avait dit Dolly.

Elle s'en était allée, et il s'était enduit de boue blanche, en avait frotté ses mains et ses bras, avait pris son souffle et s'était barbouillé le visage. Il en avait enduit sa pelle et ses bottes, et s'était laissé tomber dans le trou. Il était entouré de quatre parois de terre blanche et il avait de l'eau jusqu'aux genoux. C'était bon, comme avant. Au-dessus de lui, il entendait le *poutt poutt poutt* du moteur à essence du compresseur. Était-ce un signe ? Était-ce le premier bruit mécanique annonçant le retour de Jack O'Boylan ? Il fut un temps où il se tenait dans un trou de ce genre, totalement assourdi par le rugissement des bulldozers, le grincement des engrenages, les gémissements et les craquements des tapis roulants. Il n'y avait pas de raison que ça ne revienne pas un jour. Pas de raison que…

Pas de raison. Et il n'avait jamais pensé à en chercher une. Il était venu porté par une rumeur, et il était resté grâce à la confiance et à quatre-vingt-dix-sept dollars par semaine. Mais il est vrai qu'un matin il s'était pointé à son trou et l'avait retrouvé bouché. Il l'avait recreusé pendant son tour de douze heures et l'avait trouvé bouché à nouveau le matin suivant. La foreuse était partie, déplacée vers un autre trou. Le tracteur qui l'avait amenée était parti aussi. Tout ce qui restait, c'étaient lui et son superviseur pour le superviser et un autre type sur un autre poste avec un autre superviseur pour le superviser. Il creusait chaque jour ; chaque nuit, le trou était rebouché. Et cela ne faisait aucune différence pour personne où que ce soit. Les machines continuaient à rugir, les lumières à brûler et l'usine à produire le phosphore ensaché en gros tas qui étaient chargés sur les wagons. Cela avait perduré un an, quatre hommes isolés sur une petite colline cendreuse, creusant et rebouchant la même minuscule parcelle de la propriété de Jack O'Boylan, restant muets sur ce qu'ils faisaient et en étant payés chaque vendredi. Cela aurait pu durer éternellement, sauf qu'un matin, quand Wes Westrim et son superviseur s'étaient pointés, la petite colline avait disparu. Et les deux types de l'équipe de nuit étaient partis avec elle. Wes avait été content que tout soit fini parce que tous les vendredis, pendant qu'il faisait la queue pour toucher sa paie, il ne pouvait s'empêcher de penser aux autres hommes. Est-ce qu'ils faisaient quelque chose eux aussi ? Est-ce que l'équipe de nuit défaisait tout ce que l'équipe de jour avait fait ? Est-ce que les gars qui conduisaient les camions la nuit ramenaient tout ce que les types travaillant de jour avaient enlevé ? Est-ce que le tapis roulant marchait dans l'autre sens pendant la nuit ? Il n'arrivait pas à s'ôter complètement ces questions de la tête. Et il se demandait si quelqu'un d'autre s'interrogeait aussi. Finalement, il s'était mis à douter et à s'inquiéter au sujet de Jack O'Boylan. C'était une sacrée façon de diriger une affaire.

Avec Dolly, c'était mieux. Dans son trou, il n'avait pas besoin de travailler aussi dur et il n'était pas supervisé. Il se tartinait le matin, barbotait au fond du trou pendant douze heures et puis rentrait chez lui. C'était mieux que de conduire un chariot à glace. Et puis il revint de son trou un soir et sa fille, Wydalia, lui expliqua toute l'histoire.

« Tu es dans le show-biz, papa !

– Ah bon ? » Il fronça les sourcils. « C'est ce qu'on t'apprend dans ce livre ?

– Show-biz, papa ! Show-biz ! Elle t'a mis dans le télescope. » Mais elle se rendit compte qu'il n'y comprenait rien. « Tu es dans le trou pour que les touristes puissent te regarder. Elle t'a mis dans les instructions. T'es le numéro 15 des instructions.

– Comment ça se fait qu'elle a fait ça ?

– Pour doubler les recettes. » Wydalia avait copié toutes les façons de parler de Dolly. « Tu es le numéro 15 des instructions, mais y a pas ton nom dessus. Tu comprends pas ? Elle leur dit où regarder sans dire qui tu es. Ça crée un buzz. Ça pourrait même tripler les recettes ! »

Quand sa fille lui dit ça, une idée vint à l'esprit de Wes, une idée qui ne lui était jamais venue auparavant. Il grimpa directement chez Fat Man sur la colline.

« Je sais ce qu'elle est en train de faire, dit Fat Man.

– Vous savez que je suis dans les instructions ?

– Numéro 15, dit Fat Man.

– C'est ce qu'a dit Wydalia. Et je me suis mis à réflechir quand elle me l'a dit. » Wes se tut, inspecta ses ongles cassés, puis regarda le plafond. « Je me disais… Vous ne pensez pas que Dolly est dans le coup avec Jack O'Boylan, hein ?

– Non, dit Fat Man.

– Elle est allée à New York, et on dit que c'est là que Jack O'Boylan habite.

– Elle n'est pas dans le coup avec lui, dit Fat Man.

– Ça coûte un paquet de fric de faire tout ce truc. Le télescope, les maillots de bain noirs, et maintenant toute cette peinture et ces ventilateurs.

– Je sais ce que ça coûte.

– Comment le savez-vous ?

– Je le sais, c'est tout. Elle me l'a dit. Crois-moi quand je te dis que je sais ce que ça coûte.

– Et vous ne pensez pas qu'elle est en cheville avec Jack O'Boylan ?

– Il ne reviendra pas, maintenant que Dolly est là. Tu peux en être sûr.

– C'est comme ça que je vois les choses, dit Wes. C'est pour ça que je l'ai laissée me mettre dans le trou. C'est pas la mine et le Garden Hills que j'ai connus, mais ça y ressemble un peu.

– Je me posais des questions à ce sujet, dit Fat Man. Quand elle m'a dit que tu étais dans ton trou, je ne l'ai pas crue, pas après ce que tu m'avais dit sur la mise en cage de Wydalia. »

Wes se tourna pour partir, posa la main sur la poignée de la porte et s'arrêta.

« Vous avez déjà vu une fille dans une cage ?

– Non, répondit Fat Man.

– Moi non plus. C'est peut-être pas si mal. » Il tournait toujours le dos à Fat Man. Ses épaules se voûtèrent. « Parlez à Miss Dolly en faveur de Wydalia, voulez-vous ? »

Et il passa rapidement la porte.

6

La première cage arriva un matin dans un pick-up, non pas de Beverly qui n'était pas relié à la ligne de chemin de fer, mais d'Orlando, à quatre-vingts kilomètres par la route. Elle était dorée, faisait deux mètres cinquante de haut et avait la forme d'une cage de canari avec un énorme anneau d'acier au sommet. Les touristes de Reclamation Park détournèrent momentanément le télescope de Wes Westrim et de son trou.

« C'est une cage, c'est tout, dit l'un d'eux. Une cage et c'est tout.

– Pour qui ? Un cheval ? Une chèvre ? Un aigle ? cria un autre pendant que le pick-up descendait lentement le chemin tortueux depuis la grand-route.

– Repointe-le sur le trou, bon Dieu ! » dit un gosse.

Le télescope pivota de la cage jusqu'au numéro 15 des instructions.

« Qu'est-ce que t'en penses ?

– C'est un homme, bien sûr.

– Qui fait quoi ?

– Il creuse, il a une pelle. C'est bien une pelle !

– Il ne creuse pas, ce n'est pas une pelle et ce n'est pas non plus un homme parce que ce n'est pas une mine. C'était la plus grande mine de phosphate du monde. Plus maintenant.

– Alors pourquoi est-ce qu'ils la peignent en rouge, et qu'est-ce que fait ce pick-up avec une cage dessus ? Qu'est-ce qui est dans le trou ? »

Ils oublièrent le camion et se battirent pour fourrer leurs quarters dans le télescope juste au moment où le pick-up tourna autour d'un monticule et arriva en vue de l'endroit où Wes était penché sur sa pelle. Il vit la cage et croisa les doigts pour Wydalia. Et Jester la vit depuis l'endroit où il était assis, devant les aventures de Roy Rogers et de Trigger son cheval merveilleux[1] à la télé. Il savait ce que la cage avait coûté, comme il savait que c'était Fat Man qui l'avait payée et il savait aussi que le temps était venu de faire monter Lucy dans la grande maison. Il jeta un dernier regard appuyé à Trigger, éteignit la télévision et commença à se débarrasser de ses éperons et de son pyjama de soie. Les parents de Dolly avaient aperçu le camion alors qu'il était encore sur la grand-route, la cage resplendissante dans le soleil, et ils s'étaient précipités dans la chambre du fond où Dolly gisait épuisée, constellée de peinture, dormant à poings fermés sur son châlit qui pendouillait comme un hamac. Ils restèrent là un moment, frappés d'admiration, parce que, comme le reste des habitants de Garden Hills, ils la suspectaient de grandeur. Ou de folie. Ou des deux. N'avait-elle pas hélé un bus Greyhound à seize ans pour retrouver Jack O'Boylan à New York, écrit seulement quatre cartes postales pendant tout son séjour, sans jamais demander un sou, et puis s'en étant retournée à Garden Hills, avait remis Wes Westrim dans son trou et avait pris possession de la grande usine abandonnée ? Elle était descendue de la

1. Cow-boy célèbre de cinéma, héros de quatre-vingt-onze westerns entre 1938 et 1951.

montagne avec du feu dans les mains. Ils l'effleurèrent et murmurèrent « cage » comme elle leur avait demandé de le faire, après les avoir avertis qu'elle allait arriver un de ces jours. Elle bondit hors de son lit, les yeux grands ouverts, tout habillée, et fila à Garden Hills et à l'usine juste après que le camion avait débarqué.

« La voilà qui s'amène, dit l'un des peintres. Et, mon pote, je te préviens, t'as intérêt à faire ce qu'elle dit.

– Elle mord ? demanda le chauffeur en souriant.

– Elle tue, dit l'autre peintre sans sourire.

– Comment tu vas descendre ce truc du camion ?

– J'ai besoin d'un coup de main, dit le chauffeur. C'est pas léger.

– On t'aide à décharger si tu nous aides à charger, dit le peintre. À deux, on peut à peine bouger ce compresseur.

– Vous n'avez peint que trois côtés. Ça va ressembler à que dalle si vous faites pas tous les côtés, dit le chauffeur.

– On est payés pour ne peindre que ce qui se voit de la route. Ça fait trois côtés. »

Dolly, surchauffée par sa grimpette depuis Garden Hills, aurait renversé le chauffeur s'il ne s'était pas écarté de son chemin, se dirigeant au pas de charge vers le pick-up. Ses cheveux étaient maculés de peinture. Elle haletait. Elle saisit un barreau de la cage et le secoua.

« Costaud, dit le chauffeur. Ça contiendra tout ce que vous voudrez mettre dedans.

– Descendez-la de là, dit-elle. À l'intérieur. »

Les trois hommes, guidés par Dolly, déchargèrent la cage et la posèrent sur un chariot. Ils le traînèrent, sur le mélange épais de terre et de cendres, montant la rampe de la plate-forme et passant les portes battantes pour le faire entrer dans l'ombre fraîche de l'usine au sol bétonné.

« Où ? demanda le chauffeur.

– Laissez-la là, dit Dolly. C'est tout. Vous pouvez disposer.

– Vous devez signer. »

Elle griffonna son nom au bas de la facture. Le chauffeur et les deux peintres tirèrent le chariot dehors. À vide, il couinait horriblement. Elle entendit le couinement des roues mal graissées jusqu'à ce que le chariot retourne au camion. Elle était seule avec la cage. Elle en fit le tour. Ses pas résonnaient lourds et creux, se perdant dans le volume de l'usine, jusqu'au plafond haut et sombre. Il y avait une porte sur la cage. Tenue par un loquet doré. Elle l'ouvrit. Elle demeura un moment à la regarder avant d'entrer dedans. Elle baissa le loquet doré.

C'était presque comme si elle était allée à New York uniquement pour dénicher cette cage. Elle était apparue dans sa vie comme si elle avait tout planifié, comme si elle s'y était préparée. Mais ce n'était pas vrai et elle le savait. Elle avait filé à New York à l'aveugle, comme guidée par une sorte d'instinct de retour au bercail. La gare routière ressemblait à toutes les autres gares routières, en plus grand. Les gens ressemblaient à tous les gens d'ici et d'ailleurs, sauf qu'il y en avait plus. Elle avait récupéré sa valise à la livraison des bagages et était sortie sur le trottoir. C'était en été, au milieu de l'après-midi, mais le ciel était vide de soleil. Rien que des buildings. Elle s'était mise à marcher, sans la moindre idée de la direction ou de sa destination. Elle avait marché un bon moment le long des buildings, plus hauts que l'imagination ne pouvait le concevoir et qui se penchaient vers elle à mesure qu'elle avançait. Elle n'avait absolument pas peur. Elle examinait chaque chose avec des yeux pleins d'expectative et une curiosité si intense qu'elle confinait à la douleur. C'était ici, elle le savait. Ça lui rappelait Garden Hills. L'horizon était haut, le ciel étroit. Il fallait courir vite pour apercevoir le soleil. Mais c'était différent de Garden Hills, aussi. Garden Hills était arrivé et attendait. New York était en marche. La ville entière était pressée. Le mouvement était incroyable. Les voitures lançaient des éclairs dans un tonnerre de klaxons. Les gens vous posaient réellement une main sur l'épaule pour vous écarter de leur chemin, le regard intense et désespéré. C'était une course pour reprendre son souffle.

Elle se fatiguait vite. Elle avait les poumons en feu. Ses doigts lui faisaient mal. Elle s'était arrêtée, en équilibre sur le bord d'un trottoir au milieu de la foule momentanément figée, le regard tendu vers un feu rouge. Elle avait senti un souffle chaud sur sa peau. Un homme à côté d'elle la poussait du coude, essayant de la faire changer de position, histoire de prendre un meilleur départ quand le feu passerait au vert et que la course reprendrait. En grinçant des dents, elle l'avait repoussé, grisée par l'idée qu'elle se trouvait enfin dans la course, et en même temps nerveusement et émotionnellement épuisée. Elle savait qu'elle devait se reposer avant d'avoir un malaise. Le feu avait changé, une cloche avait sonné, et elle avait été emportée au milieu de la chaussée et sur le trottoir d'en face où elle s'était ancrée d'un bras à un réverbère pendant que la foule se déversait autour d'elle.

Juste en face du réverbère, il y avait un carré d'herbe mitée au centre duquel un homme de granit chevauchait un cheval de granit constellé de plumes et de merdes de pigeon. Une clôture en fer forgé pleine de pointes entourait le cheval et son cavalier. Et le long de la clôture en fer forgé, sur les quatre côtés, on avait installé des bancs en bois et en ciment. Dolly avait abandonné son réverbère et s'était dirigée vers un des bancs où elle s'était effondrée plutôt qu'elle ne s'y était assise. Elle avait posé sa valise sur ses genoux et s'y accrochait férocement des deux mains. Il lui avait fallu un moment pour reprendre son souffle et ses sens, et puis elle avait regardé autour d'elle. Elle était entourée de vieillards agonisants, aussi calmes et bruns que des sacs d'emballage vides. De nombreux Nègres fragiles et efféminés (qu'elle ne reconnaîtrait comme des homosexuels qu'après plusieurs semaines) aux hanches étroites, aux cheveux teints et aux anneaux d'or pendant de leurs magnifiques oreilles plates, se touchaient et poussaient des cris perçants au milieu des pigeons. Une fille svelte portant une énorme chaussure noire au bout d'une jambe toute racornie baladait un pékinois. Elle marchait avec un mouvement de balancier prononcé comme quelqu'un qui mène un bateau à la rame. Le chien collait sa tête minuscule à travers le grillage de la clôture et aboyait après le cheval en granit. La fille, dont les longs cheveux soyeux ondulaient à l'unisson de son corps, avait tiré sauvagement sur la laisse si bien que le chien avait jailli du grillage, les pattes en l'air et la gorge coincée au milieu d'un aboiement. La queue du chien, longue et mousseuse comme une plume d'oiseau, disparaissait entre ses pattes.

« Il devrait y avoir une loi contre les brutes qui traitent leurs chiens comme ça. » C'était le jeune homme assis à côté d'elle qui avait parlé. Il était entré dans le square juste après elle. Il était blond, portait un costume vert sombre et des chaussures parfaitement cirées. Elle s'était dit que c'étaient les plus belles chaussures qu'elle ait jamais vues. Elle s'était tournée pour le regarder. « Cette dame handicapée avec son chien, avait-il dit. C'était cruel.

– J'ai vu. Elle n'avait pas besoin de l'arracher comme ça. »

Il avait les yeux bleus et était assis plus près d'elle qu'il ne lui avait semblé. Il avait les lèvres fines, longues et mobiles, et il sentait le savon, le cuir et le bon tabac. Serait-il l'homme qu'elle était venue rencontrer ? Avait-elle trouvé si facilement ce qu'elle recherchait ?

« Faut de tout pour faire un monde », avait-il dit. Sa voix était douce, profonde et agréable. Elle résonnait dans sa tête, la rendait toute chose. Cette voix, comme ses chaussures, était spéciale, magnifique, d'un autre monde, le monde qu'elle était venue rejoindre.

« Je viens tout juste d'arriver. »

D'une certaine manière, elle s'était dit qu'il devait l'espérer, peut-être même l'attendre.

« C'est une grande ville, avait-il fait en désignant la silhouette des buildings. La seule.

– Oui, avait-elle dit en se perdant dans ses yeux.

– Une ville de rêve, un vrai rêve. » Sa voix était multidimensionnelle. Elle la goûtait, la sentait. Elle s'enfonçait dans sa peau. « C'est un feu auprès duquel nous venons réchauffer nos mains froides et ouvertes. »

Il souriait et elle se sentait disparaître, s'évanouir sans laisser de trace.

« J'arrive tout droit de Garden Hills, avait-elle dit d'une voix désincarnée.

– Nous arrivons tous de quelque part. Garden Hills, Plain City, Alma, Birmingham, Redwood, Seattle, tout le monde débarque dans cet endroit que nous créons en y venant.

– Vous êtes ici depuis longtemps ?

– Assez pour la connaître de fond en comble. » Il souriait, et son sourire s'était transformé en rire, un grondement onctueux derrière ses petites dents pointues. « Assez longtemps pour tout connaître, quoi que vous recherchiez. »

Le jour commençait à tomber. Les Nègres s'en allaient main dans la main. Les vieillards à moitié morts bruissaient sur leurs bancs avant de partir en boitant derrière eux. Un pigeon roucoulait en picotant un œil du cheval.

« Je cherche Jack O'Boylan. » Elle ne le cherchait pas vraiment, mais c'était la première chose qui lui était venu à l'esprit, et elle se disait que si elle le trouvait, il saurait sans doute quoi faire. « Je suppose que vous le connaissez. »

Il la regardait d'un air narquois, souriant du coin de ses yeux bleus qui, dans la lumière déclinante, avaient viré au noir, fuyants.

« Est-ce que tout le monde ne le connaît pas ? » Il avait croisé ses longues jambes fuselées en prenant soin de ne pas casser le pli acéré comme une lame de son pantalon. « Pas moins de huit millions de personnes vivent ici, vous savez, de tous les pays du monde et de quelques autres au-delà. Et j'imagine que Jack O'Boylan est le seul ami que nous ayons tous en commun.

– Vous êtes un de ses amis ? »

Elle était estomaquée parce qu'elle n'avait jamais envisagé que Jack O'Boylan puisse avoir un ami ou en avoir besoin.

« Je lui ai serré la main hier, et nous avons déjeuné ensemble aujourd'hui », avait dit le jeune homme. Il avait croisé deux doigts de la main. « Nous sommes aussi proches que ça.

– Vous pourriez m'emmener le voir ?

– Pourquoi pas ? »

Il lui avait pris la main et l'avait conduite le long du trottoir. Le soleil avait recommencé à briller dans les milliers de néons iridescents, les ampoules au halo blanc et les phares jumeaux des voitures qui rampaient dans les rues. Au-dessus de la ville, le ciel noir et vide se pressait contre le sommet des buildings, mais ici, en bas, le jour était revenu. Ça rappelait à Dolly Furgeson l'équipe de nuit à la mine de phosphate, à Garden Hills : le bruit assourdissant des broyeuses, l'odeur âcre de la combustion.

« Il nous faut un taxi, avait-il dit, planté au bord du trottoir.

– Oui, avait-elle répondu sans comprendre.

– Ça va coûter des sous », avait-il fait, en souriant gentiment et en lui serrant le poignet.

Ça, elle le comprenait. L'argent était la clé. Tout coûtait du fric.

« J'ai... » Elle s'était arrêtée pour déboucler le sac à main en plastique noir qu'elle s'était payé à Beverly. « J'ai... six dollars et soixante-quinze cents.

– Ça ira », avait-il fait en tendant la main.

Il avait été stupéfait de la voir lui confier, deux par deux, douze demi-dollars et trois quarters. Il lui avait fallu les deux mains pour les prendre et ça faisait une bosse inconvenante dans son pantalon en peau de requin. Ça cliquetait quand il bougeait.

« Voilà un tacot », s'était-il écrié en l'attrapant par la main et en la tirant derrière lui.

La circulation était bloquée. Le taxi était collé derrière un camion de légumes. Dolly percevait les effluves de laitues pourries pendant que le jeune homme ouvrait la porte du taxi et sautait dedans. Elle était restée un instant pétrifiée par l'explosion de klaxons des voitures prises dans l'embouteillage de début de soirée puis elle s'était réfugiée sur le siège arrière du taxi, sa valise bleue sur les genoux, et avait fermé la porte. Elle s'était tournée vers le jeune homme, mais il n'était plus là. La portière de l'autre côté du taxi était ouverte.

Il n'était plus là ! Elle avait cligné des yeux pour le faire réapparaître. Il ne réapparaissait pas. Elle se pinçait pour être sûre qu'il avait bien été assis là un instant plus tôt. Elle n'en était pas convaincue. Le volume des klaxons avait décru soudain et la circulation s'était remise en branle.

« Fermez cette bon Dieu de porte », avait crié le chauffeur sans se retourner.

Tirée en sursaut de sa rêverie, elle s'était penchée pour claquer la portière. La nuque du chauffeur était bourrelée de graisse rouge. Ses cheveux, coincés dans les plis, étaient épais comme des poils de porc.

« Où va-t-on, m'dame ?

– Chez Jack O'Boylan.

– Bon Dieu !

– Ça coûte six dollars et soixante-quinze cents », avait-elle dit, en se rendant soudain compte que c'était le jeune homme qui avait l'argent.

À moins que… à moins que… Elle avait ouvert rapidement son sac et regardait dedans. Non, il n'y avait rien. Ça n'aurait pu être un rêve que si l'argent avait aussi été un rêve.

Le taxi s'était garé le long du trottoir. Le chauffeur avait lancé son bras et son coude énormes sur le dossier du siège avant en se tournant vers elle. Le devant de son cou et sa figure étaient bourrelés de graisse rouge. Ses cheveux, coincés dans les plis, étaient épais comme des poils de porc.

« Bon Dieu de bois ! Madame, je suis coincé dans ce tas de bagnoles depuis la 42e Rue. Maintenant, encore une fois. » Il avait baissé la voix, s'essuyait la sueur de la bouche. « Où voulez-vous aller ?

– Chez Jack O'Boylan. Vous le connaissez pas ? »

Les bourrelets gonflaient, ses yeux s'écarquillaient.

« Qui ?

– Jack O'Boylan. Tout le monde le connaît à New York. On me l'a dit. »

Le chauffeur avait levé son visage et ses grosses mains rouges vers le plafond. « Pourquoi ? implorait-il. Pourquoi faut-il qu'ils tombent tous dans mon tacot ?

– Vous le connaissez ?

– Dehors, avait-il fait calmement en désignant la portière. Dehors. »

Une fois qu'elle fut dans la rue, il s'était penché et avait claqué la portière.

« Vous ne voulez même pas me dire où aller ? ». Il l'avait fixée intensément pendant un bon moment.

« Non, madame. Je ne vais pas vous dire où aller, parce que je suis un gentleman ! »

Il avait démarré en faisant rugir son moteur et elle avait sauté sur le trottoir en évitant de justesse une Volkswagen. La nuit tombait maintenant rapidement, comme toujours pendant les soirées d'été. Elle marchait en scrutant les trottoirs à la recherche du jeune homme aux chaussures magnifiques et aux plis de pantalon affûtés comme une lame, et de ses six dollars et soixante-quinze cents. Il ne lui était pas venu une seule fois à l'idée – du moins pas avant plusieurs semaines – qu'il lui avait délibérément fauché son argent. Ça ne lui était pas venu à l'esprit parce qu'elle était bouleversée par la pensée soudaine que Jack O'Boylan devait aussi posséder New York. Elle le sentait. Ça se voyait sur le visage de tout le monde. Elle l'entendait dans le piétinement de la foule, le vacarme de la circulation et la clarté sans dessus dessous du jour à minuit. Plus il se faisait tard et plus ça brillait. Le soleil levant, elle le savait, devait être un grand moment de déprime et de déception. Étant gosse, elle avait assez souvent vu le soleil se lever comme un pâle fantôme jaillissant des lampes à arc de l'équipe de nuit. C'était Garden Hills, de nouveau. Mais avec une différence. Ici, davantage de gens semblaient avoir un contrat. Le jeune homme qu'elle avait rencontré dans le square, par exemple, paraissait en avoir un. Pendant qu'elle cheminait, épuisée, à travers les rues rêveuses, à plus de minuit maintenant, les mains et les bras engourdis par le poids de sa valise, elle pensait à lui. Elle pensait à la voix chaude et claire dans laquelle elle s'était noyée, au blanc flottant de ses yeux, durs comme l'acier. Il était là ; il avait disparu. Magique. En apparaissant dans le square, le jeune homme l'avait instantanément et immédiatement orientée vers Jack O'Boylan. Mais elle avait foiré. Elle ne le comprenait pas et était incapable de le formuler, mais elle savait qu'elle avait retenu quelque chose. Elle n'avait pas *tout* donné, et elle s'était résolue, séance tenante, que cela ne se reproduirait plus jamais.

Désormais incapable de marcher, elle était entrée dans un hôtel à la façade craquelée et jaunasse. La réception était surmontée de deux lampes bleues et le gardien de nuit empestait le liniment. Il avait les cheveux d'un brun pâle, clairsemés, qui frisaient au-dessus de son front proéminent et moite de sueur. Les coudes posés sur le bureau, il lisait un livre. Le titre faisait frissonner Dolly. *De sang-froid*. Quand il avait levé le regard sur elle, derrière ses lourdes lunettes en écaille, ses yeux ressemblaient à des billes fissurées.

« Vouais ? » Sa voix était agréable, zozotante. Son sourire plein de sa langue. Il avait posé son livre.

« Je suppose que vous avez une chambre à louer ? »

Malgré elle, sa voix était agressive. Soudain, elle avait peur.

« Dieu soit loué, Dieu soit loué ! avait-il dit en ôtant ses lourdes lunettes. Vouais, j'ai des chambres libres. Vous v'nez juste d'arriver, n'est-ce pas, ma chère ?

– Arriver où ?

– Dans notre ville. » Ses longues mains jaunes ressemblaient à des oiseaux blessés prenant leur envol. « C'est étonnant que les crocodiles ne vous aient pas dévorée, avait-il pouffé. Dix-huit et demi.

– Dollars ? Dix-huit dollars et cinquante cents ?

– Par semaine. Dieu soit loué ! Attendez ! Laissez-moi deviner. Vous êtes venue par le bus, il y a juste deux heures, et vous êtes dans le show-biz. Exact ? »

Elle n'avait pas répondu, mais elle avait posé sa valise sur le bureau et en avait déverrouillé le fermoir en cuivre. D'un côté de la valise, il y avait une boîte fermée par du ruban adhésif. Elle l'avait posée sur *De sang-froid*. Elle avait défait l'adhésif et ils s'étaient penchés tous deux. Les quarters et les demi-dollars étaient en piles en petit tas bien nets, coincés dans la boîte. Elle avait commencé à compter pendant que l'employé surveillait. À la fin, il y avait trente-cinq dollars et cinquante cents sur le bureau. Sous la lumière bleue, les pièces étaient noires. Elle le regardait.

« À dix-huit dollars et cinquante cents la semaine, deux semaines ça vous fera trente-sept dollars.

– J'en prends pour trente-cinq dollars et cinquante cents ».

Le réceptionniste avait remis ses lunettes en écaille et la contemplait en pressant les jointures de ses doigts contre ses bajoues bleuâtres.

« J'peux pas vous en donner pour trente-cinq et demi. Trente-sept, oui. Mais pas trente-cinq et demi.

– Je veux que vous preniez tout.

– C'est tout ce que vous avez ? Même pas un penny de plus ?

– Ça va aller.

– Vous allez manger quoi demain matin ? Vous avez même pas de quoi vous payer un café.

– Je veux qu'il sache que je vous ai tout donné. Je veux qu'il voie que je n'ai rien gardé du tout.

– Vous voulez que qui voie ?

– Jack O'Boylan. »

Le réceptionniste avait ôté à nouveau ses lunettes et il frottait les coins chassieux de ses yeux.

« Dites, vous êtes dans le show-biz, n'est-ce pas ?

– Vous n'avez pas besoin de faire semblant de ne pas *le* connaître », dit-elle.

Il se mettait à ratisser les pièces à pleines mains. Après avoir fini, il lui avait établi un reçu pour deux semaines. Ils se tenaient, face à face, de part et d'autre de la grosse clé posée sur le bureau. Il ramassa *De sang-froid*.

« Je sais, je sais. Bon Dieu ! je viens moi-même de Scotts Bluff, Nebraska. » Il tapotait la couverture du livre et, malgré elle, elle en lisait à nouveau le titre. Il y a peu de gens qui font des choses, et d'autres qui écrivent sur le peu qui font des choses. Et puis il y a le reste, nous, ceux qui radotent leurs trucs de seconde main, qui ne sont capables que de piétiner les cadavres. »

Elle trouvait que c'était un jeune homme étrange, mais chouette à sa manière. Il vivait au bout du couloir, dans une chambre proche de la sienne, avec un autre jeune homme, de Scotts Bluff, Nebraska, lui aussi. L'autre jeune homme était petit, très poilu, avec de grosses cuisses. Ils se frottaient mutuellement avec du liniment et gloussaient beaucoup, mais ils étaient tous deux pleins d'égards et laissaient souvent un sac en papier blanc plein de bagels devant la porte de sa chambre. Dolly avait vécu là, à l'hôtel Giaconda, pendant deux ans et durant cette période elle n'avait jamais vu le réceptionniste avec un autre bouquin que *De sang-froid*. Il le trimballait toujours avec lui et il était toujours ouvert devant lui quand elle rentrait la nuit.

Elle rentrait à 5 heures du matin dans son costume de gogo, les pampilles blanches et pailletées frémissant à chacune de ses longues enjambées chaloupées viraient instantanément au bleu sous les lumières de la réception, et il levait les yeux de *De sang-froid*.

« Salut, Show-biz, disait-il, pendant que de la buée se formait sur ses billes fissurées.

– Salut », répondait-elle.

Elle laissait son trench-coat délibérément ouvert, permettant à son regard larmoyant et désespéré de se fixer sur le triangle bleu de ses cuisses et de son ventre. Son corps lui servait de contrat, même avec ce jeune homme dont l'amant se rasait deux fois par jour.

« Tu ne chopes pas froid dans ce machin ? » Il tenait son livre contre sa poitrine.

« Ça fait partie de mon boulot », répondait-elle.

Et ça continuait comme ça. Qu'il pleuve, qu'il vente ou qu'il neige, elle portait un costume de la taille d'un gant qui adhérait à son corps comme par succion. Et par-dessus – en partant ou en revenant à l'hôtel –, un trench-coat qui pouvait être déboutonné immédiatement pour révéler ses arguments quel que soit le contrat à négocier.

« Tu es des nôtres, disait-il. Tu ne disparaîtras jamais, Show-biz. Personne ne se risque dans une eau infestée de crocodiles si ce n'est un autre crocodile. Et toi, tu as une bouche à croquer de l'acier. »

Elle le savait. Sa bouche était dans sa tête, une bouche sans dents et sans appétit, mais dotée d'une monumentale exigence. Elle savait qu'elle aurait dû désirer un homme, mais ça ne lui était jamais arrivé. Elle était équipée pour la guerre et n'avait pas même livré une seule bataille. Son hymen – son atout bien enfoui – épaississait. Étendue, seule, dans les draps stériles de l'hôtel Giaconda, écoutant les gloussements des deux jeunes hommes de Scotts Bluff, Nebraska, de l'autre côté de la cloison, elle réfléchissait. Et, même dans son propre esprit, sa virginité était en train d'épaissir. Elle se fermait de plus en plus. Et quand elle était dans cet état d'esprit, la panique se dressait comme un serpent. Elle devait se servir de ses atouts avant qu'il ne soit trop tard ou elle finirait comme le veilleur de nuit et son amant, qui n'avaient de contrat ni l'un ni l'autre. C'était à la fois frustrant et terrifiant. Elle savait qu'elle se trouvait à l'endroit où on obtenait un contrat, et elle n'en avait encore aucun. Tout ce qu'elle avait, c'était une cage et un costume qui tenait par succion. Et, même pour en arriver là, ça n'avait pas été facile.

Le premier matin, elle s'était levée tôt. Elle s'était réveillée en riant, délirant à la pensée qu'elle n'avait plus un penny en poche. Elle avait tout donné, n'avait rien gardé. Et tout ce qui lui restait à faire, c'était sortir en ville et mettre la main sur ce que Jack O'Boylan lui destinait, quoi que ça puisse être. Elle s'était habillée en hâte et avait presque piétiné le sac graisseux de bagels posé devant sa porte. Il y avait un mot épinglé dessus : « Reste à l'écart des crocodiles, Show-biz ! » Le sac contenait six bagels. Elle en avait gardé trois pour le dîner, en avait glissé deux dans son sac, et le sixième à la main elle était sortie dans la rue.

Ce jour-là, elle avait réussi, en marchant héroïquement et en demandant son chemin pour se rendre aux adresses qu'elle avait trouvées dans l'annuaire, à rencontrer trois agents de théâtre. Après sa visite au premier d'entre eux, plus rien ne pourrait la surprendre à New York. Le bureau se trouvait dans un appartement sans ascenseur d'un immeuble déglingué du côté de la 40e Rue Ouest. Un écriteau disait d'entrer. Ce qu'elle avait fait. Et là, à côté d'un aspidistra planté dans une corbeille à papier, il y avait un chien – un labrador retriever – habillé comme un homme. Il portait un pantalon de satin, une chemise bouffante avec une cravate noire, et il se tenait debout sur les pattes arrière. Près de lui, un homme déguisé en labrador retriever. Il était revêtu d'une peau dorée, pourvue d'une queue noire et de deux grandes oreilles, et il marchait à quatre pattes.

« Entrez, avait dit le chien en lui tendant une patte. Entrez et asseyez-vous.

– Wouaf, wouaf ! avait fait l'homme en remuant la queue.

– Mon Dieu ! avait-elle lâché.

– Non, ventriloquie, avait dit l'homme, se redressant et dézippant sa peau dorée.

– Avez-vous obtenu un contrat ? avait-elle demandé.

– Pour deux semaines. C'est un nouveau. Ça va prendre du temps. »

Mais quand elle avait été finalement reçue par l'agent, il ne lui avait laissé aucun espoir.

« Vous êtes la quoi ?
– La Reine du Phosphate de Garden Hills.
– La Reine du Phosphate de Garden Hills !
– Oui. »
Il s'était tourné vers sa secrétaire.
« Montrez-lui la porte. »
Ils lui avaient montré tous la porte. Un paquet de portes ouvertes, mais toutes en direction de la rue. Personne ne semblait vouloir regarder son corps. Pas un seul homme ne l'avait tripotée. Difficile de savoir quoi penser. Un agent l'avait considérée par-dessus ses lunettes. « Est-ce que je veux que vous enleviez vos vêtements ? avait-il répondu à sa question. Oui, vous pouvez les emmener de l'autre côté de cette porte. »
Elle avait passé la porte en toute hâte, avait défait sa jupe et s'était avancée sur le trottoir. Elle s'était tenue là, clignant des yeux sous le soleil, les hanches à l'air. Personne ne la regardait. Les gens fonçaient autour d'elle. L'agent lui avait dit d'enlever ses vêtements. Était-il sérieux ? Est-ce que c'était un test ? Était-ce une façon de voir si elle avait un corps capable d'attirer les foules ? Elle avait défait le bouton en haut de la fermeture Éclair. Elle ne portait pas de combinaison. Une de ses hanches rondes et son ventre étaient maintenant à l'air. Elle était terrifiée. Elle n'avait apporté que son corps à New York ; et si c'était un échec, que lui resterait-il ? Elle avait fait glisser la fermeture Éclair jusqu'en bas. Elle avait baissé sa jupe encore un peu plus. Pas une tête ne s'était retournée. Sa toison était blonde, frisée, saine. Mais les pieds se hâtaient, les voitures rugissaient. Personne ne s'était arrêté pétrifié d'admiration. À contrecœur, tristement, elle avait remonté sa jupe.

Si une seule tête avait bien voulu se retourner, elle se serait mise intégralement à poil sur le trottoir. Un regard, une caresse soudaine et appuyée de la main d'un étranger auraient été un signe. C'était ce qu'elle cherchait, elle avait désespérément besoin d'un signe. Mais rien n'était venu. Il lui fallait chercher ailleurs.

Les sacs blancs de l'épicerie s'accumulaient sur sa commode. Elle avait perdu les talons de ses chaussures en marchant. Le loyer de sa chambre au Giaconda était sur le point de s'épuiser. Et puis, un soir vers 22 heures, alors qu'elle était à la fois affamée et incapable d'avaler un bagel de plus dans sa chambre, elle était arrivée près d'un bâtiment sur lequel des lettres de néon épelaient « GIRLS GIRLS – A GO-GO A GO-GO ». Un dais à rayures rouges s'étendait du bâtiment jusqu'au bord du trottoir. Et, sous le dais, un géant en casquette et épaulettes dorées ouvrait la portière des automobiles basses et brillantes. Les gens qui se tenaient sous la marquise ou qui faisaient la queue pour entrer étaient beaux et ils avaient l'air riches. Elle avait déjà vu ce genre de voitures – celles de Jack O'Boylan – entrer et sortir à toute vitesse de Garden Hills, dans les rêves de son enfance. Et c'était le même genre d'hommes qui les occupaient – des hommes stricts et cérémonieux, coiffés de façon stricte et cérémonieuse, et qui portaient des costumes en tissu synthétique noir.

Le panneau disait « A GO-GO » et c'était ce qu'elle était venue faire, à gogo jusqu'au sommet, là où les gens avaient des contrats et la sécurité, là où personne n'était vierge parce que personne n'avait de raison de le rester. Ce bâtiment avec néon clignotant « A GO-GO » était un présage, un talisman. Il fallait qu'elle le touche.

Le géant à la porte était occupé et elle s'était faufilée derrière lui sans qu'il la voie dans une obscurité de caverne pleine de fumée, d'ampoules clignotantes, de braises de cigarette, de corps tourbillonnants, de corps au repos, de corps qui se trémoussaient, de corps se frottant frénétiquement à d'autres corps. Et tout ça – chacun des mouvements de hanches de cette blonde gracieuse jusqu'aux mains indistinctes du barman – était synchronisé sur la musique déversée par un orchestre de douze cuivres, six trompettes et six saxophones, alignés en une rangée dorée derrière une Négresse aux cheveux jaunes et un peu dérangée qui s'accouplait et copulait avec son micro en hurlant qu'elle était en train de le faire : « Work it on out, work it on out. » Mais son regard avait fini par se poser sur l'aspect le plus spectaculaire de la pièce tout entière : trois cages accrochées au plafond. Dans deux d'entre elles, il y avait une fille. La troisième, celle du milieu, était vide. Les deux filles en cage étaient agitées de mouvements violents. Elles portaient des costumes à pompons et un bijou étincelant dans le nombril.

Un type près de Dolly soudain l'avait effleurée d'une caresse insistante. Elle s'était retournée pour le regarder. Il fixait une des filles accrochées au plafond tout en dansant avec une autre, à trois mètres de lui, qui regardait encore ailleurs. Elle ne s'offusquait pas de cette main qui la tenait maintenant fermement par le ventre. Elle avait demandé un signe et on venait de le lui donner. Le halètement était conforme. L'odeur de musc aussi. Et la cage était vide.

Elle s'était frayée un chemin à travers les danseurs. Elle s'était penchée au-dessus de la rampe. Le barman se tenait raide comme une statue, le visage impassible, les mains floues sur le shaker en mouvement.

« Où est-il ? »

Elle voulait parler de Jack O'Boylan, mais le barman ne l'avait pas entendue. Elle ne s'était même pas entendue elle-même. Le rugissement de l'orchestre et des danseurs était trop fort.

« Où est-il ? » avait-elle hurlé.

Les yeux bougeaient sous le masque. Elle avait suivi son regard : tout au bout du bar, sur un tabouret, était assis un homme mince. Il portait une grosse fleur rouge sur sa veste noire, comme une blessure en plein cœur. Elle savait avant même d'aller vers lui que ce n'était pas Jack O'Boylan, parce qu'il était sans escorte qu'il ne portait pas de couronne et qu'un tabouret n'était pas un trône. Elle avait fait le tour du bar et l'avait affronté. Son visage était pointu. Ses traits – yeux, nez et bouche – étaient mal définis, irréguliers sur les bords, indistincts, comme brûlés. Il la regardait. Elle avait désigné la cage vide. Il s'était levé et elle l'avait suivi à travers une porte à l'arrière du bar. C'était un bureau. Il avait fermé la porte derrière eux et c'était comme s'enfoncer sous l'eau, tant le bruit des cris et de la musique avait si soudainement disparu.

« J'ai cru que vous ne viendriez plus. »

Sa voix était faible, presque geignarde. Il avait ouvert la porte d'un placard. Des costumes scintillants étaient accrochés à l'intérieur.

« Ils avaient promis que vous viendriez avant-hier soir et puis la nuit dernière, et vous avez deux heures de retard ce soir, si bien que j'ai cru que vous ne viendriez jamais. Pourquoi ne vous êtes-vous pas pointée comme promis ? » Il prit quelques costumes et se retourna face à elle. Pour la première fois, elle remarquait qu'une de ses oreilles était close, toute racornie. « Hein ? » Elle haussait les épaules sans répondre. Comment aurait-elle pu lui dire qu'elle cherchait désespérément cet endroit depuis près de quinze jours ? Il risquerait de penser qu'elle n'était pas capable de faire ce qu'il attendait d'elle.

« O.K., n'y pensons plus. Regardez si un de ces costumes vous va. Je vais sortir pendant que vous vous changez, et je reviendrai voir si ça va. Vous comprenez que vous n'avez pas encore le job, hein ? C'est ce qui a été décidé. Il faut d'abord que je vous vois. »

Elle le comprenait. C'était bien la seule chose sur New York et sur Jack O'Boylan qu'elle arrivait à comprendre.

« Parfait ! s'exclama-t-il. Parfait ! »

Il était revenu dans la pièce et l'avait trouvée debout dans douze centimètres carrés de tissu scintillant. Elle était pieds nus sur la moquette moelleuse. Même ses pieds étaient magnifiques. Il s'approchait. Elle se tenait parfaitement immobile, les bras pendant le long de son corps. « Voyons ce qu'on peut faire de vos cheveux. »

Elle sentait ses doigts aussi froids et indifférents que de l'acier lui parcourir la peau du crâne.

« Nous n'aimons pas que les cheveux soient retenus par quoi que ce soit. Nous préférons qu'ils volent, qu'ils vous tombent dans les yeux. »

Il avait défait la barrette de cuir qui lui maintenait les cheveux sur la nuque et l'avait glissée dans sa poche. Ses mains s'étaient posées sur ses épaules, avaient glissé le long de son dos et lui avait pris la taille.

« Ne vous faites de fausses idées, dit-il. Ne pensez pas à mal. »

Il palpait son cul, son ventre nu. C'était à peine si elle respirait ; elle attendait, elle attendait, jusqu'à finalement sentir le billet doux et craquant qu'il pressait contre sa paume.

« Je ne me fais pas d'idées fausses », dit-elle.

Sa bouche se faisait encore plus indistincte ; ses yeux brûlés rétrécissaient. Elle se rendait soudain compte qu'il souriait. Elle lui avait rendu son sourire. Il avait pris sa main, ouvert la porte, et ils étaient sortis dans la musique et les cris de plaisir et de désespoir. Il l'avait conduite vers l'orchestre, avait murmuré quelque chose à l'oreille du batteur qui se lançait instantanément dans un roulement de son spasmodique, et il s'était tourné vers le géant qui, rentré de son trottoir, tenait maintenant une épaisse corde dorée. La corde grimpait jusqu'au plafond, passait par une poulie et redescendait vers une boucle d'acier au sommet de la cage du milieu, dorée elle aussi. Le géant avait laissé la corde glisser dans ses mains et la cage s'était mise à descendre. Puis, une fois arrivée sur le sol, l'homme qui avait engagé Dolly s'était emparé du micro. Sa voix geignarde et amplifiée s'imposait aux danseurs dont les pieds s'immobilisaient tandis que leurs corps tremblaient et frémissaient encore. « Mesdames et Messieurs ! La cage dorée vous en présente une nouvelle ! »

Il courait vers la cage et poussait Dolly à l'intérieur tandis que les danseurs rugissaient d'enthousiasme. Le géant avait tiré sur la corde et elle s'était retrouvée tout en haut.

Elle était arrivée.

7

Fat Man sirotait son Metrecal et broyait du noir au sommet de la colline qui surplombait le trou de Garden Hills. Il avait déjà bu quatre cannettes et se sentait comme un ivrogne qui sait qu'il ne va pas s'arrêter. Il était étendu sur une chaise longue tout près de la fenêtre de son bureau. Un carton de Metrecal était ouvert tout près de lui, ainsi que plusieurs douzaines de sachets de gaufrettes Eat-And-Grow-Slim[1]. Il attrapa un sachet de gaufrettes, l'ouvrit et l'avala en deux monstrueuses bouchées. Mais ça ne lui apporta aucun soulagement. Aucun plaisir. Le monde avait changé et son ventre lui-même l'avait abandonné. Une femme, une putain mulâtre, se trouvait dans sa cuisine à ce moment précis – elle avait emménagé avec sa poire vaginale. Elle avait même pendu l'horrible chose derrière la porte de la salle de bains. C'était un sac en caoutchouc rouge, aussi gros qu'une bouillotte, avec un tuyau fixé par un embout noir en forme de bite artificielle pour évacuer les restes de la vrai bite. Il frissonna. Mais qu'est-ce qu'il pouvait y faire ?

« J'prends la Buick, lui avait dit Jester. Je vais chercher Lucy.

1. « Mangez et maigrissez. »

– Jester, on en a déjà beaucoup discuté. Tu profites.

– Je profite de ce qui est à moi.

– Ne l'amène pas ici, avait dit Fat Man. Ne fais pas ça. »

Mais Jester l'avait amenée le jour même. Et elle avait fixé une énorme affiche sur le mur derrière la télé sur laquelle on pouvait lire : « NESTRADIDI, LA NOIRE PRINCESSE AFRICAINE ».

« Je le suis pas vraiment, avait-elle avoué en rigolant. J'suis Nestradidi cueilleuse de coton d'Alabama. »

Elle avait les dents blanches et carrées. La peau ferme de son visage et de ses bras nus avait la couleur de l'or astiqué. Ses pires craintes s'étaient réalisées : la putain était magnifique.

Il ouvrit une autre cannette de Metrecal qui disparut en une seule goulée, rapide et frustrante. Juste au moment où il posait la cannette, le cheval du glacier passa devant la fenêtre. Jester le montait à cru. Il tournait autour de la maison, tous les matins depuis qu'il l'avait acheté dix dollars à Wes. Le cheval, les yeux clos et son cou galeux pendouillant, roupillait à moitié. Jester regardait droit devant lui, mais, de temps en temps, ses lèvres remuaient.

« À qui tu parles, Jesta ? » cria Fat Man par la fenêtre le premier matin. Il l'avait demandé en riant, avec bienveillance, mais Jester n'avait pas répondu et n'avait pas ri non plus. Cela déprima Fat Man et l'incita à taper encore dans le Metrecal. L'emménagement de la putain n'avait rien arrangé. Le fait qu'elle soit belle lui ôtait tout espoir. Plus rien n'était amusant.

Au-delà des collines, sous le ciel jaune, il apercevait un D, bleu et brillant, sur la façade rouge de l'usine de phosphate. Une autre équipe de peintres était arrivée et avait accroché un deuxième échafaudage d'où ils traçaient « DOLLY DOO AND HER DIMPLE REVIEW » en bleu sur le côté du bâtiment. Il n'avait rien pu faire contre ça non plus. Le télescope, en haut de Reclamation Park, était surbooké tous les soirs, à présent que l'usine avait été repeinte. Il était évident qu'elle avait eu raison depuis le début.

« Peinte en rouge avec quinze ventilateurs au plafond ? » avait-il demandé la première fois qu'elle lui en avait parlé.

Ça lui semblait la chose la plus ridicule qu'il ait jamais entendue.

« Mais je ne peux pas le faire sans vous », avait-elle répondu.

Elle se tenait devant lui dans le bureau – bibliothèque où il l'avait reçue à son retour de New York. Elle était vêtue entièrement de blanc : un chapeau blanc à large bord, une jupe plissée, des chaussettes blanches qui laissaient voir les mouvements de ses mollets de danseuse au-dessus de ses chevilles fines, et des chaussures à hauts talons pointus. Elle avait la langue la plus rouge, la plus humide qu'on puisse imaginer et elle la promenait continuellement sur ses lèvres pleines.

« Pourquoi ne vous asseyez-vous pas ? » avait-il demandé.

Ce qu'elle avait fait. L'ourlet de sa robe négligemment remonté à mi-cuisse. Il avait du mal à détacher son regard de ses jambes. Elles étaient longues, avec des muscles nettement dessinés, et s'ouvraient et se fermaient souplement chaque fois qu'elle esquissait le plus léger mouvement. C'étaient des jambes de coureur. De cross-country. Il n'en avait jamais vu de pareilles.

« J'ai de l'argent, avait-elle dit. Beaucoup. Mais pas assez pour faire ce que je suis venue vous proposer. »

Il savait qu'elle devait en avoir beaucoup. Il l'avait vue débarquer la veille en taxi, et il n'y avait pas de taxi à Beverly. Il avait depuis découvert qu'elle l'avait pris à Orlando d'où elle était descendue du train. Plus de quatre-vingts kilomètres en taxi ! Ce qui était sûr, c'est qu'elle ne cherchait pas à économiser de l'argent.

« Je ne suis pas là pour économiser de l'argent. Je suis là pour le dépenser. Et c'est là que vous intervenez. »

Elle lui avait cligné de l'œil, mais il ne s'en était pas aperçu, absorbé qu'il était dans la contemplation de ses jambes. Elle avait attendu qu'il relève les yeux pour recommencer. Il lui avait rendu son clin d'œil.

« Pouvez-vous demander au nain de nous apporter quelque chose à boire ? » avait-elle demandé.

Il avait appelé Jester, qui était entré tranquillement et s'était placé à côté de la chaise de Fat Man.

« Qu'est-ce que vous prendrez ? Il y a du café, du thé, du scotch, de la bière, du Drambuie, du Cointreau, de la Bénédictine…

– Une bière, une bière pour l'amour de Dieu.

– Une bière et pour moi, comme d'habitude », avait dit Fat Man.

Jester avait apporté une bière et une cannette de Metrecal. Dolly, ignorant le verre, avait bu directement à la bouteille.

« On va casser la baraque, ici. Il a fallu que j'aille jusqu'à New York pour m'en rendre compte, mais c'est vrai.

– Vous avez tort.

– J'ai raison. Ça fera venir le monde. On va les empiler dans la boîte comme du bois de chauffage.

– J'y connais rien en business et vous non plus.

– Je sais tout sur les gens. Est-ce que vous avez déjà roulé sur une route de Floride et vu un grand panneau disant « ZOO TOUT DROIT » et puis un peu plus loin « ZOO À DEUX CENTS MÈTRES – NE LE MANQUEZ PAS », et ainsi de suite sur le bas-côté ?

– Oui, mais quel rapport ?

– J'y arrive. Des parcs comme ça, on n'en trouve pas qu'en Floride. Y en a dans tout le pays. Vous en avez déjà visité un ?

– Non.

– Moi, oui. Laissez-moi vous raconter. C'est plein de cages. Dans une, il y a un poulet avec un écriteau marqué « POULET ». Dans une autre, il y a un corbeau avec un panneau disant « CORBEAU » et d'autres cages avec des serpents, des ratons laveurs, des chats, etc. Mais, dans ces zoos de bord de route, il n'y a pas grand-chose que les gens n'auraient pu voir tout seuls s'ils avaient ouvert les yeux. C'est partout autour d'eux, mais ils ont besoin de le voir dans une cage avec un écriteau dessus. Et il faut que vous leur expliquiez que c'est étrange, que c'est exceptionnel.

– Je comprends que dalle, avait dit Fat Man.

– Personne n'y comprend que dalle. C'est tout l'intérêt. Vous n'avez pas besoin de comprendre. » Elle avait haussé les épaules. « Ils veulent les voir en cage, alors mettez-les en cage.

– Ça marchera jamais. »

Elle avait penché la tête en arrière et sa gorge marmoréenne avait roulé sous la bouteille ambrée jusqu'à ce que la bière disparaisse. Elle souriait.

« Laissez-moi vous expliquer. Prenez une grande ville, disons New York. Une femme peut se déshabiller et rester aussi nue qu'un bébé sur le trottoir sans que personne tourne la tête. Vous croyez ça ? Je vois bien que non. Il n'empêche que c'est vrai, ça m'est arrivé. Maintenant, mettez la même femme dans une cage, pas complètement nue, mais presque, et vous pourrez sentir le musc à des kilomètres à la ronde. Ils arracheront la porte pour voir ça.

– Pas ici à Garden Hills. Ça ne marchera pas.

– Ici. N'importe où. Écoutez, vous lisez les journaux. Vous savez que les hommes s'entre-tuent dans la rue. Tiens, l'autre jour, dix-sept gamins ont violé une infirmière dans Broadway. Personne n'est venu l'aider et elle a été baisée vingt-neuf fois. »

C'était vrai. Il ne pouvait pas le nier. Il l'avait lu.

« Écoutez. Laissez-moi vous expliquer. Les gens pensent que les badauds ne font rien parce que ce sont des trouillards, parce qu'ils ne veulent pas se mouiller. Ce n'est pas vrai. *Ils ne font rien parce qu'ils ne remarquent rien, parce qu'ils ne voient pas ce qui se passe.* Ça serait complètement différent avec une cage. Ils viendraient en aide à un dresseur de lions si le lion lui sautait dessus. Bon sang, ils fonceraient là-dedans et l'en arracheraient ! Écoutez, je le sais, et je vais vous le prouver.

– Comment ça ?

– Vous allez acheter un télescope et on va l'installer dans Reclamation Park. »

Et c'est ce qu'il avait fait.

Il se leva de sa chaise et se posta devant une autre fenêtre. Il prit les jumelles qu'il avait achetées pour surveiller le télescope, écarta les rideaux et regarda en direction de Reclamation Park. Le parc était plein de voitures et de gens. Quelques-uns avaient monté des tentes. Il y avait même des caravanes. Et il y en avait tous les jours davantage depuis que Dolly avait mis Wes dans son trou.

« Il faut attirer leur attention, avait dit Dolly. Le télescope le fera, et ensuite quand on les aura bien attirés, on aura les cages.

– Avec quoi dedans ? avait-il demandé.

– Une fille. La Reine du Phosphate de Garden Hills. La fille qui remporte le titre aura aussi toute l'année dans la cage.

– Ils ne le supporteront jamais.

– Qui ?

– Les gens de Garden Hills. Votre papa et votre maman.

– Si, ils l'accepteront.

– Ils pensent qu'il va revenir. »

Elle avait souri d'un air entendu et cligné des deux yeux.

« Mais vous et moi, nous savons qu'il n'en est rien. Jack O'Boylan ne reviendra pas. Il n'en a jamais eu l'intention. »

Il s'était demandé ce qu'elle savait. Elle pouvait difficilement être au courant, et pourtant on aurait dit. Fat Man n'avait jamais confié à personne que Jack O'Boylan lui avait cédé les actes de propriété de tout, le terrain, l'usine et le parc, quand l'exploitation avait cessé. Il ne l'avait jamais dit à personne parce qu'il en avait honte, parce que ça aurait révélé une astuce, une fraude. Mais elle avait l'air d'être au courant.

« De combien avez-vous besoin ? avait-il demandé.

– Je vois pas comment on pourrait faire ça avec moins de quinze mille. »

Il était sidéré.

« Vous voulez que j'investisse quinze mille dollars dans un truc qui, à mon avis, ne marchera jamais ?

– Ça marchera. On récupérera la mise dès le premier mois.

– Folie !

– Voilà qui devient intéressant », avait-elle rétorqué.

Le télescope pivota soudain et se fixa sur les jumelles. Le touriste agitait la main vers lui. Mais Fat Man ne se retira pas, pas même quand on hissa un gamin jusqu'au télescope. Fat Man était habitué maintenant. Dolly l'avait inclus dans les instructions. Tout de suite après Wes. Il avait le numéro 16. Mais elle avait ajouté ce commentaire à côté du numéro : « LE FILS DU FONDATEUR DE GARDEN HILLS ».

« Mais je ne le suis pas, avait-il protesté quand il l'avait découvert.

– Allons, vous l'êtes aussi.

– Je n'ai même jamais rencontré Jack O'Boylan. »

Ses yeux brillaient de façon étrange.

« Personne ne l'a jamais rencontré. Et je ne parlais pas de lui quand je vous ai mis dans les instructions. Vous continuez à oublier que tout le monde est au courant du contrat et comment votre papa l'a obtenu au départ. Sans votre papa, Garden Hills n'aurait jamais existé. C'était le roi de la montagne, il régnait sur son lopin de terre sans valeur. »

Il laissa tomber les jumelles sur la chaise à côté de la fenêtre. Il fit un pas en arrière et s'effondra dans la chaise longue. Quand Jester repassa sur son cheval endormi, Fat Man l'appela.

« Jesta, viens ici ! »

Sa voix était plus tranchante qu'il ne l'aurait voulu, et il réveilla le cheval de son rêve, mais pas Jester du sien. Fat Man dut attendre un tour complet et crier à nouveau avant que Jester ne tire sur les rênes, arrête le cheval et saute légèrement à terre.

« Fais couler un bain, dit Fat Man. Je crève de chaud.

– Vous crevez de graisse, dit Jester.

– Ne sois pas cruel. »

Lucy fit couler le bain tandis que Jester le dézippait et ôtait ses vêtements par morceau en un monumental déballage. Il le tint en équilibre, le guida pendant qu'il descendait les marches jusqu'à la baignoire encastrée et se baissait sur son énorme postérieur ; il bascula, roula sur le dos, coula, refit surface et enfin se stabilisa, à moitié appuyé à l'arrière de la baignoire.

« Ouvre-moi la porte. »

Jester ouvrit la porte du placard sur laquelle étaient épinglés les dix ans de diagramme des relevés de poids.

« Ce sera tout », dit Fat Man en baissant les paupières.

Jester se retira, mais s'arrêta à la porte.

« Vaut mieux que j'vous l'dise.

– Quoi ?

– Mlle Dolly m'a proposé un boulot. »

Fat Man rouvrit les yeux.

« Un boulot ? Dolly ? À toi ?

– Elle aura peut-être besoin d'un cavalier.

– Jesta, dit Fat Man. Tu as toujours été loyal. Je…

– Qu'est-ce que c'est que ça ? Toujours été quoi ?

– Loyal. Tu…

– Connais pas Loyal, jamais entendu parler de Loyal. »

Fat Man l'entendit pivoter sur ses talons de bois.

« Attends. Loyal ! Je vais t'expliquer, je vais te dire…

– Veux pas savoir. J'ai une princesse swahili, et un cheval à monter. »

Fat Man se débattit, mais cessa de remuer quand il entendit la porte de la salle de bains se fermer. Il vit les coutures du monde : les fils étaient cassés, les coutures en train de lâcher. Il se maudissait de ne pas avoir demandé à Jester d'apporter le Metrecal et de le poser à côté de la baignoire. Il avait besoin d'un verre.

Il laissa rouler son regard sur *La Création*, sur Adam léthargique, inanimé. Michel-Ange était un vieux dégueulasse. Il ne changeait jamais de chaussettes et il courait les petits garçons. Il dormait parfois au milieu de la poussière de marbre et des copeaux de son atelier. Sa barbe était criblée d'épluchures et de vermine, et il puait comme un bouc. Et là, sur le plafond, il y avait tout le truc : Dieu créant l'homme à son image ; l'homme créant Dieu à l'image de l'homme. Ce cercle n'avait pas de fin, n'avait jamais commencé et par conséquent ne pouvait pas se terminer. « Avant qu'Abraham ne fût, je suis », criait sa folle de mère, la Bible serrée contre sa poitrine. L'homme n'était-il donc qu'une blague, une histoire sans queue ni tête d'une incroyable longueur, qui continuerait encore près de trois mille ans ?

Il laissa glisser son regard le long du mur de *La Création* jusqu'aux relevés de poids couverts d'une écriture verte en pattes de mouche. Cent trente kilos, dix-huit ans, un mètre cinquante et un, en sécurité dans une maison avec un père fou et des revenus de cinquante mille dollars. Mais ce n'était pas assez. Il en voulait davantage. Il voulait tout avoir.

Et c'est comme ça qu'il était parti pour Florida Northern. Il avait faim, faim de tout ce qui était différent de Garden Hills. Le campus était verdoyant. Et ça, c'était différent. La nuit et le jour étaient séparés. Et c'était différent. La terre sentait bon les fleurs et les arbres. Et c'était différent. Le ciel était bleu. Et c'était différent. Les lacs n'étaient pas figés par l'écume. Et c'était différent. Il y avait l'amour. Et ça, c'était ce qu'il y avait de plus différent.

Mais Fat Man ne l'avait pas reconnu en tant qu'amour. C'était un junior rouquin avec des taches de rousseur et une foulée de huit pieds. Il portait des Levi's délavés, des mocassins en cuir et il trimballait ses chaussures de cross-country, bleu et rouge et sans pointes, à la main. Ils s'étaient retrouvés ensemble – Fat Man, un nouveau, et le champion de cross-country, un troisième année – dans un cours de littérature donné par un philosophe raté qui n'était pas convaincu de son existence.

« Présent, monsieur, avait répondu Fat Man à l'appel du premier jour.

– Je ne suis pas convaincu que vous soyez présent », avait dit le professeur.

Il avait de longs doigts légèrement violets et un crâne chauve parcouru de veines gonflées qui dessinaient comme une carte routière : des rouges, des bleues et des noires, des quadrillées pour figurer les chemins de fer. Il fixait Fat Man d'un œil et d'un doigt. Son autre œil était fermé, visant le long de son bras comme un canon de fusil. Les autres nouveaux et le champion de cross-country se taisaient.

« Platon affirme que vous, Mayhugh Aaron, n'êtes qu'une idée dans l'esprit de Dieu ! Dois-je vous expliquer ce que les autres disent ?

– Non, monsieur, avait répondu Fat Man, sidéré.

– Niez-vous les accusations de Platon ?

– Non, monsieur. »

Il avait appelé le nom de Fat Man une nouvelle fois. Fat Man n'avait pas répondu. Le professeur souriait. Il avait appelé le reste de la liste. Personne n'avait répondu. Tourné vers le tableau noir, il traçait une marque avec un morceau de craie. « Admettons que c'est moi. Maintenant, je ne prétends pas que la marque se trouve bien là, mais où qu'elle soit, admettons que c'est moi. » Il tournait le dos à la classe et s'adressait au tableau. « Or donc, j'existe ou je n'existe pas. Si je n'existe pas, je ne peux bien sûr pas débattre de l'existence ou de la non-existence. Mais si j'existe, tout argument est hors de propos. *Ergo*, d'un côté indémontrable, et de l'autre non pertinent. Vous vous rendez compte du problème. »

La classe gloussait.

« Il est fou, avait dit Fat Man à personne en particulier en sortant de la classe.

– C'est un grand génie très célèbre, avait dit le champion de cross-country qui marchait à côté de lui.

– Vraiment ?

– Sûr. Il est connu dans tout Florida Northern.

– Je m'appelle Mayhugh Aaron, et c'est mon premier cours.

– Je sais, et tu n'existes pas. Tu es un idéal dans l'esprit de Pluto. »

Ils avaient éclaté de rire.

« Je suis coureur. » Il brandissait ses chaussures de course bleu et rouge. « Et c'est ma troisième année. »

Il s'appelait Obediah Martin, surnommé Freckles[1], mais on disait Frecks. Son statut de junior, comme la plupart de tout ce qui le concernait, était un mythe. Sauf la partie coureur. Ça, ce n'était pas un mythe. C'était la réalité centrale de sa vie. Florida Northern n'avait pas d'équipe de football, mais elle avait un coureur. Elle n'avait pas de corps enseignant, mais elle avait un coureur. Elle n'avait pas de Presses universitaires, mais elle avait un coureur. Frecks avait distancé sept cent quatre-vingt-dix-sept autres garçons, et cet exploit

1. « Taches de rousseur ».

extraordinaire lui avait valu d'être enregistré auprès de l'administration de l'université en tant que junior, ce qui lui donnait droit à une chambre dans les dortoirs des étudiants de deuxième cycle et à être nourri gratuitement à la cafétéria de l'université ; sa bourse incluait de l'argent de poche, et Florida Northern avait construit un Tartan pour son entraînement.

Fat Man restait des heures à l'ombre à regarder les cercles sans fin de Frecks sur la piste. La foulée précise de huit pieds ne variait jamais d'un seizième de pouce. Ses chaussures faisaient comme une traînée de couleur. Ses longs cheveux roux flottaient derrière lui comme une flamme pâle. Et quand finalement, quelquefois après quatre ou cinq heures, il ralentissait au pas, ses yeux étaient vitreux, son corps écarlate, luisant, miroitant de sueur. Il lui fallait marcher deux kilomètres pour se refroidir, et Fat Man sortait alors de l'ombre et faisait une partie du chemin avec lui. Frecks était alors incohérent, il avait les yeux fous et fixes, couverts d'une sorte de membrane muqueuse.

Plus tard, dans la voiture de Fat Man, Frecks parlait. Il aimait cette voiture et ne se lassait pas de se balader dedans.

« Une Buick, bon Dieu ! disait-il. Je voudrais bien m'en payer une un jour. Mais je ne suis pas sûr qu'il y a beaucoup d'argent à gagner dans le cross-country.

– Pourquoi tu fais ça, Frecks ? demandait Fat Man. Pourquoi tu fais ça ? Je n'ai jamais vu un truc pareil.

– Je ne sais pas », répondait-il en haussant les épaules. Des épaules aussi fines que des ailes. « Pourquoi pas ? » Ensuite, il se dépêchait de changer de sujet. « J'aurais pu obtenir une Buick neuve de beaucoup d'universités, mais pas de Florida Northern. Ils me donnent beaucoup, mais pas encore une Buick.

– Pourquoi tu n'as pas été à l'une de ces facs, alors ?
– Ils se sont rendu compte que je ne sais pas lire. »
Fat Man avait considéré un instant ce fait nouveau.
« Tu veux dire que tu ne sais pas lire du tout ?
– Nan. »
Frecks s'était perdu dans la contemplation de la semelle de ses chaussures bleu et rouge, qu'il serrait fort dans ses mains.
« Et écrire ?
– Mon nom. Mais je peux pas le lire.
– Je me posais des questions sur le cours de littérature. Ils disent que t'es en troisième année.
– Oh, ils ont raison ! On m'a mis en troisième année le jour où je suis arrivé. Depuis, je l'ai toujours été. J'ai déjà fait anglais débutant. À vrai dire, j'ai déjà tout fait, certains cours plusieurs fois.
– Mais est-ce que tu vas être diplômé ? Est-ce que tu veux l'être ?
– Oh, bien sûr, je vais être diplômé un jour ! Je voudrais être amateur professionnel ou professionnel amateur, j'ai oublié lequel des deux. Le genre qui court aux Jeux olympiques. Mais ça prend du temps. Un coureur de fond n'est pas réellement développé avant ses trente ans, tu sais.
– Trente ?
– À peu près, oui.
– Ça fait un peu vieux pour un junior.
Et c'est ainsi qu'ils étaient devenus amis. Frecks appréciait particulièrement Fat Man parce qu'il ne cherchait pas à le connaître en tant que personne. Frecks méprisait les gens qui voulaient le connaître en tant que personne. Il n'était pas une personne ; il était un coureur. Fat Man l'avait vu et parfaitement compris. Il était devenu aussi obsédé par la course à pied que Frecks. Il

portait des flottants sur mesure, en soie avec une rayure verte, taille 52. Il avait lui-même cousu un pied ailé sur un de ses maillots de corps. Il portait cette tenue quand il s'asseyait à l'ombre pour regarder Frecks s'entraîner longuement et il la mettait aussi pendant leurs séances de lutte chaque soir au dortoir.

Ils s'étaient débrouillés, après des efforts considérables, pour emménager dans la même chambre afin que Fat Man ait plus de temps pour lui poser des questions. Et Fat Man lui en posait sans arrêt : pendant qu'ils mangeaient, qu'ils allaient en cours, par notes lors des cours quand le professeur s'adressait au tableau, et pendant qu'ils luttaient.

« Est-ce que ça te fait mal quand tu cours ? haletait Fat Man pendant que Frecks lui écrasait la figure sur le sol avec une clé de bras.

– Bien sûr que ça fait mal, répondait Frecks. Tous les coureurs souffrent, même les sprinters. C'est juste que tu as plus de temps pour y penser pendant les courses de fond.

– Où ? Où ça fait mal ? » Frecks avait enchaîné avec une prise d'étranglement et Fat Man arrivait à peine à se faire entendre. « Où ça ?

– Partout. Même la racine de tes cheveux te fait mal pendant une course de quarante kilomètres.

– Cet après-midi, tu as couru quatre heures, grognait Fat Man, les doigts tordus presque jusqu'à l'insupportable. Est-ce que tu voudrais être encore en train de courir ?

– Oui.

– Et être encore en train de courir le matin ?

– Oui. »

Frecks se servait maintenant de ses pieds nus pour frapper Fat Man qui s'était replié en position fœtale et se protégeait la tête des deux bras. Tout était très clair, absolument clair. Un coureur de fond ne pouvait entretenir de but plus honorable que de désirer courir sans arrêt. Fat Man pouvait le comprendre. Lui-même n'avait jamais eu d'autre désir que de se fourrer l'extérieur dans l'intérieur, de se mettre le monde dans l'estomac. Et il savait depuis longtemps qu'il n'était pas le seul à poursuivre ce genre de rêve. Jack O'Boylan voulait mettre le monde entier dans un sac et l'appeler « phosphate ». Sa propre mère voulait diviser le monde entre le bien et le mal, et être capable de dire qui était quoi. Son père considérait tout comme un châtiment et n'aspirait qu'à ensevelir sa propre chair afin de pouvoir vivre. Tout était contradiction. Le philosophe n'amusait plus Fat Man quand il parlait à son tableau noir ou qu'il faisait l'appel de la classe sans recevoir de réponse.

« Je comprends maintenant, avait dit Fat Man.

– Parfait », avait répondu Frecks.

Ils étaient en train de se rouler ensemble sur le plancher. Fat Man lui portait une prise de tête inoffensive, presque confortable. Ils gloussaient tous les deux.

« Tu n'aimerais pas lire, apprendre, je veux dire ?

– Ne me demande pas ça.

– Pourquoi ?

– Parce que ce sont les gens qui veulent me connaître en tant que personne qui me demandent ça. C'est même la première chose qu'ils me demandent : « Vous ne voudriez pas apprendre à lire ? » Ils veulent tous m'apprendre. Je suppose que tu veux m'apprendre toi aussi, c'est ça ? »

Ils étaient verrouillés dans les bras l'un de l'autre sur le sol, tandis que le soleil se couchait et que les ombres les envahissaient, les couvraient et les noyaient là, dans leur endroit secret.

« Oui. Je pourrais essayer de t'apprendre. »

Ses cheveux semblaient un feu pâle dans la lumière déclinante, dans ses yeux flottaient des taches vertes, et une grosse veine palpitait sur sa gorge. Son corps était long, aminci, nerveux et tremblant de savoir qu'il avait à accomplir une chose impossible : courir pour toujours.

« Est-ce qu'on peu courir à travers champs jusqu'à ce qu'il n'y ait plus de champs à traverser ? »

La voix de Frecks était presque un murmure.

« Non, avait dit Fat Man.

– Peux-tu m'apprendre à le faire ?

– Non.

– Mais tu veux m'apprendre à lire, tout en appelant ça « courir » ? »

Fat Man ne pouvait rien répondre à ça. C'était clair. Il en savait long sur le désespoir. Alors il avait fait la seule chose possible : il avait embrassé le champion de cross-country sur la bouche parce qu'il l'aimait.

« Jesta, hurla Fat Man. Jesta ! Jesta ! »

Jester apparut au bout d'un moment, vêtu de son pyjama de soie à éperons.

« Sors-moi de là », demanda Fat Man.

C'était toujours un travail salissant d'extraire Fat Man de sa baignoire glissante et profonde, et, plus d'une fois, Jester avait été entraîné dans l'eau avec lui. Fat Man roula sur le ventre, se poussa sur les mains et les genoux, sortit de l'eau à genoux, et ensuite, avec l'aide de Jester, se remit sur ses pieds. Le temps d'y arriver, il était tout étourdi et déjà en sueur.

« Il fut un temps où l'ordre régnait par ici, hurla Fat Man à qui la faim donnait des vertiges. Les choses avaient du sens ! Maintenant, tu te balades sur un bon Dieu de vieux canasson autour de la maison et tu t'exhibes en pyjama au milieu de la journée. On peut pas continuer comme ça ! On peut pas !

– Qui est en train de jurer, maintenant ? demanda Jester en essuyant méthodiquement le corps blanc et massif comme une montagne.

– Ça ferait jurer Jésus-Christ ! »

Jester sourit ; la peau de son visage semblait presque se craqueler comme un parchemin.

« Je monte juste un cheval. Vieux ou pas, c'est l'unique cheval de Garden Hills et je suis l'unique jockey. » Il en termina avec la serviette et passa à Fat Mat un peignoir mauve de la taille d'une toile de tente. « Pas le temps de vous habiller, maintenant. » Le visage tendu, creusé de Jester le lorgnait de manière obscène. « Occupé. » Il sortit de la salle de bains en faisant cliqueter ses éperons.

Debout, nu, Fat Man tenait son peignoir à la main. De l'autre côté du mur, la télé faisait un boucan d'enfer. Le bruit des sabots. La ruée et le cri sauvage et désespéré des cow-boys d'Hollywood. Il jeta un coup d'œil sur le relevé de poids et se souvint des deux nageurs solitaires dans l'ombre profonde et du baiser. Cela avait été un instant nu et vulnérable. Et beaucoup plus tard, dans la chambre tranquille et sombre, son amant c'était à nouveau approché pour l'embrasser, mais à présent ses yeux, brûlants et lumineux, avaient perdu leur concentration. « Je vais te couper la gorge, espèce de fils de pute plein de graisse », avait grondé le champion de cross-country qui portait encore ses belles chaussures de course à semelles plates après son entraînement.

Et Fat Man, ayant fait la découverte pour laquelle il avait quitté Garden Hills, n'avait pas compris tout de suite ce qu'on venait de lui dire. Profondément satisfait, il reposait dans l'étreinte de son amant sans se rendre compte que l'étreinte était devenue une prise qui menaçait de l'étrangler.

« Oh, oh ! grognait-il, incapable de retenir son plaisir.

– Espèce de gros fils de pute, grinçait le champion entre ses dents. Tu viens juste de me connaître en tant que personne, hein ? Eh bien, si je te vois sur le campus demain soir, tu es un homme mort. Je couperai ta putain de gorge. »

Et c'est ainsi qu'il était rentré chez lui, là où *La Création* était peinte sur le plafond de la salle de bains. Il était rentré en sachant qui était Michel-Ange et il avait remarqué pour la première fois que le sceau de la société de Jack O'Boylan, minuscule, était frappé sur le bas du côté droit. Et plus tard, après que son père avait disparu nu dans Garden Hills et avait vraisemblablement été présumé vendu dans un sac de phosphate, Fat Man avait découvert que *La Création* était la marque de fabrique de Jack O'Boylan et qu'il produisait des carreaux de mosaïque en masse à Elizabeth, New Jersey.

Fat Man sortit de la salle de bains en traînant son peignoir derrière lui. Il était à nouveau trempé, cette fois de sueur. La plante rose de ses pieds laissait des marques sur le parquet. La porte de la chambre de Jester était ouverte, mais il n'y prêta pas attention. La galopade continuait, apparemment sans fin, les vaches d'Hollywood faisaient ce qu'on leur demandait, reprenant leur panique aveugle là où elles l'avaient laissée la veille. Mais Fat Man ne l'entendait pas. Pas plus qu'il n'entendait Jester, à poil, toujours avec ses éperons, pressant, suppliant Roman Lover de courir pour de vrai. Il traversa le hall, en direction de son bureau tapissé des livres qu'il avait ramenés de l'université à la place de l'amour. Il n'avait même pas su que c'était l'amour, il était parti avant même de le savoir. Mais il le savait maintenant. Et il n'avait rien pu faire d'autre que de décharger ses bouquins avant d'aller se coucher, de rêver au coureur de fond et d'essayer de ne pas penser à ces rêves. Frecks était sans doute toujours là-bas, toujours en train de courir, toujours en troisième année, toujours une non-personne, toujours continuant de s'entraîner pour l'impossible. Et Fat Man ne pouvait pas l'aider, c'est tout juste s'il pouvait s'aider lui-même.

Fat Man s'assit de nouveau dans son bureau, face à la fenêtre. Il n'avait même pas pris la peine de se couvrir du peignoir, il était assis nu, sirotant un Metrecal fraîchement ouvert tout en regardant les peintres, petits comme des fourmis, se déplacer péniblement contre le mur rouge vif de l'usine de phosphate. « DOLLY DOO AND HER DIMPLE REVIEW » était déjà souligné en bleu. Ils s'attaqueraient ensuite à « A GO-GO », et, en les regardant, Fat Man essayait de comprendre où tout avait foiré. Il était parti d'une position de pouvoir et en était arrivé à un point où il n'avait plus la moindre alternative. Pour commencer, il avait fait l'erreur de croire que les opérations minières allaient durer toujours. Il aurait dû se douter qu'elles allaient finir un jour, mais il ne l'avait pas fait et il avait claqué du fric bêtement. Entre le bref moment où son père était mort et celui où l'usine avait fermé, il avait dépensé une petite fortune pour la garde-robe de Jester. De la soie en provenance directe de Hong Kong. Un tailleur particulier à New York. Des bottes faites main. Une allocation pour la putain. Et puis il y avait sa collection de livres. Il avait découvert, dès son premier mois à Florida Northern, que personne ne connaissait rien et que c'était la bibliothèque qui savait tout. Personne ne déclarait quoi que ce soit dans les cours qui ne puisse être déniché dans la bibliothèque. Un jour qu'il déambulait dans la salle de lecture un peu comme un animal broute dans un champ, Fat Man était tombé sur un des cours magistraux du philosophe raté : mot pour mot, les questions rhétoriques, les réponses hésitantes qui doutaient d'elles-mêmes, les plaisanteries sinistres, sans aucun humour, même les trois points de suspension. Du coup, quand Fat Man avait trouvé et perdu en une seule soirée ce qu'il était venu chercher à l'université, il avait ramené chez lui tout ce qu'il pouvait de l'université. Et des quelques cartons de livres était née une bibliothèque qu'une cinquantaine de vies ne suffiraient pas à épuiser. Il collectionnait les livres comme il mangeait – au delà d'une vision impossible et d'une quête affamée de finitude. Il s'abonnait aux revues littéraires, non pas dans l'intention de lire, mais simplement pour accumuler les titres. Il passait des heures à naviguer dans les catalogues de différents libraires. Une fois, il avait trouvé un négociant en livres d'occasion qui vendait au poids. Il lui avait envoyé une lettre d'une phrase : *Veuillez, s'il vous plaît, m'en envoyer deux cent cinquante kilos à l'adresse ci-dessous.*

Ils étaient arrivés par caisses de bois. C'est ainsi que, avec les années, il avait tout rassemblé : le bon et le mauvais, le connu et l'inconnu. De l'Antiquité, il avait *La Guerre du Péloponnèse* de Thucydide, *Les Analectes* de Confucius, *Les Vies parallèles* de Plutarque, les œuvres complètes d'Aristote, d'Euripide, d'Hérodote et de Sophocle. Du Moyen Âge et de la Renaissance, il avait Mahomet, Boccace et Érasme ; du XVIIe et du XVIIIe, il avait *Le Discours de la méthode* de Descartes, tout Gibbon, Rousseau et Molière.

Une pièce entière de sa maison géante était consacrée aux magazines – des éditions complètes et reliées de *Blackwood's*, *The Literary Digest*, *Punch*, *The Police Gazette* et l'*Illustrated Weekly* de Frank Leslie.

Le rayon théâtre comprenait des centaines de volumes sans compter les Élisabéthains – tout depuis les Grecs anciens jusqu'aux drames liturgiques du Moyen Âge, de la grande période en France, Scandinavie, Allemagne, Espagne, Italie et Russie. Il avait *The Classic Theatre* d'Eric Bentley sur une étagère à côté de *Contemporary Drama : 15 plays* de Watson et Benfield. Il avait des œuvres de Pirandello, Anouilh, Strindberg, Sartre et Tennessee Williams.

Non répertoriés et débordant sur les étagères, des monceaux de livres s'accumulaient sur les légendes, les superstitions et les coutumes, des livres de dessins anatomiques, les sermons puritains de Jonathan Edwards et des récits de voyage. Il avait deux éditions complètes du *Golden Bough* de Frazer, des fac-similés de manuscrits scientifiques de Léonard de Vinci et aussi le *Codice Atlantico*, écrit de droite à gauche comme si son génie pervers s'était déversé de telle manière à éviter aux esprits faibles d'être troublés par ce texte, les œuvres du baron Münchhausen, de Froissart, Holinshed, Josephus et Xénophon. Il avait Beaumont et Fletcher, Theodore Watts-Dunton, Keats et Carlyle.

Et parmi ces ouvrages en désordre et non répertoriés, il avait des dizaines d'index, dont le *Cumulative Book Index*, l'*Essay and General Literature Index* (de 1900 à nos jours) et le *Play Index* de West & Peake. Pour finir, il avait trois exemplaires du *Guide to Reference Books* de C.M. Winchell et un exemplaire de *How and Where to Look It Up* de R.W. Murphey.

Fat Man avait des livres qu'il n'avait jamais ouverts, des livres qu'il n'avait même jamais effleurés. Après avoir pris ses cinquante derniers kilos, il avait dû engager des hommes pour disposer les livres sur les étagères à sa place. Mais ce n'était pas parce qu'il ne pouvait plus les toucher qu'il ne pouvait plus en commander. Il faisait venir des livres rares dont il lisait la pub dans des revues ésotériques ; il acquérait des premières éditions chez des revendeurs. Et ces livres de valeur n'étaient pas classés à part, mais rangés au beau milieu des bouquins bon marché. On trouvait souvent un manuscrit original de dix mille dollars coincé entre des exemplaires à vingt-cinq cents de *J'aurai ta peau* et *Pas de temps à perdre* de Mickey Spillane, ou, pire, entre *Géant* et *Ice Palace* d'Edna Ferber[1]. C'est ainsi que la plus grande partie de la fortune laissée par son père s'était envolée, dépensée en livres qu'il ne voulait ni ne pourrait jamais lire.

La mine de phosphate avait fermé et il avait vu passer le dernier des chèques de cinquante mille dollars. Ce fut un choc d'apprendre que Jack O'Boylan lui-même avait une fin. Mais ce fut un choc plus grand encore de se rendre compte que le problème d'avaler trop de nourriture risquait d'être bientôt remplacé par celui de trouver assez de nourriture à avaler. Il s'était toujours considéré comme un homme à part, au-dessus de la condition de ceux qui vivaient au fond du trou. Après tout, il résidait sur la colline et avait un contrat. Mais, soudain, le contrat n'avait plus de valeur et tout le monde s'en allait, menaçant de le laisser tout seul sur cette terre désolée. C'était une pensée terrifiante. Il était trop gros pour pouvoir se débrouiller tout seul. Si tout le monde déménageait de Garden Hills, Jester partirait aussi avec eux. Il ne pourrait survivre tout seul. Bien sûr, il pourrait s'en aller aussi, mais c'était encore

1. Dramaturge et romancière américaine (1885-1968).

plus terrifiant. Ici, à Garden Hills, il était un héros ; en dehors de Garden Hills, il n'était qu'un monstre. Ici, on le respectait ; il avait vaincu le système. Ailleurs, les gamins se moqueraient de lui et les adultes lui jetteraient des pierres.

C'est ainsi qu'il avait ouvert le magasin général Jack O'Boylan à ses propres frais. Par l'intermédiaire de Jester, il avait répandu la rumeur que Jack O'Boylan allait revenir un de ces jours, que son absence n'était que temporaire. Il avait créé plusieurs petits boulots payés au minimum vital pour quiconque voulait s'en charger – balayer l'usine désertée, huiler les machines mortes, fixer des fils électriques sans électricité et travailler sur le système de drainage irrécupérable de Garden Hills. Douze familles étaient restées ; douze y avaient cru. Et personne n'avait jamais su que Jack O'Boylan ne possédait plus les dix miles carrés que le titre de propriété de Garden Hills avait changé de mains.

L'adjoint était arrivé le jour même de la fermeture de l'usine, dans une énorme Cadillac rutilante. Il était arrivé dans le silence affreux qui s'était abattu sur Garden Hills quand les engins, les pelleteuses et les broyeuses électriques s'étaient tus. Jester l'avait fait entrer. C'était un jeune homme élégant aux yeux bleus, ni petit ni grand, et qui portait un blazer avec des boutons de cuivre, chacun estampillé d'une reproduction de *La Création*. Son visage semblait aussi artificiel que ses mains qui pendaient des manches de sa veste. Il était trop parfait, une habile contrefaçon sortie des studios Walt Disney. Fat Man estimait sa taille à 36. Il avait refusé la chaise qu'on lui proposait et était resté debout.

« Jack O'Boylan veut que ça soit à vous », avait-il déclaré.

Les papiers, titres de propriété, titres notariés et officiels avec sceaux de cire et emblèmes, étaient étalés sur la table à côté de la chaise de Fat Man.

« J'en veux pas. C'est à lui.

– Il s'en va. Il veut laisser quelqu'un de responsable.

– Responsable, pour l'amour de Dieu ! Responsable de quoi ?

– Cinq millions de dollars ont été investis ici, avait répondu le jeune homme. Le parc à lui seul en a coûté cent cinquante mille.

– Cinq millions de dollars ! » Fat Man était abasourdi. Il n'avait jamais envisagé posséder tout ça, la totalité des dix miles carrés, de bordure à bordure. Il avait soudain une faim insupportable. « Mais qu'est-ce que je vais faire de tout ça ? » avait-il demandé, dans un murmure presque inaudible.

Le beau visage du jeune homme automatique s'était assombri.

« Je suis en train d'essayer de vous *donner* cinq millions de dollars, et vous me demandez à *moi* ce que vous devez en faire ? Ce n'est pas une question honnête. Jack O'Boylan m'a envoyé. Les papiers sont là. » Un moteur vrombissait doucement ; « Nous allons partir quoi qu'il arrive, que vous le repreniez ou non.

– Mais pourquoi moi, pourquoi veut-il que ce soit moi ? »

Le jeune homme avait souri. « Parce qu'il vous aime. » Sa bouche faisait très attention aux mots, comme s'il parlait dans une langue étrangère et que quelqu'un lui indiquait comment articuler les sons. Il désigna à nouveau les papiers. « Signez ! »

Fat Man avait touché les papiers et un frisson comparable à une montée d'appétit le secouait tout entier.

Ses doigts effleuraient les sceaux de cire, les cachets notariés. Il lisait la liste des possessions.

« Et tout ça sera à moi ?

– Oui.

– L'usine de raffinage ?

– Oui.

– Et le parc, et tout le terrain avec ?

– Oui.

– Et je pourrai en faire tout ce que je veux ? Jack O'Boylan ne peut plus rien dire ?

– Oui. »

Fat Man avait pris le stylo dans la main du jeune homme et avait signé aussi vite qu'il le pouvait tous les exemplaires, sur toutes les lignes demandées. Quand il eut fini, le jeune homme avait classé les papiers, en avait laissé certains et pris les autres. Puis sans un Au Revoir, un Adieu, un À Bientôt, un Va Te Faire Foutre ou Quoi Que Ce Soit D'Autre, il était sorti, remonté dans sa Cadillac et avait dégagé. Fat Man était allé à la fenêtre et avait regardé dehors. Il ne pouvait croire en sa bonne fortune. Il possédait tout ce qui s'étendait devant ses yeux. C'était mieux que collectionner des livres. Et c'était, pendant cet énorme et incroyable moment, encore meilleur que manger.

Mais ce moment n'avait pas duré. Mais soudain le genre de bruit que faisait le ventre de Fat Man quand il tremblait avait fait voler en éclats le silence de Garden Hills. Le bruit gagnait en intensité. Il lui faisait vibrer la graisse. Pendant un instant, il avait été saisi par la pensée que Jack O'Boylan avait remis en marche la mine. Mais, après avoir écarté les lourds rideaux, il avait repéré la source du bruit. Tous les engins à remuer la terre que Jack O'Boylan possédait étaient rangés sur une ligne à cinq cents mètres de là. Et cette ligne faisait face à la maison. Il y avait des bulldozers, des caterpillars, des pelleteuses, des foreuses, des tracteurs équipés de lames et des niveleuses. Il y avait facilement trois cents machines alignées. Et à un signal donné, la rangée entière s'était avancée en grondant droit vers le terrain plat où s'élevait la maison de Fat Man. Fat Man avait d'abord cru qu'ils voulaient l'ensevelir, peut-être pousser sa maison dans Garden Hills et recouvrir le tout de terre. Jack O'Boylan ne voulait laisser aucun indice ! Fat Man se tenait l'estomac et criait de terreur. Le rugissement était maintenant assourdissant, un bruit si énorme qu'il arrivait à se nier lui-même, se transformant en un monstrueux silence qu'aucun bruit ne pouvait briser. Les machines entouraient la maison comme les Indiens un convoi de chariots. La structure géante vibrait sur ses fondations, Fat Man avait agrippé les titres de propriété et les autres papiers, étalant sa signature encore fraîche, et les avait brandis en hurlant contre ce bruit impénétrable. Ils ne pouvaient pas lui faire ça, nom de Dieu ! *C'était illégal.* Et quand il s'était aperçu que cet argument n'avait aucun effet, il avait hurlé le seul autre argument qui lui restait, pour lui le meilleur de tous :

« Ne me poussez pas dans le trou. Je ne veux pas mourir ! »

C'est alors qu'il avait compris que les machines ne cherchaient pas à le pousser dans le trou. Elles le mettaient sur une colline, ce qui avait encore moins de sens que de vouloir le pousser dans le trou. Il avait cessé de hurler pour regarder. Les lames luisaient au soleil, les moteurs grondaient. Encore et encore, les machines frénétiques se catapultaient à toute allure les unes contre les autres. Et, de façon incroyable, ils l'élevaient dans les airs – lui, son jardin et toute son énorme maison.

Ou plutôt, à mesure qu'elles creusaient, les machines coulaient la campagne autour de lui. Ou peut-être que c'était les deux à la fois. De toute manière, quand les machines se furent retirées en une seule ligne vers la grand-route pour ne plus jamais reparaître à Garden Hills, l'horizon de Fat Man avait été transformé. Le ciel était plus vaste. On pouvait regarder vers le bas et continuer à le voir. Fat Man, ses titres chiffonnés à la main, s'émerveillait du changement du monde. Jester était entré dans la chambre et se tenait près de lui à la fenêtre. Sa toute première tenue de jockey en soie était arrivée la veille par la poste, et il la portait, comme la casquette à visière et les bottes de jockey avec éperons et talons en bois. Depuis que les fringues étaient là, il s'était mis à sentir le cheval.

« De justesse, avait-il dit en voyant les machines se retirer. J'ai bien cru qu'ils allaient nous avoir, ce coup-là.

– C'était pas de justesse du tout, avait rétorqué Fat Man en se séchant les yeux. Jack O'Boylan voulait simplement que j'aie une meilleure vue pendant son absence.

– Il vous a posé là sans moyen de redescendre. Il n'y a pas de route.

– Tu n'y comprends rien. Jack O'Boylan nous offre simplement la vue. Il ne se soucie pas de choses aussi triviales qu'une route.

– Oh ! avait fait Jester.

– Va juste dire à tout le monde qu'il va revenir et qu'il tient à ce que j'aie une belle vue pendant son absence. Nous allons devoir nous tailler une route jusqu'ici.

– Bien », avait répondu Jester.

Si Jester avait été choisi pour répandre les rumeurs, il était important qu'il y croie. Mais ce n'était pas le cas. Fat Man savait que Jester était la seule personne de Garden Hills qui n'avait jamais cru un instant à ces rumeurs. Les douze familles qui étaient restées croyaient. Dolly, dans sa jeunesse, avait cru. Fat Man lui-même, quand il ne se surveillait pas, glissait dans la croyance, rêvant du jour où Jack O'Boylan reviendrait pour réclamer son bien, reviendrait pour étendre le parc à toutes les collines. Mais Jester n'y avait jamais cru. Il ne disait jamais qu'il n'y croyait pas, mais Fat Man le savait. Le *cheval* était au cœur de l'existence de Jester et rien ne pouvait le remplacer, pas même Jack O'Boylan.

Ça rendait Fat Man furieux. Ce petit salaud parfait en tout point n'avait aucune raison de ne pas croire. Personne n'avait la moindre raison de ne pas croire. C'était pour ça, entre autre, qu'il aurait aimé étrangler Dolly. Elle était revenue de New York et leur avait demandé de faire quelque chose qui prouverait, une bonne fois pour toutes, que la rumeur n'était qu'une rumeur.

Et Fat Man n'avait eu d'autre choix que de financer cette hérésie. Jack O'Boylan l'avait piégé en lui donnant les titres de propriété des mille six cents hectares. Un piège astucieux, un piège que Fat Man pouvait même admirer, mais ce n'en était pas moins un piège. En cédant la propriété à Fat Man, Jack O'Boylan avait évité le fardeau des taxes. Chaque année, les énormes taxes bouffaient une part de la fortune que Jack O'Boylan lui avait laissé pour commencer. Et, quand Dolly était revenue avec son plan, il avait dû utiliser ses derniers milliers de dollars pour le financer, au risque de perdre les mille six cents hectares et, du même coup, Jester et les gens de Garden Hills. Si seulement il n'avait pas gaspillé autant d'argent pour Jester ou pour sa collection de livres, si seulement il n'avait pas créé d'emplois et ouvert le magasin général pour retenir les gens, si seulement il ne s'était pas transformé en un monstre de graisse !…

Il s'assit nu sur sa chaise longue en marmonnant ces « si seulement » les uns après les autres. Il avait fini le dernier Metrecal du carton. Il savait qu'il avait dépassé les trois cents kilos ; mais en dépit du fait que son ventre lui faisait mal à cause de l'énorme quantité de gaufrettes Eat-And-Grow-Slim, il avait faim au-delà du supportable…

De mauvaise grâce, il laissa son esprit chagrin vagabonder vers le gracieux champion qui l'avait pris, il y a des années, dans un soudain accès sauvage d'amour. Il pressa les bouts tendres et boudinés de ses doigts contre ses yeux. L'homme n'était sûrement pas destiné à endurer autant !

8

« Merde, vous n'êtes qu'un homme », dit une voix manifestement désappointée.

Surpris, Wes releva la tête et lâcha sa pelle. Le type était accroupi à cinquante centimètres du bord du trou. Il portait un chapeau de paille et une chemise jaune vif avec des perroquets bleus. Il avait les mains carrées et bronzées, des ongles très blancs et soigneusement limés. Il tripotait un appareil photo suspendu à son cou par une lanière de cuir.

« Vous n'êtes qu'un homme, merde. »

Il avait de grands yeux noirs et humides qui semblaient flotter dans sa tête. Ils se détachèrent de Wes Westrim, qui n'avait pas bougé du fond de son trou. Le touriste avait l'air de se demander si oui ou non, ça valait le coup de gaspiller une photo pour ce truc qui n'était qu'un homme.

Wes, figé, masqué et enfoncé jusqu'aux genoux dans l'eau, ne savait pas quoi faire. Il tenta de s'imaginer ce que Dolly aurait fait à sa place, en vain. Ses directives ne prévoyaient pas le cas. Il savait depuis quelque temps qu'on l'avait inclus dans les instructions et que les touristes de Reclamation Park le regardaient à travers le télescope. Il savait qu'il portait le numéro 15 et qu'il n'était pas identifié. Mais il ignorait pourquoi il était dans le trou ou pourquoi quiconque pourrait avoir envie de le regarder. Personne, sauf Dolly, ne semblait le savoir et elle n'en disait pas un mot.

« Vous n'allez pas dire un mot ? » demanda le touriste.

Wes était incapable de parler ni même de changer d'expression. S'il le faisait, la pâte séchée sur son visage se mettrait à se fendiller et il perdrait son masque. Et il le savait, le masque était important. Dolly avait insisté. « Garde le masque et tourne le dos au télescope. Tourne-toi de temps en temps, mais fais-le vite. Creuse le fond du trou. Éclabousse un maximum. » Il savait donc que la chose qu'il ne devait pas perdre était son masque. Par conséquent, il ne pouvait pas parler, parce que s'il ouvrait la bouche, le truc s'émietterait en mille morceaux.

« Écoutez, fit le touriste. J'ai une femme et des enfants là-haut. » Il pointa le doigt au-dessus du bord de terre qui cachait partiellement le trou dans lequel se trouvait Wes. « Et y vont pas me croire. » Il sourit d'un air d'excuse. « J'y ai bien réfléchi et y vont pas me croire. Je suis là et je me demande… Est-ce que vous prenez des photos avec les visiteurs ? »

Wes ne pigeait pas un mot de ce qu'il racontait. Ses instructions ne prévoyaient pas le cas.

« On pourrait la prendre ensemble », dit le touriste. Il tripota son appareil et le tendit à Wes pour qu'il voie. « C'est automatique. On va déterminer le temps d'exposition. Sortez donc du trou. »

Wes comprenait ça. Il pouvait sortir du trou quand il le voulait, à condition de rester dans le champ du télescope. Du reste, il commençait à avoir des crampes à rester collé au même endroit. Il sortit du trou derrière la levée de terre. Le touriste ménagea une petite place sur le bord de la levée et installa l'appareil dessus. Puis il attira Wes dans le champ de l'appareil. Il fit demi-tour, manipula son appareil, revint, posa la main sur l'épaule de Wes et sourit. Quand ce fut fini, il remit son appareil photo autour du cou et glissa un billet d'un dollar dans la main de Wes.

« À la revoyure, bavasseur », lança le touriste qui disparut derrière la levée de terre.

« Bavasseur, dit sa femme quand il le lui raconta ce soir-là. Qu'est-ce qu'il voulait dire par là ? »

Wes était assis sur la banquette de la Buick dans son living-room. Il venait juste d'enlever ses chaussures. Ses pieds étaient d'un blanc bleuâtre et tout plissés d'être restés toute la journée dans l'eau.

« J'peux pas parler avec le masque, dit-il. Il craque.

– Ben alors, pourquoi il a dit « bavasseur » ? demanda sa femme.

– Une plaisanterie, maman, c'était une plaisanterie, bon Dieu ! » dit Wydalia.

Elle était assise dans un coin, dans son maillot de bain, et elle potassait le manuel de danse de Killer Joe Piro.

« Tu devrais pas parler comme ça à ta mère.

– Je ne devrais pas parler à ma mère, dit Wydalia.

– Nous devons rester unis, répondit sa mère.

– Non, nous ne le devons pas, dit Wydalia. Seuls les désespérés doivent rester unis. »

La mère était choquée. Elle s'essuya les mains sur son tablier et jeta un coup d'œil à son mari.

« Qui t'a raconté ça ?

– Dolly, évidemment ! Tu crois pas que Jack O'Boylan resterait uni avec qui que ce soit, si ? »

Wydalia se leva et vira au bleu à force de concentration. Elle regarda fixement le livre puis s'élança à travers la pièce. Quand elle atterrit, l'impact secoua toute la baraque. Ses pieds demeurèrent fixes, plantés dans le sol, mais au-dessus des genoux elle vibrait comme un diapason.

« Mon Dieu ! fit le père quand elle eut fini.

– Oh, je suis bien au point, super ! dit-elle. Je vois pas qui d'autre que moi pourra être dans la cage. » Elle reposa le livre et mit ses chaussures. « C'est l'heure.

– Tu crois pas que tu devrais porter quelque chose par-dessus, chérie ?

– Il faudrait de toute façon que je l'enlève pour l'entraînement. »

Et elle sortit en maillot de bain.

Wes s'essuya les pieds avec une serviette avant de mettre des chaussettes et des souliers secs.

« Je crois que je vais aller faire un tour du côté du magasin et rester un peu avec les copains, dit-il en enfilant ses chaussettes.

– Comment ça s'est passé aujourd'hui, dans le trou ? » demanda sa femme.

Elle étala une chemise propre à côté de lui sur le canapé.

Ils étaient tous deux très nerveux. C'était le premier entraînement nocturne de Wydalia. Ils n'avaient pas l'habitude de se retrouver seuls.

« Presque toujours pareil », dit Wes.

Il n'avait pas grand-chose à dire à sa femme au sujet du trou. Ce n'était pas comme s'il travaillait vraiment. Et c'était humiliant de raconter qu'il se contentait de remuer de la terre au fond du trou.

Elle se demandait pourtant ce qu'il fabriquait dans ce trou. Il n'y avait ni camion ni tapis roulant à charger comme du temps de Jack O'Boylan. La terre avait déjà été tamisée et triée, donc il n'était manifestement pas foreur, même si c'était ce qu'il avait dit quand Dolly l'avait engagé.

« Combien de temps tu vas rester, Wes ? » Elle souriait timidement. Elle avait recommencé à l'appeler Wes. Il avait vendu le cheval à Jester, découpé le chariot à la hache avant de le brûler dans le four de la cuisine, et elle ne l'avait jamais plus appelé Iceman depuis.

« Un petit moment, dit-il. J'ai une autre grosse journée demain, peux pas rester debout toute la nuit.

– Je vais te faire cuire un petit gâteau, dit-elle. Tu pourras en prendre un morceau quand tu rentreras et j'en mettrai un autre dans ta gamelle demain. »

Avoir du gâteau à la maison, c'était retrouver le bon vieux temps. Il l'attira vers lui et l'embrassa sur la bouche. Ils avaient cessé de coucher ensemble quand il s'était mis à fabriquer la glace. Mais ils avaient fait l'amour quatre fois depuis qu'il avait trouvé ce job dans le trou de Dolly. Ce n'était pas comme à l'époque de Jack O'Boylan, mais il y avait du gâteau à la maison et une femme dans son lit.

« Je serai de retour de bonne heure », dit-il en sortant.

L'usine flamboyait à l'horizon. On avait tiré des lignes électriques et de puissants projecteurs illuminaient le panneau qui proclamait « DOLLY DOO AND HER DIMPLE REVIEW ». Le ciel au-dessus de Garden Hills était compact comme il l'était toujours, mais, un peu sur la droite, Wes parvenait à distinguer le pointillé brillant des étoiles au-dessus de Reclamation Park. Il marchait d'une foulée longue et sûre. Son cœur chantait d'un bonheur qu'il n'avait plus ressenti depuis des années. L'usine était en vie. Il avait de l'argent en poche. Il avait fait sa journée et, maintenant, il allait s'asseoir un moment pour bavarder avec ses amis.

Le magasin était de l'autre côté du trou par rapport à sa maison. C'était une grande structure en bois, avec une large véranda sur toute la façade. Les fenêtres étaient faiblement éclairées par la lumière réfléchie des lampes à kérosène. Il y avait déjà une douzaine d'hommes quand Wes arriva. Trois d'entre eux étaient assis sur des chaises, le dossier contre le mur. Les autres étaient installés, jambes pendantes, sur le bord de la véranda. L'un d'eux taillait un morceau de bois. Quand Wes passa à côté de lui, le silence était tel qu'on pouvait entendre le frottement du couteau passant à travers le bois. Personne ne parlait. Ils étaient tous assis, parfaitement calmes, à regarder le flamboiement des projecteurs se répandre autour de l'usine. Les autres soirs, l'entraînement se faisait à la lueur des lanternes. Ce soir était le premier avec l'électricité. C'était le but de la réunion au magasin – regarder la lumière.

John s'était amené près du trou ce matin-là tout de suite après que le touriste était parti avec la photo de Wes. « Hey ! avait-il lancé, et Wes avait sauté en l'air, surpris, en pensant que c'était un autre touriste. On se réunit ce soir au magasin. » John savait que Wes ne pouvait lui répondre. Il était au courant pour le masque. Tout le monde était au courant, même si personne n'en parlait jamais. John portait un rouleau de câble noir accroché à l'épaule comme un lasso. Il avait posé une main sur le câble. « J'apporte l'électricité. Elle va tout éclairer ce soir, comme à Noël. » John avait été électricien pour Jack O'Boylan.

Malgré lui, Wes avait souri. Son masque s'était fendillé, désintégré et tombé à ses pieds.

« Désolé, avait dit John, embarrassé.

– C'est pas grave », avait fait Wes, en plongeant derrière le monticule de terre qui cachait partiellement le trou. Le masque n'était important que si les gens à Reclamation Park l'apercevaient sans. « J'y serai. Ça sera comme au bon vieux temps. Va donc poser ce câble. »

John était parti au petit trot avec le câble. Wes s'était tartiné la figure de pâte blanche et s'était assis derrière le monticule de terre en attendant que ça sèche.

« Bon, elle a dit qu'elle allait le faire, et ça se fait, la lumière et les projecteurs et le reste. »

Le type qui venait de parler était petit, les cheveux rares et gris. Wes remarqua pour la première fois qu'il portait son ancien uniforme. Il avait été garde dans l'équipe de sécurité de Jack O'Boylan. C'était un uniforme marron avec des boutons de cuivre. Autrefois, il avait des écussons dorés triangulaires sur les épaules aux armes de la société de Jack O'Boylan. Les écussons avaient été arrachés.

« Tu bosses aussi pour elle ? demanda Wes.

– Depuis ce tantôt, répondit le garde.

– Tu fais quoi ?

– Je garde.

– Qu'est-ce que tu gardes ?

– Tout ça, dit le garde. Partout. J'ai installé une barricade sur le chemin qui descend de la grand-route.

– Pourquoi t'as fait ça ? demanda un des types qui étaient appuyés contre le mur.

– Un touriste est entré. C'est ce qu'elle m'a dit, en tout cas. Et faut que je les tienne au large jusqu'à ce qu'elle soit prête. »

Wes s'appuya sur l'autre fesse et cracha par terre. Elle n'avait pas été contente quand il lui avait parlé du touriste.

« Il a quoi ? avait-elle demandé.

– Pris ma photo.

– Et qu'est-ce que tu as fait ?

– Rien du tout. J'savais pas quoi faire.

– T'aurais dû grogner.

– J'voulais pas casser le masque. Vous avez dit…

– Tu peux grogner sans casser le masque. Du fond de la gorge. Si tu en vois un autre avant que je te le dise, pousse un grognement. S'il s'approche de trop près, mords-le. »

Wes était sur le point de protester quand elle s'était approchée et l'avait pris par le bras. Ses yeux avaient l'air drôle ; elle sentait drôle. Sa main tremblait.

« La nouvelle se répand comme du feu, avait-elle dit. Du haut en bas de la grand-route. Du feu. Fais juste comme je te dis, et ça les attirera. On a mis des annonces dans les journaux, loin, jusqu'au Nord de la Géorgie. On est sur la radio. Mais ils peuvent pas comprendre. Et il faut qu'on soit prêts pour leur arrivée. »

Il n'avait rien dit. Il avait peur. Il avait vu le père de Fat Man tout nu dans Garden Hills le jour où il avait disparu dans une broyeuse à phosphate. Dolly empestait la même odeur que le vieil homme ce jour-là.

Une énorme vague sonore se déversa soudain sur eux depuis l'usine. Elle sortait des douze amplis que Dolly avait installés au sommet du bâtiment. Ils étaient branchés sur un phonographe qui devait jouer quand l'orchestre se reposait, selon les plans de Dolly. Le morceau qui passait maintenant était composé de tambours et de guitares et d'un chanteur qui vocalisait des trucs sur l'amour et la mort et toutes les autres valeurs de l'âme humaine. Mais à cette distance, poussé par la sono, ce n'était pas très différent de ce qu'ils écoutaient dans le temps, avant la chute. Ils souriaient dans le noir et hochaient la tête les uns vers les autres.

« C'est un sacré numéro, dit l'homme qui taillait un morceau de bois.

– Elle a toujours été un sacré numéro, dit un autre.

– Ned, t'as vraiment une sacrée fille. »

Ned se contenta de remuer la tête et de sourire, incapable de croire que ça lui arrivait à lui, que sa fille avait illuminé le ciel au-dessus de Garden Hills. Mais les onze autres, Wes compris, lui avaient toujours dit combien sa fille était merveilleuse, combien il l'était aussi, combien Garden Hills était merveilleux de les avoir tous les deux. Ils proclamaient tous les vertus de Dolly, parce qu'ils partageaient tous une culpabilité commune. C'étaient leurs demi-dollars qu'elle avait emportés à New York. Ils l'avaient tous tripotée en secret. Et ils avaient tous gardé ce secret. Aucun n'osait en parler aux autres, même si chacun d'eux soupçonnait les onze autres. Elle leur avait proposé un contrat à chacun, et chacun d'eux l'avait décliné. Depuis ses douze ans, ils avaient tous pressé leurs mains et leur fric sur elle. Ils avaient tous été soulagés d'apprendre qu'elle était partie un soir pour New York ; et ils avaient tous été effrayés en découvrant qu'elle était revenue. Aucun d'eux ne se sentait en confiance avec elle. Chacun d'eux était terrifié à l'idée d'être tenté de violer, tuer ou accepter son contrat et perdre ainsi sa famille, ou, d'une façon ou d'une autre, de commettre quelque chose qui les ferait expulser de Garden Hills avant que Jack O'Boylan ne revienne. Et c'est ainsi qu'ils firent la seule chose dont ils étaient capables : bâtir avec des mots sa réputation de vertu absolue.

« Je ne crois pas que Jack O'Boylan aurait pu faire les choses autrement, non ? » C'était John l'électricien. Son visage, pris dans la lumière jaillissant de la colline, était ravi, déférent.

Ce n'était pas la question que tout le monde se posait, mais pas loin. Allaient-ils oser suivre Dolly ? Seraient-ils en train de trahir leur longue attente du retour de Jack O'Boylan en la laissant transformer l'usine ? Au départ, ils avaient été tous contre elle. Mais, ensuite, ils virent qu'elle avait apparemment le soutien de Fat Man. Alors ils comprirent que leurs filles allaient se faire de l'argent. Et puis, Dieu leur vienne en aide ! elle avait commencé à leur donner du boulot – et c'était le même boulot qu'ils faisaient dans le bon vieux temps. C'était troublant. Ils hésitaient à dire quoi que ce soit. Et pendant qu'ils hésitaient, l'usine ressuscitait. Ses lumières brillaient maintenant sur tout Garden Hills.

« Ned, est-ce qu'elle t'a dit quelque chose ? » C'était Wes. Il était plus courageux que les autres. Il travaillait depuis plus longtemps.

« Elle a dit qu'elle a découvert quelque chose sur Jack O'Boylan quand elle était à New York.

– Qu'est-ce qu'elle a découvert ?

– L'a pas dit.

– C'est tout Dolly !

– Je parie qu'il est dans le coup avec elle. »

Il y eut un murmure d'assentiment.

« Fat Man dit qu'y est pas, dit Wes. J'y ai demandé. »

Il y eut un silence soudain, prolongé, dans lequel flotta le son de la cloche de Dolly, amplifié des centaines de fois.

« Bon, il y a en tout cas une chose dont nous sommes sûrs et certains. » La voix venait du coin le plus obscur de la véranda, d'un homme qui n'avait pas encore parlé. « S'*Il* ne voulait pas qu'elle le fasse, elle n'aurait pas pu le faire. Jack O'Boylan peut se débrouiller tout seul. »

C'était un argument. Chacun d'eux s'en était servi dans sa propre conscience. Mais c'était la première fois qu'on l'entendait exprimé à voix haute. Ils lâchèrent un soupir de soulagement collectif et se détendirent pour apprécier le son de la cloche d'argent de Dolly.

« Il faut bien lui accorder une chose, dit Wes, finalement. Elle est organisée. »

C'était la vérité. Son sens de l'organisation rivalisait avec celui de Jack O'Boylan. Il était vrai aussi qu'ils ne comprenaient pas le but ultime de son organisation. Mais ils savaient que l'organisation était une qualité extrêmement appréciée. Elle dirigeait le monde. Les meilleurs et les pires des gens la possédaient. Elle était récompensée par des contrats ; les contrats étaient suivis d'autres récompenses. Des récompenses étaient contractées pour elle. Et l'homme qui en doutait ne pourrait jamais espérer humecter ses lèvres à la source du succès.

Et donc chacun des douze hommes – le père y compris – était assis là, dans la véranda, ce soir-là, attendant qu'elle leur donne le signal. Chacun d'eux avait déjà assimilé la première règle de l'organisation : l'obéissance. Et ils étaient déterminés à lui obéir parce qu'elle avait promis de faire refleurir leur terre ruinée.

« C'est du gâteau que vous sentez, les gars », dit Wes. Ils se penchèrent tous en avant, comme s'ils étaient capables de voir l'odeur descendre la rue. Le gâteau et l'usine flamboyant dans la nuit : c'était un rêve qui se réalisait. « Elle est en train de le cuire. C'est ma femme. » Sa voix était un murmure ; un homme se réveillait lui-même au péril de son propre bonheur.

9

Bien avant que Jester eût jamais vu Garden Hills, il savait tout de la perfection. Si vous êtes parfait, vous êtes supposé gagner. Tout le monde sait ça. Le parfait combattant gagne le match de boxe. Le parfait travailleur devient président. C'est une loi de la nature, comme la gravité. Les cerfs-volants volent les jours de vent. Les enfants qui boivent du lait ont les os costauds. C'est pour ça que les hommes se lèvent le matin. C'est pour ça que les nations se font la guerre. Et c'était pour ça que Jester s'était trouvé sur ce cheval, tôt le matin, au haras Ponce de Leon à Ocala, Floride. Il souriait encore quand Roman Lover avait percuté en plein galop le mur de ciment à 50 kilomètres à l'heure.

C'était clairement une violation perverse de l'ordre naturel des choses. C'était une rivière coulant vers le haut de la colline. C'était le feu qui ne brûle pas et la glace qui ne gèle pas. C'était arrivé si vite qu'il n'avait même pas eu le temps d'avoir peur. Il avait rencontré le mur sans se protéger : il attendait un baiser et s'était pris une brique dans la gueule.

Bien, parfait. Si c'était comme ça qu'ils le voulaient, c'est comme ça qu'ils l'auraient. Tous les paris étaient suspendus. C'était la guerre. Si vous ne pouvez attendre d'un cheval qu'il coure droit, à quoi pouvez-vous vous attendre ? Si un jockey parfait montant un cheval parfait par une journée parfaite ne peut même pas finir – ne peut même pas faire suivre la piste et prendre un virage –, qu'advenait-il du reste du monde ? Jester savait qu'il y avait des coiffeurs chauves, des nurses enceintes et des toubibs au trou du cul bouffé par le cancer : petites fantaisies du destin. Mais ça, c'était pas une petite fantaisie ; c'était un virage à cent quatre-vingts degrés.

Bien, parfait. Bon. Il pouvait le supporter. Il n'était pas parfait pour rien. Il avait un cœur en or incrusté dans une de ses dents pour toutes les femmes qu'il allait emballer, et un diamant incrusté dans une autre pour tout le fric qu'il allait ramasser. Et il avait toujours eu les deux, les femmes et le fric. Il était maintenant invulnérable, soulagé de toute considération sur la moralité des choses. Il maîtrisait toujours la situation. Il pouvait toujours tenir sa vie en main. Il s'était délibérément brutalisé lui-même. Il avait tué un chiot. C'était comme s'il avait du sang de navet. Il pesait quarante-cinq kilos de fierté noire, et son arme secrète n'était pas la haine, mais une monumentale indifférence. Étant parfait – mais ayant été frustré de la récompense de cette perfection –, il était décidé, sitôt qu'il aimerait trop quelque chose, à l'abandonner sur-le-champ. Jusqu'ici, son seul échec était Lucy.

« Il était blanc et j'avais quatorze ans, lui avait-elle confié. Et c'était plus facile que de ramasser le coton. » Ils étaient allongés dans son lit, dans la caravane. La photo de sa famille était retournée. Par la fenêtre, Jester pouvait voir la grande roue éteinte dans la pluie oblique de novembre. « Et puis un jour, il a amené ses copains. Ils ont pris leur tour. » Elle parcourait son corps de ses longs et magnifiques doigts bruns. « Tu es le premier homme qui m'ait jamais eue sans me vendre à quelqu'un d'autre. »

Il percevait un autre mur de ciment dans ce qu'elle disait. Cette voie menait au désastre. C'était soit le cheval, soit le jockey. S'il ne la balançait pas contre un mur, c'est elle qui l'enverrait dedans.

« Marier, dit-il. Tu veux te marier ? » Il avait vu la douleur passer sur son visage. Sa bouche s'était affaissée, tremblante, elle essayait de sourire.

« Aah ! dit-elle. Aah ! » Elle avait secoué la tête et posé les deux mains sur lui comme si elle avait peur qu'il ne disparaisse.

« Faut t'acheter un anneau, avait-il dit.

Et elle fut prise entre l'envie de sourire et le besoin de pleurer.

« Tattoed Man nous mariera demain », avait-il dit. Tattoed Man était un pasteur ordonné et l'un des meilleurs amis de Lucy. « Seulement si tu le veux. Il faut que tu me le dises.

– Je le veux, avait-elle dit, les yeux pleins de larmes.

– Va voir Tattoed Man. »

Elle l'avait soulevé dans le lit et habillé comme une poupée : d'abord ses caleçons de gamin, le maillot miniature, ensuite la chemise western pleine de boutons-pression et de broderies fantaisie, puis les chaussettes et enfin les bottes. Les bottes tenaient parfaitement dans sa main, parfaitement dessinées et cousues, faites sur mesure avec l'argent qu'il avait gagné en chevauchant le cheval à bascule de Touchkiss au-dessus du baquet d'eau. C'était un lundi soir de novembre. La pluie plantait ses aiguilles vertes et obliques dans le crépuscule. Ils avaient foulé rapidement l'herbe brune et détrempée jusqu'à la tente de Tattoed Man, Lucy tenant son parapluie au-dessus de Jester pour lui éviter de se mouiller.

Tattoed Man s'appelait en fait Chester Brown, mais il détestait le prénom Chester et il haïssait le nom de Brown, et il avait la tour Eiffel tatouée en travers de la poitrine, juste au-dessus d'un vaisseau de guerre en train de couler. Qu'il fasse chaud ou froid, qu'il soit à l'intérieur ou à l'extérieur, il portait un maillot de bain triangulaire et de dimension plutôt réduite. Il avait le crâne rasé et des cheveux tatoués sur le scalp.

Jester et Tattoed Man parlaient dans la tente, pendant que Lucy se tenait, calme et tremblante, à côté d'eux.

« Bien sûr que je vais vous marier, avait dit Tattoed Man. On va faire une petite fête. Avec un peu de bière, un peu de pop-corn, la Bible. Une célébration prénuptiale.

– Demain, avait dit Jester.

– Demain, aujourd'hui, tout de suite, n'importe quand ! »

Il agitait les mains d'un air excité. Il avait des poils tatoués sous les aisselles. Il n'y avait pas un seul vrai poil sur tout son corps. Ils avaient tous été rasés et remis en place avec une aiguille.

« Demain », avait dit Jester.

Le nain du cirque était entré. Il était plus petit que Jester, mais il était loin d'être parfait. Son front lui mangeait la moitié du visage. Il avait les yeux globuleux, un torse long et bien fait, et des membres miniatures. Il avait marché droit sur Jester jusqu'à le toucher. Jester avait fait un pas en arrière. Il n'aimait pas le nain. Il le soupçonnait d'être anormal.

« Avant la première représentation, avait décidé Tattoed Man. Lucy commence à 16 heures. On pourrait commencer la fête à 13 heures tout de suite après le déjeuner et la cérémonie à 15 heures.

– Ça te va ? » avait demandé Jester à Lucy.

« Tu le veux vraiment ? avait-elle répondu en hochant la tête.

– Oui. Je le veux. Oui. »

La Femme-Hippo entra, ainsi qu'Alligator Boy et plusieurs autres attractions. La Femme-Hippo avait la larme à l'œil. Elle portait une fausse corne sur la lèvre supérieure pour son numéro. Elle l'avait ôtée pour embrasser Lucy. La tente était maintenant pleine. Ils applaudissaient. Ils riaient.

« Je vais chercher l'anneau. On se retrouve demain à une heure », avait-il dit à Lucy plus tard en lui souhaitant bonne nuit. Deux heures après, il avait fait son sac et se tenait, le pouce en l'air, sur la route nationale 4.

Un fou l'avait ramassé. Il faisait noir. Ils étaient sur la route d'Orlando à Tampa. Le fou était maigre et vieux. Son visage creux était couvert du chaume gris d'une barbe d'une bonne semaine. Il roulait sauvagement des yeux, mais, extérieurement, il était calme. Il ne cessait pas de parler. Ils avaient mis un temps dingue, sans jamais dépasser les 50 kilomètres à l'heure. Et quand ils s'arrêtaient à un feu rouge dans une des petites villes qu'ils traversaient, ils poireautaient pendant cinq, dix ou quinze minutes devant le feu qui passait du rouge au vert et du vert au rouge jusqu'à ce que quelqu'un arrive et klaxonne assez fort et assez longtemps pour tirer le vieux de ses conversations délirantes avec sa femme et Jack O'Boylan. Mais Jester s'en fichait. Il n'avait nulle part où aller. Et il pensait au lendemain 13 heures, et aux larmes sur les joues écailleuses d'Alligator Boy. Et bizarrement, il n'était pas heureux. Il s'était échappé, il s'était libéré de toute affection. Personne ne pouvait l'atteindre. Personne. Et pourtant, étrangement, il n'était pas heureux.

Ils étaient arrivés à Garden Hills vers 4 heures du matin. Jester avait aperçu l'endroit longtemps avant d'y être. À quinze kilomètres, ça ressemblait à un lever de soleil. À huit kilomètres, ça puait comme un abattoir. L'air charriait une odeur de sang séché. Un peu plus tard, Jester avait appris que c'était l'odeur du phosphate. Des lampes à arc balayaient le ciel nocturne. Les collines étaient hautes et blanches comme des squelettes. Et, entre les collines, stagnaient des lacs noirs d'écume épaisse. D'énormes machines et des tapis roulants criblés de dents d'acier convergeaient vers l'usine de raffinement, haute de trois étages, le point le plus brillant dans cet étincelant paysage nocturne.

« Maison, avait dit le fou.

– L'enfer, avait fait Jester, détestant l'idée d'avoir à sortir de la voiture pour recommencer à faire du stop.

– C'est le dernier mot qu'elle a prononcé avant de mourir. Géhenne et soufre. L'haleine du démon.

– Va en enfer, avait fait Jester, épuisé, dégoûté de ne pouvoir oublier Lucy.

– J'y suis. Oui, c'est ici. » Il avait pris Jester par le bras au moment où il sortait de la voiture. Ils étaient arrêtés sur la grand-route juste à côté du chemin qui descendait vers Garden Hills. « Vous êtes le bienvenu.

– Où ça ?

– Chez moi pour vous reposer. Parce que vous savez aussi ce que c'est. »

Jester avait jeté un œil sur le vieux. Il était affamé et sale. La banquette arrière de la voiture était pleine de provisions pourries. La folie brillait dans ses yeux. Ils étaient arrêtés à un carrefour dangereux, le genre coupe-gorge.

« Non. Jamais de la vie ! » Jester avait attrapé son sac. Il n'était pas assez cinglé pour aller dans un endroit pareil.

Mais le fou lui serrait fort le bras.

« C'est là, avait-il dit en caquetant d'un drôle de rire sans dents.

– Qu'est-ce qui est là ? avait demandé Jester en essayant de se dégager.

– Ma maison, là où je vis ».

Il désignait quelque chose. Jester regarda au-delà du bras tremblant et couleur de cadavre. « Vous êtes sérieux ? »

La maison était énorme. Un château. Une forteresse sombre, construite en pierre avec des arcs-boutants et une lourde façade soutenue par des piliers. Elle était assez massive pour repousser n'importe quelle armée. Trop vaste, trop riche, trop réelle pour ce vieil homme sale et décati. En un instant de lucidité, Jester l'a reconnue pour ce qu'elle était. C'était l'inverse du mur de ciment. C'était l'impensable : la victoire au derby du Kentucky avec un cheval sans jambes. Il avait remis son sac dans la voiture. « Allez-y. » Il avait trouvé l'endroit qu'il cherchait. Ici, le diamant dans sa bouche pourrait accomplir sa prophétie.

Mais, à la place, il avait trouvé des truites mortes dans la baignoire. La maison entière se révélait être une fantastique accumulation de richesses et de saleté. Le vieux se servait des toilettes – un gigantesque machin carré fait à la main en marbre de Géorgie – mais ne tirait jamais la chasse. Il y avait des draps de soie dans lesquels on avait dormi pendant des années, gluants de toute l'humanité du vieux. Des fourchettes en argent massif, aussi noires que du fer, jonchaient la cuisine. Et Jester s'était mis à flairer délicatement et gracieusement dans toute la maison en quête de ce qui en faisait la richesse. Il avait trouvé cinq billets de cent dollars dans une chaussette puante et les avait glissés dans sa poche. Il avait découvert deux effets à vue froissés et tachés. Ils étaient établis au nom de Mayhugh Aaron. Il les avait donnés au vieux qui s'était torché avec et les avait jetés dans les toilettes dont il refusait de tirer la chasse.

Jester était comme un chien de chasse sur une piste chaude. L'argent était là, il le savait. La sensation du fric lui titillait les doigts chaque fois qu'il les posait sur quelque chose : une étagère en formica, un panneau en cyprès. Il le reniflait aussi, une odeur identique à celle du cuivre et des vieux papiers qui flottait dans le sanctuaire luxueux du haras de Ponce de Leon. Et pourtant, il ne parvenait pas à en dénicher la source. Manifestement, c'était pas le vieux. Il n'était ni talentueux, ni privilégié, ni parfait. De plus, son esprit était dérangé.

« D'où il vient, ce pognon ? demandait Jester, plein de tics, les yeux brûlants devant l'odeur musquée de la richesse.

– D'ici ». Le vieux désignait sa pauvre poitrine nue au-dessus des contours de son cœur. « J'ai saigné pour l'avoir.

– Le sang ne paye pas. Si c'était le cas, je serais l'homme le plus riche que Dieu ait jamais vu. »

Le vieux gloussait comme un dément et commençait à remettre à contrecœur ses vêtements. Quelqu'un venait de le ramener de Garden Hills où on l'avait trouvé nu en train de vagabonder à la recherche des machines à broyer.

« Quelqu'un vous l'a donné.

– Donné ? Donné ? J'ai entretenu une femme et un fils ! Donné, mon œil !

– T'as pas de fils », avait dit Jester. Il savait, pour la femme. Il allait sur sa tombe tous les jours parce que le vieux laissait souvent du cash dessus. Il quittait la maison avec des billets d'un, de cinq ou dix dollars qui dépassaient de sa poche et un sac plein de pièces d'argent, et, plus tard, Jester se pointait à la tombe et les ramassait – comme on cueillerait des fleurs –, les tirait de l'herbe et les ramenait à la maison. Mais le vieux n'avait jamais parlé d'un fils. « T'as pas de fils. »

Mayhugh Aaron s'était remis à glousser et, fouillant dans les plis flottants de sa salopette, il en avait sorti un portefeuille en peau graisseuse d'où il avait pêché une photo. Jester avait su immédiatement que ce devait être la clé de la richesse. Le gosse avait l'air aussi large que haut, rond et carré en même temps, plus grand que la vie et blanc comme un cadavre, gonflé, bouffi, tendu comme un tambour. Il était vêtu d'un flottant vert et d'un énorme maillot de corps avec un énorme pied vert et ailé cousu dessus. Aux pieds, il portait des chaussures de tennis blanches sans lacets, au-dessus desquelles ballonnaient ses pieds blancs comme du lait.

Jester avait tout de suite reconnu que le garçon était une perfection dans son genre, une créature élue. Il ne comprenait pas le sens de cette perfection ni exactement en quoi il était élu, mais il était évident que ce n'était pas un accident. Il avait été créé avec amour, assemblé par une quelconque force, interminablement, kilo après kilo. Il avait rendu la photo et était resté pour attendre impatiemment le retour du fils. Le vieux ne lui était plus d'aucune aide. Un matin, il ne savait pas que le gosse était parti, un autre, il ignorait s'il allait revenir. Certains matins, il ne savait pas qu'il avait un fils ; d'autres encore, il ne reconnaissait plus Jester.

Et puis voilà que un beau matin, Mayhugh Aaron junior s'était amené : obèse et affamé, la réplique de son père, mais trop enflé pour être reconnaissable. Fat Man amenait avec lui quelque chose de mauvais augure – des livres. Il y en avait des cartons pleins. En une semaine, la maison en était jonchée, dans l'entrée, les chambres, la salle de bains où la puanteur des toilettes avait fait crever les truites qui montraient leur ventre blanc au monde. Clairement de mauvais augure, et Jester refusait de les toucher. Il ne voulait ni les ramasser ni les ranger sur des étagères. Quand ils traînaient par terre, il les enjambait avec précaution. Les livres étaient pleins de mots, et les mots pleins de traîtrise. Il haïssait le langage et employait aussi peu de mots que possible. Il avait appris sa leçon avec le cheval. Il lui avait confié tous ses secrets. Lors des nuits noires et sans lune, au haras de Ponce de Leon, il se glissait dans l'écurie du pur-sang et là, accroupi sur son arrière-train, il parlait. *C'est entre toi et moi, cheval. Je suis assez petit pour gagner et assez fort pour monter. Tu vas m'emmener au paradis, je le sens dans mes mains.* Et il caressait la peau soyeuse et frémissante, et sentait le sang noir pulser et la tension formidable des muscles. Et pendant tout ce temps, il parlait. Dans la stalle sombre pleine de l'odeur du cheval qui l'enveloppait comme une seconde peau, il racontait ses rêves. Et le cheval écoutait, reniflant et piaffant, absorbant tout, mais en faisant semblant de n'y prêter aucune attention. Oui, il en avait trop dit au cheval. Seuls comptent les actes, les mots ne font qu'affaiblir votre position. Ils indiquent à l'ennemi où planter le couteau.

Et donc il avait attendu, se taisant, attentif, sachant que tôt ou tard il parviendrait à ses fins. La mine était là ; tout ce qu'il avait à faire était d'en extraire le minerai.

Il avait eu l'intuition de son ascendant sur Fat Man bien avant d'en connaître la nature. Il l'avait senti dès le début, à la façon qu'avait Fat Man de ne jamais le quitter des yeux, à la façon dont Fat Man le suivait partout comme un énorme chien bien dressé. Fat Man lui donnait sans cesse de l'argent et, après que le père avait disparu dans la broyeuse, il avait commandé pour lui des costumes en soie sur mesure. Et finalement, Jester s'était aperçu que Fat Man l'aimait pour la même raison que celle pour laquelle aurait dû l'aimer le cheval. Il était petit et il était parfait. Fat Man aimait le soupeser; il aimait le toucher.

« Quarante-cinq kilos », soupirait-il en enveloppant les épaules délicates de Jester de ses grosses mains humides.

Et en parlant, il racontait à Jester ce que Jester avait raconté au cheval: ses secrets et les plus sombres de ses rêves. « Pour le dire franchement, je voudrais être mince ». Sa carcasse d'un mètre cinquante-deux se mettait à trembler et de petits séismes de graisse explosaient sur son ventre et sa poitrine. « Aussi maigre que... que, bon, un champion de course à pied. As-tu déjà connu un champion de course à pied, Jesta ? » Jester se contentait de renifler et de piaffer dans ses petites bottes en faisant semblant de s'en foutre.

« Magnifique, faisait Fat Man, les yeux perdus dans le lointain. Les muscles, les os, tu peux même voir le cœur battre. Donc le seul moyen, c'est de faire un régime. J'espère que tu as remarqué que je suis déjà un gros régime. Gaufrettes, Metrecal, des trucs comme ça. Et maintenant que tu es là, tu vois, c'est possible. Je veux dire que ça a toujours été possible, mais je peux te voir. Tu es une possibilité. Quand je me lève le matin, tu es là. Mon poids finira par chuter comme un oiseau mort. Et quand je serai arrivé au parfait équilibre, je pourrai peut-être retourner à Florida Northern. Je pourrai peut-être… » Ses yeux s'étaient voilés, distants. « Tu as tout ce que tu désires, ici. Tu ne me quitteras pas.

– Pas tout ».

Si vous avez l'avantage, il faut s'en servir. Un avantage inutilisé devient un handicap.

Fat Man avait fait demi-tour.

« Quoi ? De quoi d'autre as-tu besoin ?

– Ma femme.

– Une femme ? »

Ses traits s'étaient fripés.

« Lucy.

– Ton épouse ?

– Femme. Pas épouse. Une pute ordinaire, mais une bonne.

– Tu ne veux quand même pas l'amener chez moi ? Je croyais que tu…

– Si, ici.

– Jamais », avait dit Fat Man.

Deux heures plus tard, il passait devant Fat Man, son sac marin sur l'épaule. Il s'était changé et portait son Levi's délavé et ses bottes sans talons. Fat Man lui avait lancé un regard surpris, et Jester avait obtenu la Buick et deux cents dollars pour aller chercher Lucy. Le cirque où elle se produisait était maintenant à Tampa. Ça faisait un bout de chemin. Le voyage avait été à la fois une victoire et une amère défaite. Une victoire parce que Lucy lui avait permis de faire pression sur Fat Man, et une défaite parce que Jester n'avait jamais cessé de penser à elle. Il avait tiré l'amour par les racines, et il jaillissait à nouveau, sans eau et sans semence, dans son petit cœur noir de navet. Il n'arrivait pas à oublier la façon qu'elle avait de le toucher, de l'habiller et le déshabiller. Il fumait des Benson & Hedges à la chaîne pendant qu'il pilotait la Buick vers Lucy. Il n'était pas encore habitué à la voiture et conduisait lentement. Fat Man avait fait modifier le siège, le frein et le changement de vitesses dans le garage de Beverly pour que Jester puisse conduire. « Mon chauffeur personnel maintenant », avait-il plaisanté tandis qu'ils revenaient de Beverly. La vérité était que, depuis son dernier régime énergique, Fat Man avait pris tant de poids qu'il ne pouvait plus s'asseoir sur le siège avant.

Il ne pouvait aimer Lucy, se disait Jester, parce qu'elle l'avait vu – lui, le grand et parfait jockey – chevaucher un cheval à bascule au-dessus d'un baquet d'eau dans une attraction de cirque. Et parce qu'il l'avait vue fumer une cigarette avec sa chatte avant qu'une foule masculine ravie ne lui demande d'essayer avec son trou du cul. Non, clairement, c'était impossible. Et pourtant, il avait du mal à se convaincre qu'il allait la chercher juste pour avoir un moyen de pression sur Fat Man. Dans ses rêves et pendant ses moments tranquilles de la journée, il continuait à se souvenir de ses mains tièdes et du regard qui filtrait de ses doux yeux bruns. Plus il se disait qu'il y avait des millions de femmes dans le monde, plus son souvenir l'obsédait.

Elle était sur le point de sortir dans sa jupe de paille quand il s'était glissé dans l'entrée latérale de la tente en toile marron. À sa vue, elle s'était pétrifiée. Elle avait cessé de respirer, de cligner des yeux. Et lui, il ne pouvait même pas la regarder. Il pensait encore à la tente pleine de monstres, aux larmes de la Femme-Hippo, aux yeux tristes et humides d'Alligator Boy, tous bouleversés par la perspective de l'amour et des liens sacrés du mariage.

« J'ai une voiture dehors », avait-il dit.

Elle avait repris ses esprits. Elle clignait, respirait. « Je ne m'y attendais pas. C'est pas rien. »

Il avait sorti l'argent de sa poche. Ça faisait une boule verte plus grosse que sa main.

« Deux cents. Il y en aura plus, beaucoup plus.

– J'ai une cigarette à fumer. »

Mais des larmes perlaient sur ses longs cils. Ses larmes le bouleversaient. Il souffrait. Il avait peur d'éclater en sanglots.

« Désolé. Je suis vraiment désolé. »

À l'extérieur, on entendait le bonimenteur en train de la vendre au kilo. Elle s'était retournée et était tombée à genoux. Il s'était précipité vers elle et ils s'étaient unis comme un portail qui se referme. Et là, sur le sol crasseux de la tente, il l'avait étreinte jusqu'à ce qu'elle crie d'une douleur qui n'était que le summum du plaisir.

10

Dolly était une vierge déterminée. Elle avait gardé son hymen depuis assez longtemps. Elle pouvait le sentir, solide comme un os. Il était peut-être trop tard. Peut-être l'avait-elle conservé trop longtemps. Toutes les positions qu'elle avait évitées, genre vélo et tout ce qui obligeait à écarter les jambes, avaient peut-être contribué à faire une prison de sa chasteté. Il y faudrait un homme déterminé, et elle l'avait déjà choisi : Mayhugh Aaron junior *alias* Fat Man, *alias* le Chevalier blanc de ses rêves, *alias* le Grand Espoir. Ce serait un rapprochement considérable, comme RCA acquérant General Motors.

Cela aurait-il pu être quelqu'un d'autre ? se demandait-elle. Et la réponse évidente était que ça aurait pu être beaucoup d'autres. Il était également évident – elle avait un hymen épais comme une semelle de cuir pour le prouver – que ça n'avait été aucun des nombreux candidats. Rien ne s'était passé avec les hommes mariés de Garden Hills (le père cinglé de Mayhugh avait été le seul à ne l'avoir jamais pelotée en lui donnant cinquante cents). Ni avec le directeur au visage taillé à la serpe et aux yeux brûlés qui avait l'habitude de lui masser les seins et de lui tripoter la chatte, sans cesser de marmonner : « Ne le prenez pas personnellement, ne le prenez surtout pas personnellement. » Pas plus avec l'employé de nuit zézayant de l'hôtel Giaconda, qui avait la tête comme un avocat pelé et un amant de Scotts Bluff, Nebraska, qui se rongeait les ongles jusqu'à saigner sur *De sang-froid* pendant que ses yeux bleus humides la suppliaient de le laisser essayer. Non, aucun d'eux. Personne. Aucun de tous ces gens, innombrables, sans visage.

C'est ainsi qu'à présent, le soir de son triomphe, elle allait l'emporter au sommet de Garden Hills pour le perdre à Fat Man. Il commençait juste à faire sombre. Reclamation Park était éclairé par les phares des voitures et des camions. L'usine rouge sang et le ciel nocturne au-dessus étaient balayés par les lampes à arc tournantes. Elle portait sa tenue blanche : une jupe plissée sur des chaussettes blanches, des chaussures, le grand chapeau qui lui cachait la figure et les épaules, et, touche finale, un bouquet d'œillets blancs venant de Beverly. Elle grimpait lentement la colline, attentive à ne pas soulever la poussière blanche. Elle savourait ce moment, cette décision de renoncer à sa virginité. Dieu sait si elle l'avait gardée précieusement. Mais à présent, elle faisait partie de ces gens qui n'ont plus besoin d'être chastes, soigneux, cruels ou quoi que ce soit d'autre, parce qu'elle avait un contrat. Elle s'arrêta au sommet et regarda vers l'usine, vers *son* usine. Elle n'avait rien signé ; et pourtant, elle avait son contrat. Elle se l'était fait toute seule. Une fois qu'elle avait compris, ç'avait été ridiculement simple, l'ennui c'est qu'elle avait dû faire dix mille bourdes avant de comprendre. Maintenant, elle savait. Elle était au sommet. Elle frappa à la porte de Fat Man.

Personne ne répondit. Elle ne frappa pas une seconde fois, mais elle ouvrit la porte et entra. Comme tout était différent de ce jour, il y a des années, où elle était entrée chercher un endroit pour se déshabiller, terrorisée et tout émerveillée ! Maintenant, elle contrôlait la situation. La rivière coulait dans le bon sens. Elle s'arrêta dans le couloir et tendit l'oreille. Elle entendit la violence de Dodge City – la télévision –, l'accent de Brooklyn du héros du western, le bruit des vingt coups de feu d'un revolver à six coups. Elle jeta un coup d'œil à sa montre. 18 h 30. Le départ serait donné dans une heure. *Bien, laissons le petit jockey s'amuser tout seul*; il avait le temps. Sa course commencerait bien assez tôt.

Elle chercha d'abord Fat Man dans la cuisine. Puis dans la salle de bains. La baignoire était encore pleine, mais pas de Mayhugh. À la place, elle trouva sa piste humide, une large piste de gouttes qui se dirigeait vers le bureau. Elle la suivit et le trouva assis, nu, dans l'ombre de la fenêtre, à moitié allongé dans sa chaise longue. Il lui tournait le dos. Ah, quelle taille il avait ! On ne pouvait pas laisser passer un homme comme ça. Le monde ne l'avait pas manqué, et elle ne le manquerait pas non plus. Elle lui avait apporté sa virginité à domicile. Comme dans toutes les bonnes histoires, tout commençait et finissait au même endroit.

« Vous avez besoin de lumière », dit-elle doucement pour ne pas le faire sursauter.

Mais il avait pleuré dans son Metrecal, regardant son estomac gonfler, et le son de sa voix le fit presque s'étouffer sur une gaufrette Eat-And-Grow-Slim.

« Quoi… Attends ! s'écria-t-il. Je ne suis pas…

– Je sais. Vous êtes nu. J'ai le dos tourné. »

Et c'était vrai. Il étendit le peignoir mauve sur ses jambes et le tira sur sa poitrine, aussi grosse que celle de Dolly quoique pas aussi bien dessinée.

« Qu'est-ce que tu fais là, bon sang ? demanda-t-il. Un homme n'est plus tranquille même dans sa propre maison.

– Je n'avais pas l'intention de vous effrayer. Maintenant, je vais allumer la lumière.

– Non ! »

Elle alluma quand même et vint s'asseoir à côté de lui sur une chaise confortable. Il essayait de garder les yeux sur elle, mais la lumière lui faisait mal et il plissait les paupières en détournant le regard.

« Jesta ! » cria-t-il. Il attendit avant de crier à nouveau. « Jesta !

– Eh bien, dit-elle, en lui jetant un coup d'œil. Cette nuit, c'est la bonne.

– Pour quoi ? glapit-il d'une voix effrayée en ouvrant de grands yeux.

– La grande première, dit-elle. Ce soir, les barrières tombent. » Elle se régalait de ses mots, pensant à sa virginité, s'imaginant recouverte du fardeau substantiel de l'homme le plus gros de Garden Hills. Il pourrait me faire mal, songea-t-elle, et ses joues s'empourprèrent, ses lèvres gonflèrent. « Ici », dit-elle en se levant et en se rapprochant de lui, humant son odeur de nourriture, de richesse et d'immortalité. Elle tira le rideau et pointa du doigt. « Là ! Les voilà ! » Les voitures étaient pare-chocs contre pare-chocs, un alignement de phares s'étirant de la barrière élevée à la sortie de la grand-route jusqu'au bas de Reclamation Park.

« Jesta ! Nom de Dieu, Jesta ! »

Il ne savait pas pourquoi il était effrayé, mais il l'était. Dolly n'aurait pas dû se trouver là, avec lui, cette nuit d'entre toutes les nuits.

Jester apparut dans l'embrasure de la porte, un miracle dans un ensemble lumineux en soie verte, casque et pantalon, des bottes à hauts talons en cuir verni et une casquette à visière. Son visage était impassible, ses traits parfaitement composés aussi rigides que du marbre noir.

« Où étais-tu ? »

La voix de Fat Man tremblait de colère et de peur.

Jester ne répondit pas, mais entra dans la pièce sur la pointe des pieds, levant fièrement les genoux comme pour une pavane. Il tenait un long boa rouge dans la main droite. Il le traînait derrière lui pour finalement le relever et l'entourer autour du cou de la putain mulâtre. Il la tira dans la pièce et elle souriait, le visage légèrement baissé vers le sol. Elle avait jeté un trench-coat sur ses épaules. Des franges d'herbe emperlées pendaient de l'ourlet du manteau. Fat Man était abasourdi. Son regard allait de Jester à Dolly, de Dolly à Lucy. Le trench-coat s'entrouvrit brièvement et l'éclat d'un bijou jaillit au centre du ventre couleur de miel de la putain.

« Allons, Jesta, dit Fat Man. Attends un peu. Je sais ce que tu vas faire. »

Dolly posa sa main douce et tiède sur ses bajoues tremblotantes. Elle retroussa les lèvres, comme pour un baiser. « Il travaille pour moi maintenant, chéri », dit-elle. Puis, s'adressant à Jester : « Il vaut mieux que tu t'en ailles. »

Jester fit demi-tour et emmena Lucy vers la porte.

« Je ne suis pas habillé ! cria Fat Man. Tu dois m'habiller. Je ne peux pas… »

Jester ne se retourna pas, mais, en passant la porte, il dit : « J'vous avais dit que le jour viendrait ! »

Oui, Jester lui avait dit qu'un jour viendrait où il le quitterait. C'était sa menace préférée, surtout depuis qu'il avait amené la putain à Garden Hills. Fat Man le faisait monter sur la balance et le touchait ; et pendant qu'il le touchait, Jester proférait sa menace.

« Si vous ne me le dites pas, un jour viendra où je m'en irai. »

Jester voulait connaître le secret de la richesse, le secret qui mène en haut d'une colline dans une maison de la taille d'une forteresse.

« Je te l'ai déjà dit, répondait Fat Man. Jack O'Boylan nous l'a donnée.

– Comment ça se fait ? »

Fat Man était si finement à l'écoute de ce petit corps dur et tendu dans ses mains qu'il pouvait sentir la vibration des cordes vocales avant d'entendre les mots, et il pouvait même percevoir les vibrations bien huilées du cœur battant.

« Je ne sais pas, répondait-il. Aucun de nous ne l'a jamais su. »

Mais Jester ne le croyait pas. Il réclamait un secret que Fat Man ne détenait pas.

« Je te donne de l'argent, disait Fat Man. Et je t'en donnerai davantage.

– J'en veux pas, répondait Jester. J'veux pas que vous me donniez quoi que ce soit, parce que vous allez mourir. La graisse va vous avaler, vous noyer. Mais le secret, le *secret* ne va pas mourir. Je veux le secret. »

Et maintenant il était parti, volé par Dolly, qui ne lui avait pas laissé d'autre alternative que de la financer avec le dernier vestige de l'énorme fortune que Jester avait tant convoitée.

« Tu n'aurais pas dû le prendre, dit Fat Man.

– Oh, ne le voyez pas comme ça ! Nous sommes tous ensemble, à présent.

– Je ne veux pas en faire partie.

– Bien sûr que si, dit-elle. À qui est l'argent que nous dépensons ?

– À Jack O'Boylan.

– Ah, nous y revoilà, n'est-ce pas ? Ne pensez-vous pas que maintenant que nous sommes célèbres du New Jersey à Key West grâce au bouche à oreille des touristes, nous pourrions laisser tomber le truc de Jack O'Boylan ? Je parie que vous et moi sommes les seuls à savoir qu'il n'existe pas.

– Qu'il n'existe pas ?

– Qu'il n'existe pas.

– J'étais assis dans cette pièce, là où nous sommes, et j'ai parlé à un de ses hommes, dit Fat Man.

– Mais pas à lui, répliqua Dolly.

– J'ai sa signature sur les titres de propriété.

– N'importe qui peut inscrire un nom, sourit-elle en faisant semblant de chasser quelque chose de son épaule nue, mais son geste devint une caresse quand elle le toucha. Je peux même écrire votre nom. » Soudain, elle sauta sur ses pieds et tira les rideaux. « C'est parti ! » cria-t-elle.

La rangée de phares envahissait Garden Hills. Le bruit des moteurs emballés, des klaxons et le renvoi incessant de l'écho dérivaient vers eux.

« Tu ne devrais pas être en bas ? » demanda-t-il. Pendant qu'il parlait, la musique – des cuivres et des percussions – prit le dessus sur le boucan des automobiles.

« Ils ont pas besoin de moi, répondit-elle. J'ai juste installé le truc et je l'ai lancé. Ça va marcher tout seul. » Elle se rassit. « Je suis allée à New York pour trouver Jack O'Boylan, fit-elle en riant. Maintenant, ça me semble stupide.

– Il paraît que son bureau est là-bas.

– Son bureau n'est pas là-bas et il n'est pas ici non plus. Ni là-bas ni ailleurs. Ça m'a pris un bout de temps pour le comprendre. Mais la vérité, c'est que je suis Jack O'Boylan. »

Elle éclata de rire à nouveau devant sa mine effarée.

« Maintenant, c'est *toi* qui es stupide.

– Et vous êtes Jack O'Boylan. Tout le monde l'est. Jack O'Boylan est une chose qui vit en nous tous, qui mange de la viande crue et boit du sang. Et soit vous l'admettez et vous en profitez, soit vous êtes bouffé par quelqu'un d'autre.

– Pas moi.

– Si, vous aussi. Nous sommes associés, vous et moi, comme tous ceux qui ont été laissés à Garden Hills. »

C'était bien la chose la plus effrayante qu'elle pouvait dire. Il n'éprouvait pas de haine, ni même d'aversion, pour les gens d'en bas, il avait même besoin qu'ils restent là pour le soutenir, mais il ne voulait pas être directement impliqué avec eux. C'était quelque chose qu'il avait hérité de sa mère, de sa Bible et de sa vision de Garden Hills. Vu qu'il n'avait jamais connu sa mère, ça lui était venu d'une façon incompréhensible, peut-être de manière génétique, peut-être que non. Peut-être que cela avait seulement filtré à travers la description, tranquille et dérangée, que son cinglé de père faisait de la détermination de sa mère à suivre son destin. Mais Fat Man n'allait pas jusqu'à partager son désir d'être clouée à un arbre. Il rêvait de s'échapper, il rêvait de membres minces et agiles, éclatants au soleil, d'un cœur qui ne battrait pas sous un monceau de graisse. On lui avait donné les moyens de s'échapper, mais, pour une raison ou pour une autre ces moyens avaient été mal utilisés. Son horizon déclinait. Tout désignait le fond d'un trou.

« Qui a gagné le titre ? demanda-t-il pour faire diversion.

– Le titre ? Quel titre ? »

Sa voix était détachée, rêveuse. Elle ressemblait à un chien tournant en rond autour d'une odeur, reniflant, la bouche humide, de plus en plus humide, les yeux dilatés.

« La Reine du Phosphate de Garden Hills.

– Oh, Wydalia ! dit-elle. Ça n'a jamais fait aucun doute. Wydalia a gagné la cage. » Elle s'était arrêtée au pied de la chaise longue. « Vous savez pourquoi je suis montée ?

– Non, dit-il. Tu veux un verre ? J'ai du scotch, du bourbon, du Drambuie, de la Bénédictine, de la bière…

– Je suis venue pour vous.

– Bon, écoute. Je t'ai donné les quinze mille…

– Vous vous souvenez, quand je suis venue ici avant de partir à New York, je vous avais dit que j'étais vierge ?

– Ça ne m'intéresse pas.

– Eh bien, je le suis toujours. Je suis probablement la seule fille qui soit jamais revenue vierge de New York. »

Elle se baissa et attrapa le bord du peignoir mauve.

« Enlève tes mains de là ! »

Il empoigna l'autre côté du peignoir et le tint fermement contre sa poitrine tremblotante.

« N'en faites pas toute une histoire, dit-elle. Personne ne peut vous entendre. Maintenant, lâchez ça. »

Il se débattit un instant pour cacher sa nudité. Mais lutter en sachant qu'elle finirait de toute façon par avoir le peignoir était humiliant ; il ouvrit donc les mains et lâcha prise. Elle fit ça lentement, tirant le tissu dix centimètres par dix centimètres, jusqu'à ce que, finalement, elle le laisse tomber à ses pieds.

« Dieu, vous êtes vraiment gros ! »

À moitié couché sur la chaise longue, Fat Man était pâle, ridé et plein de fossettes, comme un bébé. Le bourgeon humide de sa bouche formait un petit O par lequel sa respiration sifflait. Dans un réflexe qu'il ne pouvait contrôler, ses genoux se dressèrent et les petits orteils roses de ses pieds gras se mirent à s'agiter. Il avait le nombril aussi profond qu'une tasse à thé. Maintenant qu'il était nu et qu'elle ne pouvait plus lui faire de mal, il avoua :

« Trois cents kilos. » Sa voix était contrite comme celle d'un enfant battu. « J'ai pris dix kilos depuis ton retour.

– On ne l'aurait jamais cru en connaissant votre papa », dit-elle. Elle était maintenant assise à côté de lui sur la chaise longue, son corps ferme de danseuse pressé contre son ventre mou et gonflé. « J'ai vu votre papa tout nu dans Garden Hills plus d'une fois. » Elle touchait ses formes ballonnées d'une main tremblante, la voix pleine d'émerveillement. « On le trouvait en bas dans la rue ou en haut à l'usine, quand je n'étais encore qu'une petite fille. Affamé, les veines saillantes, ses petites fesses maigres comme des œufs durs. Il n'a jamais été aussi beau que ça.

– Pour l'amour de Dieu ! Qu'est-ce que tu fabriques ?

– Je me déshabille. »

Et c'est ce qu'elle faisait. Lentement, délibérément, mettant son chapeau blanc sur une chaise, suspendant soigneusement son corsage, pliant soigneusement sa jupe dans ses plis, ôtant ses bas blancs comme on pèle un fruit, révélant des cuisses d'une belle couleur crème. Son corps était magnifique. Élancé, fort, d'une musculature parfaitement dessinée. Mais il n'allait pas. Magnifique mais non conforme. Il ne collait pas avec ses rêves. Il se gonflait et s'amincissait aux mauvais endroits.

« Baiser, dit-elle d'un ton grave, est une affaire personnelle.

– Oui », convint-il, soudain submergé par le souvenir brûlant d'avoir été empalé sur le champion de cross-country.

Elle était maintenant assise sur une chaise, fumant une cigarette, une lourde cuisse négligemment passée sur l'accoudoir. Elle lui rappelait Adam sur le plafond, attendant, espérant que quelque chose la touche et la ramène à la vie.

« Je pense que c'est le seul moyen qui existe de se faire reconnaître en tant que personne, dit-elle.

– Même pas.

– Mais c'est ce que vous pouvez faire de plus proche.

– Peut-être, dit-il.

– Bon, aussi longtemps que j'ai cru en Jack O'Boylan, je suis restée vierge. C'était pour m'aider à trouver un contrat. Mais je me le suis fait toute seule. Jack O'Boylan a disparu. Je n'y pense même plus. Et maintenant que j'ai obtenu tout le reste, je veux être une personne.

– Mais tu es Dolly, dit Fat Man, voyant où son illogisme était en train de l'entraîner. Tu es une *vraie* personne.

– Non, je ne le suis pas. Personne ne me connaît. On n'est pas une personne tant que quelqu'un ne nous connaît pas.

– Qui t'a raconté ça ? C'est absurde. »

Et tout en étant absurde, cela ressemblait beaucoup à ce qu'il avait lu dans une demi-douzaine de livres de métaphysique.

« Personne ne me l'a dit. Je le sais. C'est pour ça que je suis venue vous offrir… ma virginité, que j'avais gardée pour Jack O'Boylan.

– J'en veux pas.

– Bon, dit-elle. C'est encore mieux ; je préfère que vous ne vouliez rien. Le désir est la chose la plus facile du monde à trouver. Je peux le trouver partout. J'ai grandi avec.

– Donc, n'importe qui fera l'affaire, dit Fat Man. Tu n'as pas besoin de moi. »

Elle se leva de sa chaise, écrasa sa cigarette dans un cendrier et revint s'asseoir à côté de lui. Son flanc nu contre le sien. Sa chair était étonnamment fraîche. Elle étendit ses mains sur son immense ventre rond.

« Vous ne comprenez rien à ce que ça a été pour nous, n'est-ce pas ?

– Nous ? Qui ? Ce que ça a été pour qui ? »

Ses mains l'énervaient ; c'était comme si elles tenaient le centre, le foyer de sa vie.

« Pour nous à Garden Hills. Je regarde vers le sommet depuis que je suis née. Nous avons tous regardé vers le sommet, vers chez vous, votre maison. On savait qu'on ne pourrait jamais vivre là-haut. La rumeur sur Jack O'Boylan disait que c'était impossible. On ne pouvait même pas l'espérer. Et, au sommet de la colline, il y avait vous. Vous n'aviez jamais étouffé dans la mine, jamais été enseveli dans du phosphate humide, jamais eu les poumons bouffés, les os écrasés et brisés dans les machines, vous n'aviez rien fait de tout ça pour arriver en haut de la colline. Vous êtes arrivé là, comme par magie. Pour qui d'autre voudriez-vous que je me couche ? Par qui d'autre voudrais-je être couverte ?

– Je peux pas ! dit-il.

– Pourquoi ?

– J'ai jamais eu d'érection.

– Vous n'en avez jamais eu besoin. Ça ne posera aucun problème. Je connais des trucs qui ficheraient la trique à un cadavre. » Son regard neutre et curieusement détaché glissa à nouveau sur lui. « Bon Dieu, vous êtes vraiment gros !

– Trop gros, haleta-t-il. Je peux pas m'allonger complètement. Souffle trop court. Impossible.

– Aucune importance si vous ne pouvez pas vous allonger. Il y a une centaine de façons de le faire et je les connais toutes.

– Tu disais que tu étais vierge.

– Je les ai apprises en dansant. Je sais tout. »

Son visage virait au rouge. Ses bras s'agitaient de manière erratique. Il se débattait. Elle s'était couchée sur son ventre, son visage près du sien. Sa poitrine, plus petite et plus dure que celle de Fat Man, avec ses tétons fermes et turgescents, s'aplatit contre lui. Quand elle parla, sa voix était un doux murmure apaisant.

« De quoi avez-vous peur ? Pourquoi avez-vous peur ? »

Impossible de lui dire que c'était parce qu'il voulait donner du sens à sa vie. Étant donné les circonstances – son corps frais et nu était pressé contre lui –, ça semblait idiot, même à ses propres oreilles. Il voulait juste encore une fois éprouver quelque chose qui fasse sens, ressentir la rectitude essentielle des choses, connaître, connaître juste encore une fois ce merveilleux instant perdu et violent qu'il avait vécu avec le champion de cross-country sur le plancher de sa chambre. Mais il ne pouvait pas lui raconter ça.

« L'amour, dit-il : une autre confession qu'il avait sur le bout de la langue s'il pouvait seulement trouver les mots pour l'exprimer. L'amour.

– L'amour ? fit-elle en se retirant, les yeux pleins de bonne humeur. Encore une rumeur. Lancée par les mêmes gens que ceux qui ont lancé celle de Jack O'Boylan. Si Jack O'Boylan avait existé, c'est précisément le genre de choses qu'il aurait dites. C'est la haine qui fait tourner le monde. Il est évident que vous n'avez jamais mis les pieds à New York. Tous les bons barmen détestent le whisky. Toutes les bonnes putes détestent baiser. Et je vais vous dire autre chose ! Vous voulez être maigre ? » Il ne put que hocher la tête. « Bien sûr que vous le voulez. Et tout le monde en bas de la colline veut être gros. Avez-vous jamais bien regardé en bas ? Non, évidemment. Vous vous déplacez avec les rideaux de votre voiture tirés. Jetez un œil de temps en temps. Vous ne trouverez pas une livre de gras en bas. Ils crèvent de faim, ils sont rongés par les soucis, bouffés par les hookworms[1]. Ils ont déjà ce que la moitié des richards de ce pays leur ont donné en les affamant. Mais ils ont quand même la volonté de se tuer à la tâche pour obtenir cette graisse dont les autres ne veulent pas. Qu'est-ce qui fait que tout ce truc continue à marcher ? Les corsets, la bouffe diététique ? Qu'est-ce qui maintient tout le monde au mauvais bout de chaque rangée ? C'est pas l'amour. Non, ils ont organisé tout le truc pour que vous éprouviez de la haine, où que vous soyez, sur une colline ou une autre.

– C'est ridicule, dit-il, sans en être sûr, sans être plus sûr de quoi que ce soit.

– Exact. Et ceux qui le savent tiennent le monde par le cul.

– Non. Je n'en crois pas un mot. »

1. Ancylostona caninum. Ver parasite du chien qui s'accroche aux parois intestinales.

11

Jester ne pouvait pas s'en débarrasser. C'était le rêve de son enfance, le rêve d'une centaine de nuits passées à dormir dans l'écurie avec les pur-sang, le rêve de la Montagne de Phosphate, chevauchant la putain qu'il aimait à présent. C'était un rêve de *cheval*, et il ne pouvait pas s'en débarrasser pour la raison évidente (évidente pour lui) qu'il était lui-même le rêve. Il ne pouvait pas avoir de prise sur lui-même, ne pouvait se mesurer qu'en termes de *cheval*. Quand il arrivait à se sortir le cheval de la tête et du cœur, il disparaissait, glissant dans le néant. Il s'examinait souvent dans la glace. Il cherchait son reflet dans la carrosserie terne de la Buick, dans les carreaux noircis des fenêtres, dans le marbre de Géorgie poli de l'énorme cuisine, dans l'eau des toilettes quand il se soulageait. Mais il voyait toujours dans son reflet, aussi terne et aussi distordu qu'il puisse être, l'amour sombre qu'il se portait, l'amour sombre de ce qu'il était. Il était un instrument parfait, mais défectueux. Il le savait. Son cœur était pourri de peur. Mais que pouvait-il y faire ? À moins de désirer s'allonger et mourir, se demandait-il, que peut faire un jockey sans monture ?

Et c'était cette question qui avait causé sa longue et dégradante association avec le cheval du glacier.

Quand Jester était arrivé dans les collines avec le fou, ce matin de début novembre, il avait aperçu le cheval avant même d'être sorti de la voiture. C'était encore une époque de prospérité et l'un des hommes avait acheté ce cheval pour que ses enfants le montent. Il se tenait dans un petit enclos à côté d'une des maisons en bois proprettes au bord de la route en terre qui traversait le centre du village. Le cheval était jeune, gras, il avait le ventre rond et il était inexploité. Il dressait ses oreilles douces et sombres en regardant Jester assis sur le siège à côté du vieil homme puant qui était en train d'expliquer à sa femme morte qu'il serait heureux de balancer son corps nu dans les broyeuses si seulement on voulait bien le laisser faire. Il y avait une selle d'enfant suspendue à un poteau de la barrière, avec une balle en tissu rouge accrochée au pommeau. Jester n'était pas encore guéri de la frayeur causée par le suicide de Roman Lover ; il était encore trempé jusqu'à la moelle par l'eau du baquet sous le cheval à bascule de Touchkiss, et encore tout brûlant et blessé par l'insupportable amour de Lucy : voilà pourquoi, pendant qu'il grimpait la côte à la sortie de Garden Hills, Jester gardait les yeux loin du cheval et rivés au château de pierre. Mais cela ne l'avait pas empêché, cette nuit-là, sanglé dans la selle d'enfant, de rêver du cheval. Et dans les semaines qui avaient suivi, tandis qu'il reniflait à travers la maison crasseuse et luxuriante, farfouillant à la recherche de fric, de chèques perdus ou de clé menant à la fortune du fou, parfois, il avait senti comme une sorte de panique lui envahir le cœur ; il se précipitait alors à la fenêtre et regardait vers le bas de la colline, vers l'enclos où le petit cheval se tenait comme un jouet magnifique et incongru. Et quand il eut mis la main sur les cinq billets crasseux de cent dollars, il avait couru à la fenêtre en lâchant un cri de triomphe, les billets serrés dans son poing fermé ; il avait ouvert la fenêtre, poussé la moustiquaire et agité les billets froissés comme un drapeau en maudissant le cheval avec une indicible joie.

Mais cela ne l'avait pas du tout aidé ; il aimait encore le cheval. Comparé à la bête brutale et renâclante qui paradait sur les vertes collines du haras de Ponce de Leon, c'était un petit animal décharné et pitoyable. Mais c'était tout de même un *cheval*. Il n'arrivait pas à l'oublier. Pas plus que le rêve qui s'était enraciné en lui comme un second cœur. Peu importait ce qu'il faisait, pensait, avec qui il parlait, où il allait, ce sentiment était là, vivant, pulsant doucement.

Et puis l'usine avait fermé. La moitié de Garden Hills avait déménagé dès le jour suivant. Les familles, les unes après les autres, étaient parties dans les semaines qui suivirent. L'électricité fut coupée partout, sauf chez Fat Man. Les provisions pourrissaient dans les frigos. La glace fondait. Il ne restait plus une boisson fraîche dans toute la ville. Au fond de la cuvette, la température montait en été jusqu'à 44 degrés. La selle d'enfant avec sa balle en tissu rouge avait été mise au clou à Beverly, et le joli petit cheval au ventre rond attaché à un chariot pour tirer de la glace. Jester s'en réjouissait et pleurait dans la nuit.

Le cheval perdait son ventre. De grosses touffes de poils de la taille d'une main lui tombaient des flancs. Une plaie à vif était apparue à l'intérieur de sa jambe antérieure. Sa tête s'affaissait, dodelinante et rêvant à la mort.

Pendant longtemps, il avait cru que le cheval allait mourir. Il guettait le moment où il s'écroulerait sur la longue route qui revenait de Beverly. Il entendait le couinement des roues non graissées du chariot à glace et se précipitait sur la véranda pour voir le cheval s'effondrer sur la piste cendreuse qui menait à Garden Hills. Mais cela n'était jamais arrivé jamais. Sa croupe ronde se transformait en pierre. Des os tranchants comme des couteaux tendaient la peau de la pauvre bête comme des poteaux tiennent une toile de tente. Ses jambes avaient attrapé l'éparvins, de gros nœuds se formaient aux jointures. Son cou s'allongeait. Mais il ne tombait pas et ne mourait pas.

Sa survie rendait Jester cinglé. Mais il arrivait assez bien à le cacher, en faisant semblant de ne pas le remarquer.

« Je fais pas attention au cheval, disait-il à Lucy.

– Quel cheval ?

– Celui qui tire le chariot.

– Quel chariot ?

– La glace.

– Tu veux dire que tu ne fais pas attention au cheval qui tire le chariot à glace ?

– Oui, celui-là. Non.

– Ah ! » faisait-elle, en se demandant au fond d'elle-même de quoi ils avaient bien pu parler.

Mais un soir, il n'avait pas remarqué le cheval plus que d'habitude ; il ne l'avait pas remarqué, jusqu'à ce que ce soit le cheval lui-même qui l'attire en bas de la colline. C'était par une nuit de pleine lune. La lune embrasait le nuage jaune au-dessus de Garden Hills d'un orange éclatant, comme si le ciel lui-même était en flammes. Cet après-midi-là, Wes s'était précipité en haut de la colline pour demander à Fat Man si, oui ou non, Dolly allait transformer l'usine en salle de bal. Et quand il était redescendu, il n'avait pas livré la glace et il n'avait pas ôté le harnais du cheval, qui se tenait là où on l'avait laissé, les rênes pendantes, en face de la cabane du glacier. De sa fenêtre chez Fat Man, Jester avait regardé la glace fondre. Elle se diluait doucement sous la toile épaisse et formait une mare, une mare qui se répandait lentement sous le chariot au fil de l'après-midi, sous les quatre roues, sous le cheval, sous les quatre sabots. Et enfin, quand le nuage avait pris feu sous la lune, la mare était devenue noire, tout comme le cheval et le chariot debout dans la mare, du moins c'est ce que Jester voyait depuis sa fenêtre de la maison de Fat Man – on aurait dit que le cheval et le chariot étaient en train de fondre eux aussi, disparaissant dans un cercle noir de plus en plus large. Alors, dans un moment de panique, courant tout en essayant de ne pas courir, Jester avait dévalé la colline vers le cheval.

Il avait cessé de cavaler à deux ou trois mètres, et s'était approché lentement, la main droite tendue comme un somnambule dans son rêve. Il avait touché le cheval. Il frémissait. Le harnais cliquetait. Il avança vers sa tête, jusqu'à ce que ses oreilles arrivent au niveau de la bouche de Jester.

« Tu es le cheval même », avait dit Jester.

« Même » était un des mots préférés du fou. Il l'avait appris de sa femme morte, qui le tenait d'un prophète hébreu mort, qui le tenait lui-même d'un ouragan. Le fou lui avait raconté ça, et Jester avait écouté attentivement, aux aguets comme toujours, cherchant la clé de la richesse du fou. Mais aucun secret ne se cachait là-dedans, aucune richesse.

« Tu n'es pas parfait, cheval », avait dit Jester. Il n'y avait aucune raison d'économiser les mots, de les épargner, ici sous la lune lourde et chaude. « *Moi*, j'étais parfait. Quarante-cinq kilos, fort comme l'acier. Ils m'ont fait un contrat quand j'avais onze ans. *Onze ans* ! J'm'y connais en chevaux. J'en sais long sur toi, et t'es pas parfait. Ton papa était un cheval de trait. Ça se voit à la ligne de ton jarret, au canon de ta jambe. Ta maman est née, a vécu et est morte du granulat de maïs – ni avoine, ni foin, ni bloc de sel –, ça s'voit dans tes sabots, l'allure de ton arrière-train. Je peux remonter ta lignée jusqu'à tes ancêtres galeux et efflanqués. Y a rien d'autre dans ton sang que du sable et du carex. »

Quand il s'était tu, la lune les avalait tous les deux. Il se tenait dans la flaque de son ombre. Quand il bougeait, elle bougeait aussi. Il avait pris la tête du cheval dans ses mains. Le harnais cliquetait à nouveau.

« Alors, *meurs*, cheval. Ne reste pas accroché à ton chariot à glace sans glace. Tombe ! *Meurs* ! Tu n'es pas parfait. »

Jester n'aurait su dire si le cheval ne l'avait pas entendu ou s'il faisait seulement semblant de ne rien entendre. Après avoir gardé un long moment la tête du cheval dans ses bras, rabachant machinalement sa propre tragédie, il avait traversé Garden Hills, gravi la Montagne de Phosphate et s'était assis sur les marches de la cabane de Lucy. Il était resté là toute la nuit en regardant le cheval qui n'avait pas bougé d'un poil. Il était toujours là quand Wes était sorti le lendemain et avait commencé à ôter le harnais. Et il avait vu Dolly sortir derrière Wes, les avait vu bavarder, et, enfin, il avait vu qu'on emmenait le cheval à l'arrière de la maison et qu'on le nourrissait à l'aide d'un seau galvanisé qui prenait une teinte argentée dans la lumière du petit matin. Ensuite, il s'était levé, était entré pour aller s'asseoir à côté du lit de Lucy et avait attendu qu'elle se réveille. Elle était restée étendue un long moment, nue, découverte, couleur miel, sur les draps de satin blanc de Fat Man. Petit à petit, la lumière gagnait la pièce. Les animaux surgissaient des affiches sombres sur le mur. Elle avait ouvert les yeux et l'avait regardé.

« Viens vivre dans la grande maison, avait-il dit.

– Quoi ? »

Elle n'était pas tout à fait réveillée. Elle craignait que ce ne soit qu'un rêve de le trouver lui – son rêve – là, à côté de son lit le matin.

« Viens vivre chez Fat Man. »

Elle s'était dit que ça allait être comme la fois où il l'avait demandée en mariage.

« C'est pas comme quand je t'ai demandé en mariage. On va le faire aussi. Mais cette fois, c'est du sérieux, c'est pour de bon.

– Fat Man veut personne de mon genre sous son toit.

– Fat Man, y compte pas. C'est moi. J'ai menti. J'aurais pu t'emmener là-haut avant. J'voulais pas. Maintenant, j'veux.

– Pourquoi ça ?

– Je sais quelque chose.

– Quoi ? »

Il s'était tordu de façon étrange. C'était un geste horrible et si peu naturel, comme un oiseau qui tenterait de se débarrasser de sa peau ou un serpent qui voudrait s'envoler. Ça lui avait fait beaucoup de peine ; elle s'était redressée dans son lit et l'avait attiré contre elle, le pressant entre les deux seins de sa glorieuse poitrine de Princesse swahili.

« Raconte-moi.

– Peux pas. »

Et il ne pouvait vraiment pas. Il ne pouvait que s'enfoncer plus profondément en elle en secouant la tête. Mais il pouvait tout de même l'emmener en haut de la colline, et il l'avait fait cinq jours plus tard. Il avait aussi acheté le cheval, peu de temps après que Dolly avait donné à Wes le boulot dans le trou. Il n'avait pas pris le cheval chez lui tout de suite. Il le laissait attaché à la clôture barbelée de l'enclos derrière la cabane de Wes, et descendait chaque jour le nourrir et lui parler.

« Parler ? avait demandé Lucy quand il le lui avait dit.

– Bien sûr, parler. »

Il avait commencé à tout raconter à Lucy, tous ses secrets, les actes les plus petits et insignifiants de son corps et de sa carrière raccourcis. Ce n'était pas une chose facile. Il avait toujours pensé qu'on économisait les mots en ne parlant pas. Mais il découvrait que ce n'était pas vrai. La chose la plus difficile au monde était de dire quelque chose à quelqu'un, pour qu'il apprenne à économiser les mots avec sagesse. Et on n'économise pas les mots en ne les prononçant pas. La seule façon de le faire, c'est de s'en servir, avec sagesse.

« De quoi tu lui causes ?

– Difficile à dire », avait-il répondu.

Mais c'était un mensonge. Il savait exactement de quoi il parlait. Mais il faut être un cheval ou un jockey, et de préférence les deux, pour comprendre. Il ne pouvait pas le lui expliquer ; elle n'était que la femme dont il était amoureux.

« Je vais te parler d'une orangeraie. »

Il avait commencé quand il l'avait installée au sommet de la colline : il lui racontait des choses sur sa vie, les gens qu'il avait connus, battus, ou par qui il avait été battu. Il faisait un effort pour lui dire tout ce qu'il avait en lui, pour qu'elle sache qui il était. « Tu sais ce que c'est qu'une orangeraie ? » Il louchait en la regardant pour voir si elle avait bien compris la question. Ils étaient sur son lit. Elle portait un boa rouge autour des épaules. Il adorait la balader avec ça.

« Bien sûr que oui, espèce de jockey ! » Elle jouait avec son boa. « On est pas en Alabama. On est en Floride. Ça fait un moment que je vois des orangeraies.

– Je vais te dire. Juste en dehors d'Ocala, où je suis né, il y a une orangeraie où j'ai travaillé tout de suite après avoir quitté le haras de Ponce de Leon. »

Il lui avait raconté qu'il avait travaillé à Ponce de Leon depuis qu'il était gosse. Il ne lui avait encore rien dit sur Roman Lover, mais il était à deux doigts de lui confier ça aussi. « Cette orangeraie faisait un peu plus de deux hectares et était pleine de petits arbres rabougris bouffés par les mauvaises herbes. Ces arbres donnaient des fruits juteux, gros comme des balles de base-ball. En fait, le propriétaire achetait des oranges grosses comme ma tête en Californie, les faisait venir en avion et les posait au pied de ses arbres rabougris. Les gens qui passaient sur la route se précipitaient pour les acheter. Il était aussi célèbre que le Seigneur. On disait qu'il faisait pousser les fruits les plus savoureux d'Amérique. Il ne se passa pas longtemps avant qu'il y mette des melons, des prunes, des pamplemousses et même du raisin. Tout ça sur ces deux hectares d'arbres rabougris. » Il avait marqué une pause. « Et c'est de ça qu'on cause… le cheval et moi. Tu comprends ? »

Elle avait répondu que, bien sûr, elle comprenait, mais ce n'était pas vrai. Mais comme il le savait, cela n'avait aucune importance. Ça signifiait juste qu'ils devaient continuer à parler. Il la baladait donc avec son boa en lui racontant tout ce qu'il savait.

Le lendemain matin du jour de l'ouverture, ils étaient rentrés à pied à la maison depuis l'usine. Fat Man les attendait devant la porte de la maison. Il s'était débrouillé pour passer tout seul son peignoir mauve. Mais, en dessous, il était nu et son vaste ventre blanc sortait, vu qu'il n'avait pas été capable de le fermer tout seul. Il était très embarrassé de ne pas rester couvert en présence de Lucy.

« Ne vous en faites pas pour Lucy », avait dit Jester. Il lui avait raconté avec force détails la nature du boulot de Lucy au cirque. C'était à l'époque où il se servait d'elle comme d'un levier pour arracher à Fat Man les secrets de sa richesse. Mais c'était avant qu'il tombe amoureux de Lucy et qu'il comprenne que Fat Man n'avait aucun secret. « Lucy se moque que vous soyez nu, elle l'était dans une attraction.

– Eh bien, moi, je l'étais pas, bon Dieu ! avait répondu Fat Man, les lèvres mouchetées de Metrecal.

– Si, vous l'étiez », dit Jester.

Il souriait. C'était comme un masque sur son visage. Il allait devoir s'habituer à sourire de nouveau comme ça.

« Jesta, tu es cruel, avait fait Fat Man. Et dans ton cas, c'est rien de le dire.

– Non, je ne suis pas cruel. Mais je l'ai été. »

Fat Man était très agité. Il ne pouvait rester en place. Ses jambes étaient enflées, ses chevilles rouges et boursouflées au-dessus de ses pantoufles à cent dollars. Il émettait à nouveau des bruits d'océan. Et Jester savait, sans avoir besoin de le demander, qu'il avait dépouillé la maison comme un nuage de sauterelles, mangeant tout ce qu'il voyait, ouvrant frénétiquement les boîtes, arrachant hystériquement les étiquettes. Certaines boîtes portaient des traces de dents. Son visage avait gonflé jusqu'à engloutir ses traits. Il ne pouvait plus changer d'expression.

« Vous avez mangé ? avait demandé Jester, essayant en vain de ne pas le lorgner.

– La seule chose qui m'a sauvé, c'est que j'ai épuisé les réserves. *Tu* ne m'as pas sauvé. Tu n'étais pas là. Tu t'en fous complètement.

– J'étais en train de me sauver.

– Tu n'es pas loyal. Ne lui faites pas confiance, mademoiselle Lucy. Ce n'est pas un homme loyal. »

C'était la première fois qu'il s'adressait directement à elle depuis qu'elle s'était installée dans la maison.

« Vous ne comprenez pas, avait dit Jester. Vous n'avez jamais compris.

– Explique-moi, avait dit Fat Man.

– Explique-lui », avait dit Lucy.

Et Jester lui avait raconté l'histoire de l'orangeraie.

« Putain, mais de quoi tu parles ? avait demandé Fat Man.

– Fallait écouter, avait dit Jester.

– Fallait écouter », avait dit Lucy.

Fat Man avait serré son gros ventre enflé et affamé et se balançait comme une femme enceinte.

« Je le mérite, avait-il gémi en regardant le plafond. Dieu m'est témoin : je le mérite.

– Non, avait dit doucement Jester. Vous ne le méritez pas. Écoutez, je vais essayer de vous raconter le truc encore une fois.

– Écoutez-le », avait dit Lucy, la voix un ton au-dessus de la sienne, comme dans un chœur.

Jester avait vraiment envie de lui parler de Roman Lover. Ça aurait été la méthode la plus simple, la plus courte. Mais il gardait dans son cœur un petit noyau de fierté qu'il ne parvenait pas à écraser. Alors il tournait autour du pot, de la manière la plus compliquée, la plus longue.

« Je suis pas parfait. » C'était sorti dans un puissant soupir. « Je croyais que je l'étais. Dieu merci, je ne le suis pas ! Vous savez, les choses parfaites n'ont pas la moindre chance. Le monde tue tout ce qui est parfait. (Écoutez-le !) Maintenant, considérez les choses imparfaites : ça pousse comme de l'herbe. Ouais, comme de la mauvaise herbe ! Une chose imparfaite fait applaudir les gens, obtient des sourires, des cris, gagne la course haut la main. Mais le monde est monté de travers si vous êtes parfait. Z'êtes libre de vous jeter droit dans un mur de brique. Ça ressemble à un suicide. Toutes les mauvaises herbes s'exclament : "Regardez ça, c'est un suicide !" Je…

– Qu'est-ce que ça veut dire ? pleurait Fat Man, en tirant et griffant son ventre comme s'il ne lui appartenait pas.

– … J'ai presque… » Jester s'était tu et regardait Fat Man. « Et maintenant, vous ! Vous vous croyez un cas spécial, Fat Man ? » Il s'était soudain penché et enfonçait son poing dans le ventre de Fat Man. « Cacheriez-vous dans cet estomac quelque chose dont je ne sais rien ? Écoute, Lucy ! Écoute ! Est-ce que tu entends un truc battre dans ce Fat Man ? » Il s'était calmé d'un coup et s'était éloigné de Fat Man. « Parfait ? Vous vous trouvez parfait, Fat Man ?

– Pour l'amour de Dieu, dis quelque chose de sensé », implorait Fat Man.

Jester, la tête penchée, avait regardé Fat Man un instant.

« Je pourrais vous raconter l'histoire de l'orangeraie une fois de plus. Mais je ne le ferai pas. » Il levait les yeux vers Lucy. « Chuis fatigué. On est tous les deux crevés.

– Il faut que tu t'occupes de la voiture et que tu ailles chercher à manger. Il faut que tu…

– Pour l'instant, il faut que je m'occupe du cheval.

– Reviens ici, avait dit Fat Man.

– Allez vous asseoir quelque part, vous comprenez rien à rien. »

Jester s'était débarrassé du boa et était sorti par la porte de derrière. Il entendait Fat Man parler à Lucy tandis qu'il descendait les marches. Fat Man voulait qu'elle aille chercher un carton de Metrecal, mais Jester savait qu'elle ne pouvait pas conduire la voiture. En souriant il s'étirait en bas des marches. Il commençait tout juste à faire jour.

Le cheval clopinait dans la cour. Il était allé vers lui et lui avait passé le licou sans mors. Pas besoin du mors. L'esprit du cheval était mort ; sa bouche n'était plus qu'un cal. Son haleine puait. Ses jambes scavinées craquaient comme des charnières rouillées, et ses sabots étaient plats et fendillés. Il avait saisi la corde de chanvre et regardait le cheval fixement. Quelle caricature, quelle caricature du rêve !

« Bon, dit-il. Bon. »

Par le truchement du chanvre, il sentait le cheval. Il avait la bouche aussi douce que celle d'une femme et le souffle aussi suave que du miel. Il n'était qu'esprit et jambes, avec des sabots comme le tonnerre. Les gens venaient l'admirer et restaient béats. Il mangeait de l'avoine chaude et du miel. Jester avait grimpé sur une caisse de bois, s'était calé dans l'absence étriers, et s'était assis sur le dos d'acier du cheval à glace. Jester tremblait. Jester respirait tel un soufflet miniature. La foule applaudissait. Et le petit roc de fierté dans son cœur transformait tout son corps en pierre. La foule hurlait et implorait, mais il ne regardait ni à droite ni à gauche ; et quand il était passé devant la fenêtre, il avait entendu Fat Man, l'ancien dieu, implorer Lucy, l'ancienne pute, d'aller lui chercher du Metrecal, pour mincir, pour la normalité, pour l'espoir.

C'était une victoire, mais une victoire amère. Elle caillait dans sa bouche. Il avait percé Fat Man à jour, mais, ce faisant, il s'était lui aussi percé à jour. Le rêve de perfection ne mourait pas facilement. Et il lui semblait, comme il ne cessait de tournoyer autour de la maison en écoutant les cris d'inanition de Fat Man diminuer peu à peu –, il lui semblait que quelque chose frémissait dans sa poitrine. Se pouvait-il qu'il soit encore vivant, encore capable de lutter dans un coin lointain et couvert de toiles d'araignées de son cœur ? Il talonnait furieusement le cheval de ses bottes de jockey aux talons de bois. La peau tendue, tirée sur les os, résonnait comme un tambour.

12

Garden Hills avait toujours eu une lune froide. C'est du moins l'idée que Dolly en avait toujours eue. Étant gosse, elle s'était couchée nue dans sa lumière glaciale. La lune flottait comme un fantôme dans le ciel pâle au-dessus de l'équipe de nuit de Jack O'Boylan, tandis qu'elle restait allongée nue sur son lit en regardant son ombre s'étirer et gagner en mystère. Et aujourd'hui, elle était étendue sur le même lit dans la même chambre et son corps avait gagné en taille et en mystère, plus qu'elle n'aurait jamais osé rêver. Elle écarta les jambes et laissa la lune froide la caresser. Et comme elle la caressait, elle retrouva les vieux rêves de son enfance. Des empires naissaient et mouraient. Des hommes souriaient et mouraient. Elle était une femme dangereuse ; elle était une cantinière angélique sur le champ d'une bataille perdue et insensée.

La lumière de la lune, tamisée par le nuage qui planait au-dessus de Garden Hills, avait la couleur du feu sur son ventre. Mais elle était froide. Gelée jusqu'à la moelle. Elle tremblait de fureur, grinçait des dents et souhaitait ardemment un autre rêve. *Elle était La Vierge Immaculée Dolly, accouchée d'un Noir Jésus venu pour sauver les hommes qui avaient touché Sa Mère en Son Innocence. Les hommes encore dans les limbes prononceraient Son nom, s'agenouilleraient devant Elle, sanctifieraient Son hymen d'acier et mourraient en chantant ses louanges.*

Ah, que c'était bon de blasphémer ! Ça la soulageait dans une faible mesure de son échec avec Fat Man. Son deuxième échec. Et celui-là était encore pire que le premier – le jour où elle était venue chez lui, cherchant un endroit et une excuse pour dévoiler sa nudité. Au moins, le premier échec avait été clair et net. Elle lui avait montré la courbe de ses seins magnifiques, il avait hurlé après son nain et elle était partie pour héler le bus de New York. Maintenant, elle possédait le nain, elle l'avait acheté à Fat Man avec le propre argent de Fat Man. Il n'avait plus personne à réclamer à cor et à cris, désormais. Elle le tenait en main, seul et nu dans sa maison au sommet de la colline. Des larmes s'accumulèrent dans ses yeux et se mirent à couler le long de ses joues glacées. Elle était montée là-haut pleine de confiance. C'était supposé être une fusion mémorable, toutes les fêtes d'anniversaire qu'elle n'avait jamais eues réunies en une seule. Au lieu de ça, ce fut long et fastidieux, sans amour ni éclat de rire. Et elle était toujours vierge ! « La Vierge Dolly », dit-elle à voix haute dans la pièce. Les mots lui frappèrent le cœur comme des pierres.

Elle se leva et alla à la fenêtre. Sa chevelure s'embrasa de lumière. Elle leva les bras, attrapa les deux côtés de la fenêtre et se tint là, immobile dans la clarté de la lune. C'était exactement dans cette position qu'elle s'était tenue chez Fat Man. Il était assis derrière elle, sur la chaise longue, haletant d'angoisse et de surchauffe, comme un petit animal. Ils étaient tous les deux nus. Elle regardait vers l'usine qui enflammait l'horizon et la file ininterrompue de voitures qui se déversaient de la grand-route.

« Qu'est-ce que tu as manigancé là-haut ? avait-il dit.

– Vous auriez dû aller voir. Je vous l'ai demandé et vous ne l'avez pas fait.

– C'est moi qui paye. J'ai le droit de savoir ce qui se passe là-haut.

– C'est un rêve. Un rêve qui devient réalité. »

Depuis sa chambre, elle levait maintenant les yeux vers l'usine morte, éteinte et déserte au terme de la première soirée de l'opération. Les touristes étaient partis. Stupéfaits, ils étaient rentrés dans leurs voitures et s'étaient précipités sauvagement sur l'étroite piste de terre, en direction de la grand-route, en hurlant hystériquement qu'ils allaient revenir pour en voir davantage. L'argent, les montagnes de fric étaient enfermés en haut de la colline dans un coffre en acier qu'elle avait acheté à cet effet. Elle avait été la dernière à partir, souhaitant bonne nuit aux hommes de Garden Hills, à son père, et enfin à Jester tandis qu'il emmenait Lucy en la tirant par le boa rouge serré autour de son cou.

« On va gagner un paquet d'argent, avait-elle lancé, en lui tournant toujours le dos.

– Les rêves ne rapportent pas d'argent, avait répondu Fat Man. Ils ne rapportent que des ennuis. Comment as-tu fait venir tous ces gens ? Qu'est-ce que tu as mis là-haut ?

– Quelque chose pour chacun d'entre nous.

– Pas pour moi. Je te l'ai dit, je peux même pas arriver à bander. Je suis trop lourd.

– Si. Même pour vous.

– Tu as déjà tout. Tu as pris jusqu'à mon dernier sou. Tu as l'usine, tu as Jester… tu as tout.

– Non, avait-elle dit en se retournant. Pas tout. »

Tout. C'était là, elle le comprenait maintenant, l'origine de son problème depuis le début. Aussi loin qu'elle puisse se souvenir, elle avait tout voulu. Bien sûr, ç'avait été un fantasme pur et simple, puisqu'elle savait qu'elle ne pouvait pas l'obtenir, qu'elle voyait clairement que c'était impossible. Le fait qu'une chose soit inatteignable la rendait désirable. Il lui avait semblé que, du fond du trou, il était aussi facile de tout désirer que de ne rien désirer du tout. Elle avait passé son enfance au centre, dans le vortex absolu d'un tourbillon de pouvoir. C'était le pouvoir de changer la face de la terre, de faire pousser les montagnes comme des légumes, de faire onduler le sol comme l'océan. C'était le pouvoir de changer des hommes vivants en phosphate, et celui de changer le phosphate en êtres vivants. Elle n'en avait jamais douté. Étant gosse, elle n'avait pu échapper au vacarme des machines de Jack O'Boylan : les machines à broyer, l'horizon entier projeté dans les cieux, si bien que du sable se mettait à pleuvoir.

Mais elle, personnellement, n'avait pas été défavorisée. Il était vrai, par exemple, qu'elle avait eu un cheval avec une selle ornée d'un pompon rouge accroché au pommeau. Mais que représentaient un cheval et un pompon rouge précisément à côté de la capacité de déplacer les montagnes ? Rien, voilà ce que c'était, moins que rien. Donc, en tant que gamine, une gamine faible et inefficace, elle avait poursuivi ses fantasmes inoffensifs, inoffensifs parce qu'impossible. Et puis, un beau jour, un type lui avait touché la jambe et lui avait donné un sou, et, soudain, ce n'était plus impossible, plus du tout inoffensif. Ce sou avait fait pousser des dents au fantasme. Elle ne se souvenait plus du premier type ni de l'âge qu'elle avait. Elle savait juste que c'était un foreur, comme Wes (était-ce Wes ?), qu'il se tenait masqué et immobile dans son phosphate séché, et qu'elle devait avoir onze ans, parce que c'était l'année de ses premières règles, que ses culottes étaient poisseuses de ce désordre inhabituel, qu'elle avait chevauché son petit cheval jusqu'au magasin de la société pour acheter un paquet de Tampax, qu'il l'avait aidée à descendre de la selle en la tripotant et qu'il lui avait donné un sou en secret si bien que les autres hommes, dont son père, n'avaient rien pu voir, de là où ils étaient assis sous la véranda du magasin.

Ce sou était un mystère. Il lui avait brûlé les doigts sitôt qu'elle l'avait touché. Il avait pesé comme une brique dans sa poche. Elle avait mené son petit cheval au trot jusqu'à la maison, l'avait laissé, tout sellé, dans son enclos de barbelés, avait emporté le sou dans sa chambre et l'avait posé au milieu de son lit pour l'examiner en secret. Tout argent avait un secret – un mystère –, elle le savait. Elle était née en connaissant le pouvoir de l'argent. Cela flottait dans l'air de Garden Hills. Personne ne parlait d'autre chose.

« Combien de fric penses-tu qu'*Il* a ? » demandaient-ils. À Garden Hills, Jack O'Boylan était souvent désigné par ce *Il*, avec une majuscule et prononcé en italique.

« *Il* a plus d'argent qu'*Il* ne le croit. Plus qu'*Il* peut en compter. »

Elle était donc assise là, à onze ans, dans son premier cycle menstruel, et elle laissait glisser son regard de la petite pièce au milieu de son lit à l'étincelante usine de Jack O'Boylan qui rugissait à l'horizon. Elle savait que la pièce de monnaie et l'usine étaient les deux extrémités d'une seule et même ligne. Mais comment changer ce sou en *Son* inimaginable richesse ? Il devait exister quelque part une clé qui n'attendait qu'à être tournée, une porte qui n'attendait qu'à être ouverte, un secret qui n'attendait qu'à être confié. Son visage rougissait d'une fierté impatiente. Elle tremblait. Elle regardait son corps mince et blond. D'une manière ou d'une autre, il contenait un élément du mystère qu'elle essayait de percer. Un mystère plus profond.

Deux jours plus tard, un type lui avait donné un quart de dollar. Ensuite, le prix avait grimpé jusqu'à un demi-dollar, à mesure qu'elle fleurissait et s'épanouissait. Elle avait été présentée comme la plus jeune des Reines du Phosphate. Elle pouvait sentir l'effet qu'elle faisait sur les hommes, entendre leur cœur s'accélerer. Et, la nuit, étendue sous la lune froide, elle contemplait son corps avec une circonspection inquiète.

À la récréation, dans la cour de l'école de la Compagnie, elle s'était faufilée vers Fat Man qui n'était encore qu'un gamin, mais un énorme gamin.

« Moi aussi », avait-elle chuchoté.

Il l'avait regardée de derrière la tarte à la crème de coco qu'il était en train de manger.

« Moi aussi quoi ? »

Elle n'en savait rien. Elle ne pouvait pas le lui dire. C'était quelque chose qu'elle ressentait : ils étaient tous les deux concernés par l'argent. Il restait planté à la regarder, les paupières lourdes, les yeux éteints par l'excès de récréation qui était pour lui synonyme de gavage de tarte, quatre à la crème de coco et une aux pommes.

« L'argent », avait-elle fini par lâcher, ce qui n'était pas du tout ce qu'elle voulait dire, mais ce qu'elle pouvait faire de mieux. Il avait sorti un dollar de sa poche et le lui avait donné. Elle attendait qu'il la touche. Mais il ne l'avait pas fait ; il s'était contenté d'une autre crème de coco.

« Vous avez droit à deux câlins, lui avait-elle dit, comme il était étendu nu, en face d'elle, sur le divan.

– Ce serait un viol.

– Vous ne m'écoutez pas. Vous avez droit à deux câlins.

– Non. Pas de câlin. Je ne veux pas te toucher. Il n'y a pas de raison, je suis trop gros.

– Vous les avez payés à la récré dans la cour de l'école.

– Je m'en souviens pas.

– Cinquante cents pièce. Vous m'avez donné un dollar. Ça fait deux câlins.

– Non.

– Sûr. Vous mangiez une tarte à la crème de coco.

– J'étais toujours en train de manger des tartes à la crème de coco. »

Oui : c'était avant qu'il ne se mette au régime. Et il était superbe. Tout en lui était différent. Son père était possédé et pouvait jaillir comme par magie au milieu de la grand-rue, nu, cherchant un endroit où mourir. Il vivait dans un château du genre de celui de *Jack et le Haricot magique* – un empilement de marbre de Géorgie soutenu par des piliers, poussé comme un inselberg au milieu d'une plaine de phosphate. Mais il était surtout différent parce qu'il était gros. C'était l'enfant merveille, un modèle et un rêve pour tous les parents. Il était un idéal pour chaque enfant.

« Mange tes fayots, disaient les mères. Tu ne veux donc pas grandir comme Mayhugh Aaron ? »

« Tu ne prendras jamais Mayhugh Aaron en train de gâcher de la nourriture… »

« Tu veux rester dans un trou toute ta vie ? Mange donc… Mange. »

Les enfants eux-mêmes savaient qu'il était spécial. Il ne jouait jamais. Où qu'il soit, il avait l'air d'y être de toute éternité. À Reclamation Park, il semblait plus pérenne que les arbres. Il vivait au cœur d'un mythe. Ils auraient plus volontiers taquiné un buisson ou un oiseau que Mayhugh Aaron.

Un jour, un conducteur d'excavatrice mourut de ses blessures et Jack O'Boylan fit venir un remplaçant. Le nouveau conducteur avait un gamin de dix ans, un gosse aux dents proéminentes et qui louchait d'un œil. Le premier jour, à l'école de la Compagnie pendant la récréation, le nouveau jeta un œil sur Mayhugh et commença à chanter d'une voix de fausset : « Bouboule, bouboule, rond comme une bassine, tu passes pas la porte de la cuisine ! » Les autres enfants qui jouaient dans la cour cendrée s'étaient figés sur place, horrifiés. Mayhugh Aaron, s'avançant pesamment vers son banc habituel, prêt à avaler sa deuxième tarte, n'avait pas tourné la tête, pas plus qu'il n'avait modifié son allure. Mais l'air lui-même semblait s'être figé et craquelé autour des paroles moqueuses de la chanson. Puis, sans un mot, tous les gosses s'étaient regroupés d'un bloc et étaient tombés sur le nouveau. Cela avait été une raclée à la fois sauvage et tranquille. Personne n'avait crié, pas même le nouveau, tant l'attaque avait été soudaine et complète sa stupéfaction.

Arrivé à son banc, Mayhugh s'était assis et avait regardé la bagarre en finissant sa tarte à la crème de coco. L'instituteur de la Compagnie avait fini par sortir du bâtiment de l'école, affolé. C'était un jeune homme grand et maigre qui portait des vêtements noirs trop larges et qui sifflait en respirant en sifflant en raison de ses poumons défectueux. Il n'aimait pas sortir et ne s'y résolvait qu'en cas d'urgence. Les tourbillons de phosphate le faisaient s'étouffer. Le temps de dégager la victime de dessous de la pile, il était rouge comme un gratte-cul et tout haletant.

« Sales gosses ! avait-il crié, proche de l'hystérie en voyant dans quel état ils avaient mis le nouveau. Faire une chose pareille à l'un de vos copains ! » Les gamins s'étaient mis à bouder en baissant la tête et en détournant le regard. Le nouveau se relevait en gémissant. Il avait le nez en compote, l'œil droit gonflé et d'un beau pourpre. Il était complètement abasourdi. Quel genre de gamins étaient-ils donc pour ne pas harceler un enfant obèse ? « Regardez-le ! » criait l'instituteur. Il pointait le doigt sur le banc où Mayhugh Aaron attaquait déjà sa tarte aux pommes, les mâchoires calées, en plein boulot, sans un sourire, concentré sur le gâteau qu'il tenait des deux mains. « Vous ne verrez jamais Mayhugh Aaron taper sur un nouveau ! » Tous les enfants levaient maintenant la tête vers Mayhugh, leur roi actuel et futur. « Pourquoi ne pouvez-vous pas être comme lui ? *Pourquoi* ? »

« Ils vous ont toujours mis sur un piédestal », avait dit Dolly. Ils étaient tous les deux dans la cuisine, toujours nus. « Maintenant, asseyez-vous là !

– Je ne veux pas. Non.

– Sur la table.

– Je peux pas, je suis trop lourd. Elle va s'effondrer.

– Pas cette table. »

C'était celle sur laquelle il prenait ses repas. C'était aussi celle dont il s'était servi le soir où elle était partie pour New York. Il n'utilisait jamais la salle à manger, mais mangeait dans la cuisine, pour être plus près du fourneau. La table était en acajou massif et pouvait supporter des poids fabuleux.

« Vous avez toujours été mis sur un piédestal. Vous auriez dû deviner que ça allait vous arriver. Maintenant, grimpez sur la table ! Je vous l'ai déjà dit : je pourrais faire bander un mort.

– Sur la table de la cuisine, pour l'amour de Dieu ? »

Mais elle était déjà derrière lui, grondant, menaçant, piquant et pinçant, si bien qu'il s'était penché en avant et avait posé sur la table son ventre et son torse formidable et là, pendant qu'elle le poussait et lui soulevait les jambes, il était parvenu à rouler sur le dos, les jambes à moitié pendantes. Accroupie au bord de la table, elle lui agrippait les genoux et, dans un effort soudain, était parvenu à les écarter.

« Mon souffle, disait-il. Je… Je… » L'air sifflait dans sa gorge. Il était secoué de gros sanglots secs. Elle ne pouvait pas voir par-dessus son ventre. C'était comme un bruit lui parvenant de l'autre côté d'un mur. « Pas d'érection, avait-il fini par dire. Folie… Échec ! »

Mais elle n'avait aucune raison de penser que son corps puisse la trahir. Elle n'avait jamais connu d'échec. Ne s'était-elle pas tenue, nue, à la fenêtre en regardant les pièces de cinquante cents voler silencieusement dans la chambre pour atterrir sur son lit dans un doux flop ? Ensuite, ne s'était-elle pas approchée, nue, de la fenêtre, en regardant bras et mains se tendre au-dessus du rebord pour récolter leur caresse ? Elle s'était tenue à califourchon sur toutes les mains qui avaient construit Garden Hills, qui avaient creusé les lacs sans poissons et empilé les collines blanches. Mais elle n'avait jamais eu assez de demi-dollars. Elle les dépensait plus vite qu'elle ne les gagnait.

Mais c'était du passé. Pas de danger qu'elle puisse les dépenser plus vite qu'elle ne les récoltait. Elle avait ramassé un incroyable paquet d'argent ce soir. Elle ne savait pas exactement combien. Ça faisait plus que trois mille dollars, elle en était sûre ; c'était ce qu'elle avait compté après le départ de tout le monde. Elle avait fini par cesser de compter pour simplement le soupeser, le sentir et fourrer son visage dedans. Elle se détourna de la fenêtre, ce souvenir était si brûlant qu'elle ne pouvait supporter de rester tranquille, et elle se mit à faire les cent pas dans la chambre. Il commençait à faire jour. Elle était restée debout toute la nuit, mais elle n'arrivait pas à dormir. Elle enfila une jupe, un corsage et une paire de chaussures à talons plats et sortit sur la route. La lune disparaissait à l'horizon comme une ampoule qu'on éteint. Les rayons orangés du soleil avaient atteint le sommet des cheminées. Elle regarda vers chez Fat Man et, elle vit Jester tourner lentement le coin de la maison, monté sur le cheval de Wes qui avait été le sien, il y a bien longtemps. Elle se tenait au milieu de la route, juste en face de chez elle. Sur sa droite, il y avait l'endroit où se dressait naguère l'enclos de fil de fer barbelé. Les fils avaient disparu, tout comme les poteaux, à part deux, pourris et de travers. Bon, les choses changeaient. C'était sûr. Elle pourrait s'acheter une dizaine de chevaux si elle en avait envie. Mais elle n'en avait pas envie. Sur la colline, Jester refaisait le tour de la maison. Elle prit lentement la direction de l'usine. Elle voulait encore regarder l'argent. Puis elle s'arrêta. Quelqu'un était-il en train de hurler ? Était-ce *lui* qui hurlait ? Ou qui suppliait ? Elle tendit l'oreille. Rien. Elle se remit à marcher. Le bruit flottait toujours dans l'air calme. Une lamentation. Fat Man se lamentant. *Les choses changent. C'est sûr.*

« Tu peux pas me faire ça, avait-il crié quand il avait compris ses intentions.

– La ferme ! avait-elle crié.

– Tu vas m'étouffer ! » sanglotait-il.

Elle l'avait ramené dans le bureau. La table de la cuisine n'avait pas marché. Il était à plat sur le dos. Elle s'était mise à lui empiler dessus des livres et des magazines. Il luttait contre elle, pour se relever, pour se débarrasser des livres. Mais pas moyen.

« Je... » Il lui fallait parler vite entre les hoquets. « J'ai... grimpé sur la table comme tu... me l'as demandé et ça n'a pas marché donc... pour l'amourde-Dieulaissemoitranquille !

– Ça va marcher. Ça doit marcher. »

Fat Man lui avait répondu quelque chose, mais un soudain rugissement de voix provenant de l'usine – un peu comme une équipe de football applaudie par tout un stade – le rendait inaudible. Elle avait fini d'empiler les bouquins jusqu'à ce qu'il disparaisse complètement. Il n'était plus qu'un tas puant de livres, de revues et de magazines. On ne voyait plus que ses coutures en lambeaux, tout effilochées, ses reliures à moitié décousues avec de la colle pourrissante. Ensuite, elle avait retiré un livre par-ci, un magazine par-là, découvrant certaines parties nues et tremblotantes. Elle l'embrassait. Le caressait. Sa langue glissait aussi délicate, aussi vive que l'aile d'un colibri. Il grognait.

« C'est pas facile d'apprendre ça – de tout savoir sur ce sujet, tout en restant vierge, avait-elle dit en s'essuyant la bouche. C'est vraiment dur. »

Une autre acclamation avait jailli de la foule des touristes dans l'usine.

Elle marchait le long de la route vers l'usine en cherchant un caillou à shooter. Mais il n'y avait plus de cailloux à Garden Hills. Tout avait été écrasé. Raffiné jusqu'à l'inexistence. Réduit en poussière. Le prix du phosphate. Elle était si fatiguée qu'elle avait mal, mais elle savait qu'il valait mieux continuer, vu qu'elle serait incapable de dormir. Ce fut une longue marche tranquille. Très tranquille. Le soleil était maintenant haut à l'horizon, mais les femmes et les enfants de Garden Hills se déplaçaient sur la pointe des pieds dans les baraques car les hommes et les filles plus âgées dormaient. Pas du tout comme d'habitude. À partir de maintenant, les jours allaient être aussi calmes que la mort. Calme comme la mort, pensa-t-elle. La formule lui plaisait. C'était son œuvre. Tout Garden Hills marchait à sa cadence maintenant. Et tout le monde devrait garder le pas ou dégager. Fat Man, y compris.

Le soleil était haut, mais l'intérieur de l'usine restait sombre. Elle n'avait pas besoin de lumière. Elle en avait conçu chaque centimètre, l'avait organisé, mis au point, et elle en avait surveillé la construction. Elle se déplaçait dans l'allée obscure entre les tables, les chaises, les objets exposés et les cages. Le coffre en acier trônait tout au fond, dans ce qui avait été un bureau de contremaître. Elle en sortit l'argent, l'étala sur la table et le caressa moins qu'elle ne le compta.

Elle n'avait pourtant pas échoué ; ça y ressemblait seulement. Elle avait fait tout ce qu'elle avait pu avec Fat Man sans être capable de le faire bander. Elle était toujours vierge ; c'était la chose la plus amère qu'elle ait jamais connue. Elle était allée vers lui avec confiance, avec foi ; et cette confiance, cette foi avaient été trahies. Mais la partie n'était pas terminée.

« Là, avait-il sangloté. Tu es satisfaite maintenant ? Tu as fini ?

– Non, avait-elle répondu. Pas encore. »

Il était à nouveau sur la chaise longue. Elle se tenait à nouveau à la fenêtre. Il était plus de minuit. L'usine retentissait d'un rugissement continu de voix et de musique. Ses efforts l'avaient laissée toute rouge et trempée de sueur. Arc-bouté sur la chaise longue, il avait un mal fou à reprendre son souffle.

« Tu peux plus rien faire d'autre, avait-il dit finalement.

– Il y a toujours quelque chose d'autre à faire. J'ai appris ça à New York.

– Laisse-moi tranquille.

– Aucune chance. Il n'y en a jamais eu. Vous auriez dû vous y attendre.

– Tu m'as eu… dans toutes les positions possibles et imaginables. »

Et c'était vrai. Sur et sous la table de la cuisine, dans la baignoire et dans le lit ; elle l'avait couvert de livres et de magazines ; elle lui avait versé du Metrecal sur le corps avant de le lécher. Rien n'avait marché. Elle était dans une fureur froide.

« Je trouverai bien quelque chose.

– Tu n'as pas le droit. Tu… agis comme si c'était ma faute. Je n'ai rien fait. »

À contrecœur, elle avait réintégré ses fringues, en s'arrêtant à la jupe, nue jusqu'à la ceinture.

« Vous avez toujours été au sommet. Et toute ma vie, j'ai regardé vers le sommet, et vous étiez toujours là où je regardais.

– C'est pas ma faute.

– Vous vous imaginez pas ce que ça représente de savoir tout ce que je sais et d'être encore vierge. Vous savez ce que ça veut dire ? D'avoir à sortir et d'apprendre ce que je vous ai montré cette nuit, d'apprendre tout ça en restant vierge ! Vous croyez quoi, que je suis une bon Dieu de pute ?

– Non. Tu ne pourras jamais être une pute.

– Vous rigolez ! Je pourrais être n'importe quoi. Être une pute est la chose la plus facile au monde, foutrement plus facile que bien des choses qui m'ont été donné de voir. Le fait est que je suis vierge. Et vous en savez quelque chose ? Hein ? »

Elle lui faisait directement face et elle criait presque.

« Va-t'en ! hurlait-il, terrifié. Vaaa-t'en !

– Vous êtes vierge, vous aussi ! Vous êtes…

– Non, je ne le suis pas, parvint-il à souffler, histoire de défendre son champion.

– Vous êtes resté en haut de cette colline toute votre bon Dieu de vie. Comment osez-vous, espèce de gros fils de pute ? »

Il était abasourdi, consterné qu'elle puisse l'injurier comme ça après tout ce qu'elle lui avait infligé cette nuit, après les caresses et les baisers, après toutes ces exhortations à l'amour.

« Vous êtes vierge. Vous n'avez jamais été enfermé dans une cage. Vous n'avez pas eu besoin d'aller à New York. Vous n'avez pas bouffé du phosphate trois fois par jour. Vous vous êtes jamais foutu à poil en pleine rue en espérant attirer la foule. » Elle reculait, essoufflée, épuisée. « Mais je vais vous dire quelque chose. » Sa voix était à nouveau calme. « Je vais te piquer ta cerise, Fat Man. Et je vais la presser pour en tirer tout son jus. Si je dois vivre dans un trou, alors personne ne peut vivre sur une colline. Pas vous ni personne ! »

Assise dans le bureau sombre du contremaître de Jack O'Boylan, Dolly Furgeson comptait méthodiquement l'argent. Elle avait perdu le compte. Les billets – de un, cinq, dix – défilaient entre ses mains comme autant de chiffons sales. Les piles de pièces de monnaie étaient éparpillées à travers le bureau. Elle essayait de faire naître en elle une forme d'allégresse, une forme d'amour de l'argent, mais elle n'y arrivait pas. Ce n'était pas du tout ce qu'elle avait espéré. Dieu, si c'était une victoire, elle se demandait à quoi aurait pu ressembler une défaite ! Mais elle n'était pas encore finie. Non, Dieu les maudisse ! elle n'était pas encore finie. *Elle était La Vierge Immaculée Dolly, accouchée d'un noir Jésus venu pour sauver les hommes qui avaient touché Sa Mère en Son Innocence. Les hommes encore dans les limbes prononceraient Son nom, s'agenouilleraient devant Elle, sanctifieraient Son hymen d'acier et mourraient en chantant ses louanges.*

13

Fat Man était devenu prisonnier de sa propre maison au sommet de la colline. Il pesait maintenant plus de trois cents kilos – trois cent cinq, pour être exact – et cela augmentait chaque jour. Il devait se peser tout seul. Jester ne lisait plus le chiffre de la balance sous lui. Et c'était humiliant de se servir de miroirs pour voir ce qui se passait sous son ventre. Jester ne l'aidait plus à faire quoi que ce soit. Il vivait avec Lucy dans la maison, mais ils appartenaient maintenant à Dolly. Ils étaient à son service. Et, à part pour quelques tâches mineures – Lucy battait quelquefois pour lui deux ou trois douzaines d'œufs quand il arrêtait son régime –, ils se comportaient comme s'il n'existait pas. Et il n'y avait vraiment rien à faire contre ça.

Il ne pouvait pas conduire sa voiture, il en était incapable depuis longtemps. Il ne pouvait plus entrer ou sortir de sa baignoire, mais, au prix d'efforts considérables, il arrivait à glisser un gant de toilette sous ses énormes aisselles imberbes et ses invisibles génitoires. Il ne parvenait pas à s'habiller complètement (quelques zips demeuraient hors de sa portée). Mais il pouvait du moins couvrir sa nudité, à condition d'y passer deux heures et demie, et de s'arrêter de temps en temps pour se reposer et reprendre son souffle. Mais bien sûr, même en se reposant, il était épuisé et trempé de sueur au bout de l'opération. Il détestait se réveiller le matin. Sortir du lit était une véritable agonie. Traîner dans la maison, solitaire et à moitié nu, le menait au bord de l'effondrement nerveux. Sa vie n'était plus qu'une suite d'outrages.

« Je peux pas continuer à vivre comme ça, dit-il.

– Vous voulez que Lucy et moi retournions dans son bungalow ? demanda Jester.

– Jesta, tu sais bien que ce n'est pas ce que je veux. Vous n'aurez plus jamais à déménager, ni l'un ni l'autre. Je veux juste que les choses reviennent comme avant.

– C'est impossible.

– Mais pourquoi pas ?

– Miss Dolly nous a rachetés.

– Je t'ai donné tout ce que tu voulais, et c'est comme ça que tu me remercies. Tu m'as trahi.

– Tout ce que je voulais ? Regardez depuis quand vous êtes sur cette colline ! Non, tout est fini. Je dois être à ma place quelque part. Je peux pas rester ici et manger comme vous. Il n'y a que vous qui pouvez. Un jockey ne peut pas bouffer comme un porc.

– Pas besoin d'être cruel ! Je t'ai acheté des choses, donné de l'argent.

– Un puits a toujours un fond. Le vôtre aussi. Vous disiez que vous aviez un secret. Vous agissiez comme si vous en aviez un. Vous n'avez pas voulu me le révéler. Mais, Fat Man, je ne vous hais plus. La plupart du temps, je ne vous vois même plus. »

Jester retourna dans sa chambre. C'était l'heure du Lone Ranger à la télé.

Dolly venait le voir tous les soirs, vêtue de sa tenue blanche, juste au coucher du soleil, à peu près une heure avant que les premières voitures ne descendent dans Garden Hills depuis l'autoroute à quatre voies. Ses visites étaient humiliantes parce qu'il n'était jamais correctement habillé pour la recevoir. La graisse qui enveloppait son corps puait la sueur et son incapacité à négocier la descente dans sa baignoire. Elle ne le touchait plus jamais ni ne le menaçait d'ôter ses vêtements, mais il sentait son regard sur ses épaules et ses jambes nues. Et assez bizarrement, la conversation était plus ou moins identique chaque soir. Une sorte de rituel, de litanie.

« T'es une fille de pute, disait-il.

– Seigneur, c'est aussi mon avis ! souriait-elle en ajustant sa jupe plissée.

– Tu m'as complètement ruiné. Tout ce que j'avais.

– Il n'y avait pas d'autre moyen, Mayhugh.

– Tu l'as fait exprès. Tu me hais. »

Une pause. Une attente étudiée.

« Non, je ne vous haïssais pas, continuait-elle à sourire. Mais je crois que oui, maintenant.

– S'il y avait la moindre raison ! disait-il, regardant loin derrière elle vers l'usine où les lumières s'allumaient déjà et où les guitares et la batterie se préparaient. Tu n'as pas la moindre raison.

– Je suis restée à New York aussi longtemps que je pouvais en tant que vierge. » Son sourire était manifestement un masque. Ses mâchoires avaient l'air d'essayer de trancher quelque chose en deux. « Et puis je suis rentrée à la maison. Je vous l'ai apportée à domicile.

– Mais je n'en veux pas. »

Sa voix se muait en gémissement.

« Alors vous n'auriez pas dû vivre sur une colline. Vous affichiez votre graisse sous de faux prétextes. Vous êtes assez vieux, assez grand et assez intelligent

– merde, vous êtes allé à l'université ! – pour descendre de la colline si c'est pas votre place.

– As-tu dit à Wes que je voulais le voir ? »

Le gémissement n'était plus feint maintenant. Il suppliait.

« Oui.

– Qu'est-ce qu'il a dit ?

– Aussitôt qu'il le pourrait.

– Mais, bon Dieu, ça fait plus d'une semaine !

– Je pense qu'il a juste pas le temps.

– Qu'est-ce que tu leur as fait à tous ? Jesta et Lucy passent leur temps à dormir. Je n'ai jamais personne à qui parler. La maison est en désordre, le ménage n'est pas fait. Jesta me menace de ne plus aller chercher le Metrecal. Qu'est-ce que tu manigances ?

– Il faut que vous alliez voir. Je vous l'ai dit.

– Et je t'ai dit, jamais de la vie. Voilà quand je vais venir, jamais.

– On vous a gardé une place.

– Tu sais, tu vas finir par t'attirer un tas d'ennuis, tout un tas d'ennuis. L'usine ne t'appartient pas. Elle est à Jack O'Boylan. Et il va revenir un jour. »

Le masque se transforma en un vrai sourire.

« Ben voyons ! Certains disent même qu'il est déjà revenu. » Elle se leva et s'étira, en regardant par la fenêtre et en tapotant distraitement son ventre. Elle ne partait jamais sans mentionner les livres. « Vous lisez toujours ?

– Je ne veux pas parler de ça.

– Mais je vois que oui. Tenez, regardez-moi tous ces livres retirés des rayonnages.

– Il n'y a rien d'autre à faire la nuit, espèce de fille de pute, s'échauffa-t-il. Je peux pas dormir avec l'enfer que tu as allumé dans l'usine.

– C'est juste que je hais les livres. Pas vous ?» Et sans attendre sa réponse : « J'ai connu un type une fois qui lisait tout le temps. Je l'ai jamais vu sans un livre à la main. Mais c'était toujours le même. Toujours le même livre, et il le lisait semaine après semaine, mois après mois. J'ai fini par lui demander : « Comment ça se fait que ça te prenne tant de temps ?» Et il a répondu : « Je me retiens, je lis de plus en plus lentement, parce que je ne peux pas supporter l'idée de savoir comment l'histoire se termine.» Mais je suppose qu'on peut pas faire durer une chose éternellement, et qu'il faut arriver un jour à la fin, pour voir comment ça se termine. Et c'est ce qu'il a fait. On l'a retrouvé, lui et son amant, mort après avoir avalé des somnifères. Tous les deux de braves gars de Scotts Bluff, Nebraska.»

Il tremblait. C'était une histoire absurde, et elle la lui racontait chaque fois qu'ils parlaient des livres. Quelquefois avec beaucoup de détails, quelquefois non. Parfois, elle lui parlait de l'extrémité sanglante des doigts du garçon qui se les rongeait jusqu'à l'os. D'autres fois, elle lui parlait des deux visages bleu Nembutal pressés l'un contre l'autre, en un baiser de mort.

Et puis, un jour, Wes finit par venir le voir. Au coucher du soleil, au lieu que ce soit Dolly, c'était Wes. Il était venu à sa place et il portait des chaussures en cuir verni, si neuves qu'elles étaient encore toutes lisses sur le dessus, un pantalon aux plis effilés comme une lame dont il prit grand soin en s'asseyant dans le bureau de Fat Man, et une cravate bleue tricotée aussi étroite qu'un doigt et serrée à fond autour de son cou. Mais son visage n'était plus que rides, des rides de fatigue qui lui couraient du coin des yeux au bas des joues. Son regard était neutre et pas plus amical qu'indifférent.

« Bon Dieu ! je suis content de te voir », dit Fat Man. Mais c'était un mensonge. Aussitôt qu'il l'avait aperçu, il avait cessé d'être content de le voir.

Wes s'assit sur une chaise en se nettoyant les ongles avec une pince argentée équipée d'un petit couteau.

« Je me suis payé une Buick », dit-il. Sa voix était aussi molle que sa figure. Il était moins assis sur la chaise qu'il n'était couché dedans ou accroché dessus, mais il était très attentif aux plis de son pantalon. « Je l'ai commandée hier à Beverly.

– J'ai attendu que tu viennes, dit Fat Man, l'œil accusateur. J'ai répété tous les jours de la semaine à Dolly que je voulais te voir. Je suppose qu'elle t'a pas passé le message.

– Elle me l'a dit. Mais j'étais plus occupé qu'un ramasseur de coton manchot. » Il regardait fixement ses ongles. « Vous allez aimer la voiture que j'ai achetée. Juste comme la vôtre, en plus neuve, évidemment.

– Écoute, dit Fat Man, soudain désespéré. Il faut que tu m'écoutes, il faut que tu m'aides.

– Ben sûr, dit Wes. Tout mon possible.

– Tout part à vau-l'eau. Ils me… ils me menacent de m'affamer. »

Wes sourit et cligna de l'œil comme si on venait de lui en raconter une bien bonne.

« Continuez-y, dit-il.

– Jesta m'a quitté. Il vit toujours ici, mais il m'a abandonné. Je peux rien faire tout seul. Je peux même plus me laver. J'ai besoin d'aide.

– Vous êtes gros, c'est sûr, dit Wes sans le regarder. Mais je vois pas ce que je peux faire.

– Engage quelqu'un pour moi. C'est tout ce que je te demande. Va à Beverly ou à Tampa, ou n'importe où, et embauche quelqu'un pour s'occuper de moi, pour venir ici m'aider. »

Fat Man eut l'impression que les rides se creusaient d'un coup sur le visage de Wes. Et il remarqua pour la première fois que ses cheveux, bien que toujours épais, étaient en train de virer au gris.

« Vous feriez mieux d'en parler à Miss Dolly, dit-il.

– C'est déjà fait. Elle veut pas. Si tu ne m'aides pas, je n'ai plus personne à qui m'adresser.

– Faut que j'y aille, dit Wes, sans bouger de sa chaise.

– Ça veut dire que pas m'aider ? »

Tout son énorme corps tremblait. Il n'arrivait pas à se contrôler.

« Non, je vous aiderai pas. Je peux pas. Miss Dolly a dit à tout le monde de vous laisser seul. Elle l'a dit à Jester aussi. Elle a dit qu'elle s'occuperait de tout.

– As-tu oublié ? demanda Fat Man. As-tu déjà oublié que c'est moi qui t'ai maintenu en vie ? » Son visage était marbré, sa bouche trop sèche pour pouvoir avaler. « Qui t'a acheté le chariot à glace ? Qui a ouvert le magasin ? Qui a payé tes salariés ?

– J'ai pas oublié une seule bon Dieu de chose », dit Wes. Il avait ressorti sa pince à ongles argentée. Il se pencha en avant sur sa chaise. « Je l'oublierai sans doute jamais.

– Mais tu ne vois donc pas ? s'écria Fat Man. C'est du chantage. Voilà ce que c'est ! Elle veut me forcer à monter à l'usine. Tu peux imaginer une chose pareille ? *Moi* sur une piste de danse ? »

Wes évitait de regarder Fat Man. Il baissait les yeux d'un air narquois, le plus faible des sourires flottant sur ses lèvres. « C'est vrai que ça serait quelque chose ! Vous sur une piste de danse ? » Il se leva et vérifia les plis de son pantalon. Il fit sonner la monnaie dans sa poche.

« Mais c'est injuste !

– Qui vous a dit que ce serait juste ? demanda Wes. En plus, merde, vous devriez descendre de votre colline. Vous avez raté Jack O'Boylan, vous et votre papa. Vous n'avez fait que vous installer dans cette maison et de regarder tout le bazar. Je suppose que c'était votre droit. Je suppose que vous ne devez pas rater ça non plus. Vous apprécierez peut-être quand vous aurez vu ce qu'a fait Miss Dolly.

– Et qu'est-ce qu'elle a fait ? murmura Fat Man.

– J'ai pas le droit de vous parler de ça non plus. Elle a dit qu'elle s'en occupait. »

Dolly se pointa le jour suivant au coucher du soleil, comme si de rien n'était.

« Tu es une fille de pute, dit-il.

– Seigneur, c'est aussi mon avis ! sourit-elle en ajustant sa jupe plissée.

– Wes est venu hier, et tu sais ce qu'il a dit ?

– Oui, je sais. Je lui ai dit qu'il pouvait venir. Je pensais que vous deviez être au courant.

– Tu l'as empoisonné. Tu les as tous empoisonnés contre moi.

– C'est pas moi qui les ai empoisonnés. Avez-vous jamais tiré un chariot à glace sur une autoroute où les voitures roulent à 130 kilomètres à l'heure ? Ou graissé une pièce de machine cassée tous les matins, ou travaillé sur une ligne électrique où il ne passe pas d'électricité ? Ou, pire que tout, attendu pendant des années le retour de quelqu'un, pour découvrir que la personne qui vous a promis que ce quelqu'un allait revenir vous mentait ? Que ce quelqu'un n'existait même pas ?

– Pourquoi me hais-tu ? Dis-moi au moins ce que j'ai fait.

– Eh bien, vous n'avez rien fait du tout. C'est là toute la question. Et je ne vous hais pas. Écoutez, je vous ai gardé une place là-bas, dans mon piège à touristes, pour quand vous voudrez. Vous avez pris soin de Garden Hills et Garden Hills va prendre soin de vous. Est-ce que ça ressemble à de la haine ? » Elle se pencha en avant et serra ses grosses épaules entre ses mains. Elle rayonnait. « Je vais réaliser votre rêve. Est-ce que je réaliserais votre rêve si je vous haïssais ?

– Mon rêve ?

– Moi et Jester, on a discuté de ce qu'on pourrait faire pour vous. Et il m'a parlé de votre rêve de devenir… maigre ! Bon sang, j'aurais dû le deviner ! L'autre extrémité de la ligne sur laquelle vous vous tenez est *maigre*, donc vous devez forcément détester être gros.

– Non, dit-il. Pas du tout !

– Trop tard. Jester a vendu la mèche. Donc, pour vous, ce sera la peau et les os. Comme un rail. Maigre comme un clou. »

Il ferma les yeux.

Elle lâcha un rire.

« Je plaisante. On ne va pas vous affamer. Vous prendrez mille calories par jour jusqu'à ce que vous soyez mince.

– Ne fais pas ça, dit-il. Ne fais pas ça. Je…

– Vous ne voyez donc pas que c'est la réponse à votre problème ? Nous sommes tous occupés à Garden Hills, et vous n'avez plus personne pour s'occuper de vous. Pourquoi avez-vous besoin de quelqu'un pour s'occuper de vous ? Parce que vous êtes gros, non ? Donc si on vous fait maigrir, vous n'aurez plus besoin de personne. Eh bien, Mayhugh chéri, quand vous aurez vraiment maigri, vous aurez peut-être envie de quitter Garden Hills. Vous en serez alors capable. Vous n'aurez plus besoin de nous, hein ?

– S'il te plaît, non, dit-il. Je t'ai donné de l'argent et…

– Ça me semble être la seule solution. Non, c'est décidé. On en a discuté et le seul moyen, c'est mille calories par jour jusqu'à ce que vous mincissiez. À moins que vous vouliez rester gros, bien sûr. Maintenant, si vous voulez rester gros, descendez et prenez la place que je vous ai gardée – une cage rien que pour vous –, là-bas dans l'usine. Nous serons alors tous ensemble et on pourra s'occuper de vous, même si vous restez aussi gros que vous l'êtes maintenant.

– C'est du chantage et je le refuse !

– C'est le seul moyen et je me moque que vous soyez d'accord ou non. »

Elle se dirigeait déjà vers la porte.

« Tu ne peux pas me faire ça, nom de Dieu ! C'est *illégal* ! »

Mais elle le fit quand même. Quand Jester revint avec Lucy de l'usine en voiture (il était parti en Buick, il avait simplement pris les clés en disant : « De toute façon, vous pouvez plus la conduire, elle vous va plus »), il ramena à la maison quatre cannettes de Metrecal. C'était la ration quotidienne de Fat Man.

Au crépuscule du jour suivant, Dolly ne se montra pas. Jester dit que Dolly lui avait confié qu'elle ne reviendrait jamais plus. Si Fat Man voulait la voir, il allait devoir descendre de la colline. Jester cligna de l'œil.

« Elle vous a installé un sacré bel endroit en bas. »

Ce premier jour fut terrible. Dès le milieu de l'après-midi, il avait mis la maison sens dessus dessous. Vers

14 heures, dans un accès de frénésie, il avala un sac de farine d'un kilo et un bol de sucre. Ce fut tout. Il n'y avait plus rien d'autre. Il ne lui restait plus qu'à attendre des heures ses quatre petites cannettes de Metrecal. Avant peu, il commença à lorgner du côté du cheval dans l'arrière-cour. Jester l'avait nourri avec du miel et de l'avoine bouillie, mais cela ne l'avait pas fait grossir du tout ni rendu plus fort. Il chancelait toujours et sa peau était aussi grise que de la cendre. Mais c'était de la viande. Fat Man avait entendu dire que la viande de cheval était plus suave que celle de bœuf. Plus filandreuse et plus forte que celle du bœuf, mais plus suave. Au début, il fut malade. Mais son estomac était plus affamé que nauséeux. Il pourrait manger une jambe de ce cheval. Il le pourrait. Il se tenait à la fenêtre et regardait le cheval, en passant lourdement son poids d'une jambe à l'autre. Clairement, cela n'était pas envisageable. Mais c'était pas ça qui allait l'empêcher d'y penser. Il sentirait le cheval mort. Il serait couvert de sang. Il y aurait des mètres de peau et d'os blanchis au soleil. Ce n'était pas une vision agréable, pas un rêve confortable. Mais c'était quand même de la viande. De grosses tranches bien épaisses. Et, une fois dans la poêle, grillée dans la graisse, personne ne pourrait jamais dire si ça venait d'un cheval agonisant ou d'un taureau de concours. Il en salivait.

Il resta là aussi longtemps qu'il le put, puis il se rua dans son bureau dont il baissa les stores. Il se dit qu'il ne pourrait jamais tuer et découper ce pauvre cheval. Mais son estomac était d'un avis différent. Il l'enjoignait de mordre dans la veine jugulaire et de l'arracher avec les dents. Mais sa graisse l'en empêcherait. Son ventre était si gros qu'il ne pouvait se pencher en avant sans être pris de vertige. Il abandonna donc l'idée et se mit à déambuler dans le bureau en laissant ses doigts traîner sur la reliure des livres. Ça sentait le fil pourri et la colle desséchée. Il se demanda pour combien de milliers de dollars il possédait de livres. En comptant les manuscrits rares et les collections complètes d'anciennes revues, ça devait se monter à cinquante ou cent mille dollars. Peut-être même un quart de million. Il n'en avait aucune idée, mais il savait qu'il pourrait vendre le tout assez cher pour partir loin d'ici et vivre dans le luxe pendant des années. Tout ce qu'il avait à faire, c'était de devenir assez maigre, assez léger, pour s'échapper.

Le groupe de rock'n'roll se préparait dans Garden Hills : les guitares, la batterie, les cris sauvages et synchronisés des deux chanteurs.

Ses livres lui parurent soudain plus précieux que tout l'argent qu'il aurait pu en tirer plus tard. Ils allaient le sauver de son estomac, de son appétit. Il allait passer la nuit à lire. Il allait se perdre dans les pages. Il se tenait dans une pièce pleine de mondes fous, de mondes perdus. Ici se déployaient des visions aussi trempées de sang que les siennes. Mais par où commencer ? Quel livre choisir ? Il n'en savait rien car, en dépit de sa collection, il n'avait jamais été un grand lecteur. Il connaissait les livres uniquement par leur forme, leur couleur, la manière dont ils se tenaient sur leur étagère. Shakespeare était haut, noir et mesurait un mètre de long. Sa reliure était raide comme de l'acier et ses titres dorés. Léonard de Vinci était épais et rouge comme de la viande, en un seul volume extra-large avec des pages qui craquaient et bruissaient en exhalant une odeur de fromage affiné. Les livres de voyage étaient minces, avec des couvertures tapageuses, aux couleurs éclatantes. Ils semblaient aussi ténus que voyants. Les encyclopédies gloutonnes se tenaient groupées –, manifestement non sélectives et ennuyeuses – et contenaient tout sur Rabindranath Tagore et Nikos Kazantzakis, sauf Rabindranath Tagore et Nikos Kazantzakis en personne. Mais elles revendiquaient l'universalité. La finitude. Chiens de berger, pingouins, Le siècle de Périclès et Hitler – le mètre étalon du monde. Tout était répertorié, connu, expliqué : ça faisait sens.

Une acclamation monta de l'usine, et Fat Man attrapa le premier volume d'une encyclopédie en se laissant tomber dans une chaise, le livre posé comme un poids sur les genoux. Il l'ouvrit. De A-1 à Azurite. *Tout* de A-1 à Azurite. Fat Man planta un doigt dans le tome et ouvrit les pages. Il y avait une photo d'un homme en tunique blanche. Il portait un bol de feu dans la main gauche et levait les yeux vers le ciel. Un garçon qui trimballait un fagot de bois attaché sur le dos marchait à ses côtés. Sur la page opposée, Absalon agonisait, pendu par les cheveux à un arbre.

Un solo de batterie roula depuis la salle de danse. Quelqu'un grognait dans la sono et Fat Man ne put maintenir son attention sur Absalon et l'histoire du chagrin du roi David. Son estomac émettait des bruits horribles. Un son d'engrenages mous. Il n'était que 20 h 45. Neuf heures et quinze minutes avant que Dolly ne lui fasse porter les quatre petites cannettes de Metrecal.

Dans l'ampli, le grognement se transforma en un hurlement de pur délice. Un saxophone reproduisit le bruit et le transmit à une guitare électrique. Cela fit brinquebaler Fat Man dans les pages où il regardait seulement les images parce que ses yeux ne pouvaient plus lire. Il pleurait de faim. Il trouva une pleine page illustrée sur la vélocité relative des animaux. *Un éléphant d'Afrique peut courir aussi vite que nage un dauphin : (40 kilomètres à l'heure). Un cheval de course et son cavalier égalent la vitesse du lièvre : (70 kilomètres à l'heure).* Mais où tout cela conduisait-il Fat Man ? Faim, faim, faim, f…

Il ne pourrait pas le supporter. Il le savait. Il l'avait su toute la journée. Il l'avait su depuis l'instant où Dolly lui avait annoncé ce qu'ils allaient lui faire. Il l'avait su toute sa vie. Il se leva péniblement de la chaise. L'encyclopédie tomba par terre. De A-1 à Azurite. *Tout* de A-1 à Azurite.

Il faisait très sombre quand il sortit dans la véranda. L'usine flamboyait à l'horizon. Fat Man portait deux parties de son pantalon qu'il était parvenu à se zipper comme une couche. Ses jambes et son torse étaient nus, mais il s'était enveloppé de son peignoir mauve et l'avait attaché à la taille. Aux pieds, il avait passé ses pantoufles en peau de veau, ouvertes sur le dessus, car, sans Jester, il avait été incapable de les fermer. Les haut-parleurs placés autour de l'usine crachaient un enchevêtrement inextricable de musique, mais à présent mélangé de cris de désespoir et de délice, d'éclats de rire et de cris impudiques de bonheur.

Fat Man percevait tout ça comme un bruit de nourriture. Ils étaient manifestement en train de manger par là-bas. Il tendait l'oreille pour percevoir le bruit des dents dans les bavardages et la musique. Il humait l'air et, à travers le phosphate, il pouvait détecter – il en était sûr – l'odeur de la viande rôtie et du pain frais. Il fit péniblement les cent pas dans la véranda, la tête lourde et projetée en avant, les narines frémissantes. Peut-être que s'il descendait les marches jusqu'à la cour, il pourrait mieux sentir. Il ne s'arrêta pas dans la cour, mais s'engouffrait à travers le portail et, de là, jusqu'à la Buick dont il ouvrit violemment la portière. Impossible. Il n'arriverait jamais à s'y glisser avec ce siège relevé, ces pédales rallongées. Mais il voulait se rapprocher de l'usine. Il sentait la viande en train de cuire. Il examina la route sombre qui descendait dans Garden Hills. C'était trop loin pour y aller à pied. Il respirait péniblement et la sueur dégoulinait de ses épaules grasses. Ses pieds lui faisaient déjà mal. Ses orteils le brûlaient. Il n'avait jamais – pas même enfant – parcouru à pied la distance qui séparait sa maison de l'horizon. Mais avant de se rendre pleinement compte de ce qu'il faisait (ou du moins avoir le temps d'y penser), il descendait la route d'une démarche raide et chaloupée qui ébranlait son corps tout entier, et faisait tressauter l'usine illuminée devant ses yeux, comme un mirage.

Il avait seulement l'intention de s'approcher assez pour dire si, oui ou non, c'était vraiment de la viande qu'il sentait. Il se ruait aveuglément à travers l'obscurité. La poussière blanche s'élevait en nuages autour de lui, brûlait ses poumons et lui enrobait la bouche d'un goût de phosphate. Les lumières des maisons de Garden Hills étaient éteintes, les femmes et les enfants couchés, les hommes et les filles plus âgées, grimpés sur le sommet de la colline. Il était à l'endroit où la route commence à monter quand il s'aperçut qu'il n'avait plus de chaussures. La clarté qui tombait de l'usine laissait à présent clairement voir la route. Ses pieds saignaient. Il laissait dans ses traces de noires taches de sang. Doucement, dans un effort qui menaçait de lui brûler les poumons, il commença à gravir la colline. Au-dessus, les voitures étaient garées un peu partout, autour de l'usine. Et de temps en temps, il était pris dans les phares d'une auto qui descendait de la grand-route. Il se sentait mourir de faim. Il fallait qu'il atteigne le sommet pour rester en vie. Son ventre le poussait en avant malgré la douleur de ses pieds. Sa tête était pleine de lueurs tourbillonnantes. Soudain, une voiture passa en trombe, klaxon bloqué, et une blonde, coiffée comme un pétard, à moitié sortie de la vitre arrière, soufflait dans une petite trompette garnie de banderoles de papier. La fille lui cria dessus tandis que la voiture passait et elle se retourna pour le regarder fixement, laissant la petite trompette de papier lui glisser des lèvres. Ensuite, ce fut à nouveau l'obscurité et il continua d'avancer péniblement, le corps tout entier saisi, porté par cette certitude de cette odeur de viande. Il pouvait voir la graisse couler et le riche jus rouge grésiller dans le feu ; il pouvait entendre le couteau gratter l'os et le bruit gras des tranches épaisses qu'on empilait dans le plat. Il arrivait maintenant aux voitures garées. Certaines au bord de la route, d'autres à moitié dans le fossé. Le bruit était indescriptible, et il n'arrivait plus à y distinguer les voix humaines du reste. Plus loin, tout au bout de la route, il vit une énorme porte rouge frappée d'une étoile d'or. Environ vingt-cinq personnes se tenaient autour, certaines entrant, d'autres sortant, d'autres encore la clope au bec et le nez pointé vers le ciel.

Soudain, comme il essayait de voir à travers le brouillard de sueur qui lui piquait les yeux, la porte s'ouvrit en claquant et les gens qui voulaient entrer furent éjectés, et une convulsion de corps – bras, jambes et visages tendus – en jaillit, menée par la blonde coiffée en pétard qui lui avait crié dessus au moment où la voiture l'avait doublé. Elle le désignait d'un bras et agitait l'autre au-dessus de sa tête à la manière d'un officier menant une charge de cavalerie. Elle avait la bouche ouverte, mais il ne pouvait l'entendre à cause du vacarme qui sortait des amplis. La foule dévala la colline vers lui comme une volée de confettis multicolores soufflée par le vent, femmes en robe longue ou minijupe, coiffées ou nu-tête, parées de bijoux, étincelantes dans le balayage des projecteurs, hommes en smoking de satin, en chemise à fleurs à manches courtes, en pantalon noir ou bermuda. Fat Man s'arrêta, abasourdi et terrifié, au milieu de la route, et hommes et femmes s'alignèrent sur les deux côtés, traçant un chemin qui menait tout droit à la porte rouge frappée d'une étoile jaune. Il ne pouvait plus reculer. Ses jambes menaçaient de le lâcher, son cœur était enflé par l'effort. Ses pieds étaient déchirés et ensanglantés. Il ne pouvait que continuer à monter. Dolly devait le sauver. Elle ne pouvait faire autrement. Ce n'était pas juste.

Il se remit à grimper, roulant et tanguant. Les gens alignés des deux côtés l'encourageaient. Bon nombre d'entre eux avaient emmené leurs verres et les levaient en guise de salut. Les deux rangées se rapprochaient. Il chercha du regard Dolly ou Wes, ou Jester ou même Lucy, mais aucun d'eux n'était là. Une serviette en papier humide vint se plaquer contre son cou. Une autre acclamation s'éleva. Une main saisit la ceinture mal serrée de son peignoir et l'ôta. Son torse blanc et tremblotant ainsi que son ventre émergèrent, et deux hommes empoignèrent les pans du peignoir et l'arrachèrent. Il n'y avait cependant aucun visage hostile dans les rangs. Ce n'étaient que rires et cris de joie ; c'était terrifiant. Le peignoir glissa complètement et il se retrouva nu, à l'exception de la couche zippée sur ses reins.

« Arrêtez ça ! brailla-t-il. Arrêtez ça ! »

Les visages et les corps entremêlés ondulaient devant lui. Il ne savait plus si le picotement de ses yeux était de la sueur ou des larmes. Une autre serviette le frappa sur l'arrière du crâne, et une autre, et une autre encore. Haletant, il se mit à lancer des regards agressifs autour de lui. Les deux rangées se rapprochèrent encore et des mains lui touchèrent le ventre. Ils réclamaient tous de lui toucher le ventre, mais ils étaient si nombreux qu'ils devaient pousser et se faufiler, et, finalement, les attouchements se transformèrent en tapes et les tapes en coups de poing. Il était en train de prendre une raclée dans un brouillard d'éclats de rire. Quelques-uns chantaient et faisaient des rimes. Mais son ventre saignait des coups d'ongle des femmes et, quand il s'en aperçut, ses jambes s'effondrèrent et il s'étala dans la fine poussière blanche, impuissant. Il remuait comme un nageur épuisé tout en sachant qu'il ne pourrait jamais se remettre sur ses pieds. Mais, alors, les mains revinrent sur lui, non plus pour le battre, mais pour le tirer, le pousser, le remettre d'aplomb jusqu'à ce qu'il soit debout, étouffant et s'étranglant, incapable de respirer à cause de la poussière. Une femme s'avança – une femme magnifique aux yeux d'or froid et à la bouche sensuelle – et posa une bouteille sur ses lèvres, l'inclina, et un liquide fort et glacé dévala dans sa gorge. Mais il étouffait et ne put avaler, et le liquide lui incendia la gorge comme du vinaigre.

Quelqu'un lui saisit la main gauche, et quelqu'un la droite, et quelqu'un d'autre encore le poussa par-derrière, et il fut conduit – proie nue et aveugle – entre les rangées enthousiastes d'hommes et de femmes jusqu'à l'énorme porte rouge, puis à l'intérieur du Dolly's A Go-Go. La première chose qu'il vit en entrant fut cet unique trait de lumière blanche qui emprisonnait Jester et Lucy sur une scène en hauteur. Jester portait ses bottes et ses éperons et chevauchait Lucy tandis qu'elle mimait les mouvements d'un cheval au galop alors que des danseurs, tourbillonnant comme des moulins à vent, imitaient leurs mouvements et les encourageaient. Soudain, leur numéro prit fin, une autre lumière jaillit, et toutes les jeunes femmes de Garden Hills firent leur entrée en collant couleur chair dans un même frémissement cadencé.

Quelqu'un se mit à hurler. C'était un hurlement d'agonie incroyablement long, si fort qu'il parvint à dominer la musique. Les jeunes femmes de Garden Hills stoppèrent net ; les danseurs s'immobilisèrent ; la musique elle-même finit par s'éteindre. Et ce ne fut que lorsque tout redevint silencieux que Fat Man se rendit compte que c'était lui qui hurlait. Il ne pouvait plus s'interrompre. Encore davantage de gens – ceux qui ne l'avaient pas vu, qui ne s'étaient pas rués sur lui sur la route – se pressaient autour de lui. Il lutta contre les mains qui l'agrippaient, mais elles étaient trop nombreuses. Elles le tiraient et le poussaient à travers la piste de danse. Juste au moment où il aperçut la cage, les deux orchestres attaquèrent « For He's a Jolly Good Fellow ». La cage était au centre de la piste de danse. Une corde dorée attachée au sommet s'élevait jusqu'à une poulie accrochée au plafond, puis retombait au milieu de la foule. Dolly – vêtue de sa tenue blanche, jupe plissée et chapeau à large bord – se tenait devant la porte ouverte de la cage. Elle souriait. Fat Man regarda à l'intérieur et cessa de s'époumoner. Sur un petit plateau en bois, il découvrit une impressionnante côte de bœuf, des épis de maïs jaunes fumant et baignant dans une mare de beurre, des miches de pain et un pichet de Metrecal. Les mains le lâchèrent et il entra tout seul dans la cage après quelques difficultés momentanées pour passer la porte. Enivré qu'il était par la vue du festin, il avait oublié sa nudité. Il toucha délicatement la côte de bœuf du bout du doigt et la glissa dans sa bouche. La foule éclata en applaudissements et en encouragements et entonna « For He's a Jolly Good Fellow ». Il fondit sur la viande. La cage s'éleva doucement tandis que Wes et les onze autres hommes de Garden Hills tiraient sur la corde.

DU MÊME AUTEUR

Superbagnole
Albin Michel, 1974
repris sous le titre
Car
Gallimard, 1994

La Malédiction du gitan
Gallimard, 1993
et « Folio Policier », n° 80

La Foire aux serpents
Gallimard, 1994
et « Folio Policier », n° 178

Des mules et des hommes
Une enfance, un lieu
Gallimard, 1997
et « Folio », n° 4935

Le Chanteur de gospel
Gallimard, 1995
et « Folio Policier », n° 555

Body
Gallimard, 1998
et « Folio », n° 3079

Le Roi du KO
Gallimard, 1999
et « Folio Policier », n° 476

Le faucon va mourir
Gallimard, 2003
et « Folio Policier », 2014

Des savons pour la vie
Gallimard, 2004

RÉALISATION : IGS-CP À L'ISLE-D'ESPAGNAC
IMPRESSION : CPI BRODARD ET TAUPIN À LA FLÈCHE
DÉPÔT LÉGAL : SEPTEMBRE 2014. N° 116674 (3006058)
IMPRIMÉ EN FRANCE